# Le destin des

# Hudson

MJK

Couverture: MJK
Corrections: Émilie Chevallier

Tous droits réservés – MJK – Haute Garonne
ISBN : 978-2-9583153-6-8
Première édition : mai 2023
Dépôt légal : mai 2023

# Fiche récapitulative des personnages

Jude : personnage principal, phénix, architecte.
Chris :  personnage principal, penseur...
Oliver : oncle des jumeaux.
Evan : phénix.
Jake : chronologiste.
Maddie : empathe.
Adam : esprit du château, penseur.
Yumiko : protectrice.
Alec : architecte.
Illiana : ombre, chasseuse de primes.
Adriel : l'ennemi.
Emmy : gérante d'un magasin, boit le thé avec les esprits.
Riva : sœur d'Evan, phénix.
Nickaela : mère d'Evan, phénix.
Olivia : tante d'Evan, phénix.
Aspen : cousin d'Evan, phénix.
Lissandro : cousin d'Evan, phénix.
Cali : nièce d'Evan, phénix.
Harlon : phénix.
Nathaniel : enfant qui apparait toujours au moment où l'on ne s'y attend pas.
Connor : esprit.
Hanz : esprit.

# Prologue

*Chris Hudson*

La mort n'est qu'une étape de la vie. Une compagne silencieuse mais présente, qui nous suit tout au long de notre existence.

Souvent, nous pensons à elle, tentant de la maintenir à distance, espérant pouvoir échapper à son courroux, en sachant très bien que cela est impossible.

La mort n'est pas toujours une fin, parfois elle signe juste le terme de quelque chose d'autre. Mais ce renouveau peut faire peur, glacer le cœur et tétaniser les muscles. Affronter l'inconnu n'est-il pas le pire des sentiments ?

Un jour, je partirai. Mon âme voyagera au-dessus de la cime des arbres, j'observerai ce château où nous avons vécu, je penserai à notre famille, à tous ceux qui nous ont quittés. À ceux que nous pleurerons ce soir.

Le sang a été versé.

C'est à notre tour de le faire couler.

# 1

*Jude Hudson*

Mon oncle était de retour.

Nous étions enfin réunis, et les réponses à mes questions étaient à ma portée. Pourtant, tous autant que nous étions, nous nous retrouvions plongés dans le silence après son annonce. Cela prouvait bien une chose : nous n'étions pas les seuls à être dans l'incompréhension…

— Je vois à vos têtes que ça manque de précision, déclara-t-il.

— Sans déconner ? lui assena Chris. Tu disparais pendant des jours, embauches des inconnus pour nous surveiller, nous laisses face à des interrogations tellement grandes qu'elles font la taille du Bengale, et tu reviens comme un cheveu sur la soupe pour ménager ton suspense avec ta phrase à deux balles ?

Mon jumeau était énervé, ce que je pouvais clairement concevoir vu qu'une partie de moi avait envie de foncer sur Oliver pour le frapper jusqu'à ce qu'il s'excuse d'avoir été un parfait crétin.

Chris vivait avec lui depuis quelques années, moi seulement depuis quelques mois, mais jamais jusqu'ici je n'avais été autant pendue à ses lèvres. Il faut dire que si nous résidions dans la même maison qu'Oliver, un fossé immense semblait parfois nous séparer. Était-ce à cause du poids des mensonges qu'il nous avait fait avaler ? C'était une possibilité. Si nos parents ne nous avaient pas menti, si Chris et moi n'avions pas été éloignés, peut-être qu'à présent, nos relations seraient différentes. Mais il avait fallu une tentative de meurtre, de nouvelles rencontres, un kidnapping et beaucoup d'autres choses pour en arriver là, face à notre oncle, le seul membre de notre famille encore en vie.

C'eût été mentir que de prétendre que je n'avais pas envie de lui hurler dessus. Il avait disparu sans crier gare et il se présentait de nouveau, tout pimpant. Que diable faisait-il pendant que nous apprenions que nos vies n'étaient que mensonges ? Et c'était quoi, cette histoire de clé dont il nous parlait ?

Pourtant, notre oncle ne cilla pas.

— J'ai fait comme je pouvais, Chris. Je sentais que la situation était en train de m'échapper et qu'Adriel se rapprochait. Faire appel à Jake était une tentative désespérée de vous protéger en mon absence.

— J'ai été kidnappée, fis-je remarquer, tu reverras ta définition du verbe « protéger ».

Jake ouvrit la bouche tout en fusillant Evan du regard, mais Maddie l'apaisa d'une caresse sur le bras.

— Ce n'est pas le moment.

Effectivement, ça ne l'était pas. Les petites histoires des autres n'avaient aucun intérêt pour moi en cet instant. Ce dont j'avais besoin, c'était de la vérité.

— Qu'est-ce que tu nous caches, Oliver ? Pourquoi as-tu omis de nous dire que nous pouvions faire des choses pareilles ? lançai-je en créant une flammèche au bout de l'un de mes doigts.

— Et quelle est cette histoire de clé ? l'interrogea Jake.

Oliver et Alec échangèrent un regard. L'architecte semblait dans la confidence. Comprendre qu'il en savait plus que moi sur ma propre vie attisa ma colère.

— Ce n'est sans doute pas le meilleur endroit pour en parler, fit ce dernier.

Mon oncle acquiesça.

— Ma présence ici est limitée. Bientôt, je disparaîtrai. Retrouvez-moi en lieu sûr et je vous dirai tout.

Comment ça, il allait disparaître ? Encore ?

— Ne nous refais pas le coup de nous laisser en plan, Oliver ! Réponds à nos questions, tout de suite ! m'exclamai-je.

Il grimaça et lança un signe de tête à Alec.

— Je m'en charge.

Mon oncle se retourna alors, et sa silhouette se dissipa sans laisser une seule trace.

Chris hurla.

— Je vous promets que cette manie que vous avez tous de vous barrer d'une pièce en un claquement de doigts me donne envie de tout cramer !

Lasse, je lui tendis ma flammèche.

Mon jumeau leva les yeux au ciel.

— Comment a-t-il pu encore nous abandonner sans rien nous apprendre de plus ?

— Oliver n'était pas vraiment ici, nous informa Alec, ce n'était qu'une projection de son esprit. Cela lui demande beaucoup d'énergie, et celle-ci n'est pas inépuisable. Il est plus simple de rejoindre votre oncle là où il se trouve réellement. Ainsi, vous aurez tout le temps nécessaire pour discuter.

Le téléphone de Jake sonna. Il sortit l'appareil de sa poche et fronça les sourcils.

— Qu'est-ce que c'est ? s'enquit Maddie.

— La photo d'une maison qui doit appartenir à une personne qui ne manque pas de moyens.

— Oliver est conscient que vous avez besoin de visualiser le lieu où vous voulez apparaître pour y parvenir, lança Alec. Il vous met donc dans le secret de cet endroit. Sachez que c'est un honneur et que transmettre cette information à quelqu'un d'autre serait à nos yeux une trahison.

J'observai l'architecte avec attention. Depuis que je savais qu'il était en lien avec mon oncle, je le voyais différemment. Lui que je prenais au premier abord pour un homme sympathique se tenant loin des problèmes, voilà que je découvrais qu'il avait les deux pieds dans des histoires bien louches.

— Il est évident que je ne dirai rien, répondit Jake. Est-ce que je dois emmener tout le monde ?

Son regard glissa sur Evan. Il ne cachait pas que la présence de mon inséparable ne lui seyait guère.

— Il reste avec moi, déclarai-je. C'est non négociable.

Jake n'avait pas son mot à dire sur mes fréquentations. Je pouvais comprendre qu'il le déteste à cause de sa trahison au bar du Mystery, mais il ne savait pas réellement qui était Evan. Il n'imaginait pas ce qu'endurait son peuple, ce qui l'avait poussé à agir ainsi. Il ne le connaissait pas, tout simplement.

— Tout le monde peut venir, mais chacun devra jurer de garder le secret. Et le dire ne suffira pas. Il faudra signer des papiers.

— Avec du sang, je suppose.

Je me souvenais très bien du marché que m'avait fait signer Alec et de la teinte rougeâtre des lettres de mon nom.

— C'est tellement évident que je n'ai pas vu l'utilité de le préciser.

Je sentis sur moi le poids d'un regard. En me retournant, je croisais celui de Chris. Mon jumeau semblait me demander qui était l'architecte et si on pouvait lui faire confiance. Je n'étais pas bien certaine d'avoir la réponse à cette question, mais vu qu'il m'avait sortie de cette faille dans laquelle j'aurais pu mourir et qu'il connaissait mon oncle, j'avais tendance à croire qu'il était du bon côté.

Mon infime hochement de tête parut l'apaiser. Mais dès que son attention se posa sur le phénix à mes côtés, la tension s'afficha de nouveau sur ses traits.

— Nous allons en parler, le rassurai-je. Nous avons beaucoup de choses à nous dire.

Il le confirma d'un soupir.

Comme moi, il devait avoir hâte que cela arrive, et en même temps, peut-être appréhendait-il les paroles que nous allions prononcer.

Jake frappa dans ses mains.

— Il est temps d'y aller. Allons retrouver votre oncle et tenter de comprendre le fin mot de cette histoire.

Evan rangea ses ailes, puis glissa ses doigts entre les miens tandis que Chris attrapait mon autre main. Maddie s'était rapprochée de Jake, et alors que je pensais qu'Alec allait nous rejoindre par les failles, il vint et posa sa main sur le biceps d'Evan qui haussa les sourcils.

— Aucune faille ne mène là où nous nous rendons, expliqua l'architecte avant même que l'un de nous ne soulève la question. Si cela ne vous dérange pas, j'aimerais donc vous accompagner.

Jake ne répondit rien, la présence d'Alec ne semblait pas le perturber plus que ça. Moins que celle de son ancien collègue qui serrait ma main tout en m'offrant une chaleur agréable et rassurante.

— Tout le monde est prêt ?

Seul Gustav n'avait pas rejoint notre cercle. Souriant, il nous avait souhaité un bon voyage et avait disparu entre deux rayons de livres. Qui était-il réellement ? Je me promis de poser la question à mon oncle quand il m'aurait expliqué tout le reste. Nul doute que cela allait demander du temps.

Entourée de mon frère et de mon inséparable, je tentai de lâcher prise sur mes craintes. La vérité était à portée de main. Bientôt, je saurais qui j'étais. J'espérais que j'allais l'accepter.

**2**

*Chris*

Difficile de savoir à quoi s'attendre avec mon oncle. Mais une chose était certaine, je n'avais pas imaginé surgir devant une maison d'une telle modernité, aussi grande que luxueuse.

— Où sommes-nous, exactement ?

J'observai les palmiers qui pointaient vers le ciel et qui entouraient l'allée d'une demeure à la façade blanche. De multiples baies vitrées donnaient sur l'intérieur, laissant apercevoir plusieurs silhouettes se mouvant d'un endroit à un autre. Le gazon était tellement vert que l'on aurait pu croire qu'il était faux. À l'étage se trouvait un large balcon. Sur celui-ci, une femme nous surplombait. Grande et fine, elle portait une robe sombre et longue, près du corps. Ses cheveux châtain clair étaient attachés en un chignon. Son regard intrigué nous contemplait avec insistance. Un sourire pointa au coin de ses lèvres et elle pénétra dans la bâtisse, sans doute pour nous rejoindre.

— Qui est-ce ? demandai-je à Alec.

— Méandrine.

Un prénom que je n'avais jamais entendu jusqu'alors.

— La maison lui appartient ?

Il rit.

— Elle dit qu'elle appartient à tout le monde, mais c'est bien son argent qui a payé cette magnifique demeure.

Elle était donc riche. Était-ce aussi elle qui avait acheté le château où nous résidions avec notre oncle ? Je m'étais toujours demandé comment il avait fait pour pouvoir se l'offrir. Son métier de bibliothécaire ne devait pas lui rapporter tant que ça. Mais bon, au vu des récents événements, il aurait pu être le James Bond de la communauté alternative que je n'en aurais même pas été étonné.

La femme du balcon passa la porte et vint à notre rencontre. Son regard de jade survola notre assemblée avant de finalement se poser sur Jude et moi. Sa peau était claire. Quelques rides entouraient ses yeux. Son port de tête et sa manière de se tenir ne laissaient aucun doute sur le fait qu'elle était une personne importante. Son expression, entre sympathie et tension, lui conférait un air étrange. Après avoir pris une grande inspiration, elle joignit ses mains devant elle.

— Vous voilà ici. Je me demandais quand ce jour arriverait.

Elle semblait nous connaître alors que de mon côté, je ne savais pas du tout à qui j'avais affaire. Cette sensation était frustrante. C'était comme participer à une conversation sur des vacances où tout le monde était allé, sauf vous.

— Où se trouve notre oncle ? s'enquit Jude.

— À l'intérieur. Il se repose. Ces derniers jours l'ont beaucoup éprouvé. Nous n'étions pas d'accord pour qu'il fasse voyager son esprit aussi rapidement, mais il n'a pas voulu nous écouter. Si nous ne l'en avions pas empêché, il serait sans doute venu directement vous retrouver, mais c'était un risque que nous ne pouvions pas prendre.

Elle sourit, puis poursuivit :

— Suivez-moi, je vais vous faire visiter et vous mener à Oliver.

Méandrine se retourna et nous lui emboîtâmes le pas sans un mot. Tous autant que nous étions, nous échangeâmes des regards prudents. Je n'étais pas certain que cela nous aide beaucoup, cependant. Le seul qui aurait pu nous en dire plus était sans doute cet Alec, mais celui-ci se contentait d'avancer, les mains dans les poches, un sourire tranquille plaqué sur le visage.

L'intérieur du bâtiment était spacieux et moderne. L'aménagement du salon avait été fait avec goût. Des œuvres avaient été accrochées aux murs avec une symétrie parfaite. Un tapis duveteux et immaculé se trouvait devant deux gigantesques canapés gris. Quel genre de personne possédait un tapis blanc ? N'était-ce pas vivre dangereusement ?

Une immense table en verre occupait le reste de la pièce. Elle pouvait accueillir au moins une quinzaine d'invités. Un grand vase trônait en son centre. Un bouquet de fleurs orange égayait l'espace d'une touche de couleur bienvenue. Leur doux parfum parvint à mes narines.

Méandrine s'arrêta devant les escaliers.

— Nous devrions laisser les jumeaux parler à leur oncle en premier. Peut-être puis-je vous servir quelque chose à boire en attendant ?

Je posai mon regard sur Jude, mais le sien était plongé dans celui d'Evan. Je ne pus empêcher une pointe de jalousie et de colère de naître dans ma poitrine. Qu'est-ce qui avait pu se passer pour que la situation prenne un tournant si étrange entre eux ? Comment pouvait-elle être plus proche de lui que de moi alors que j'étais son frère ?

— Tout ira bien, le rassura-t-elle. On se rejoint après.

Dans les yeux d'Evan, je pouvais lire de l'inquiétude et de la frustration. L'idée de la quitter ne semblait pas lui plaire.

Jude finit par se tourner vers moi. Elle avisa le jugement qui devait se lire sur mon visage et soupira avant de poser le pied sur la première marche des escaliers. Je la talonnai tout en réfléchissant. Nous allions devoir rester soudés pour encaisser ce que nous allions apprendre là-haut, il fallait que je ravale mon ressentiment pour que nous puissions faire face ensemble.

En haut se trouvaient plusieurs portes. Une seule était ouverte.

Lentement, Jude s'en approcha, mais elle s'arrêta avant d'y pénétrer. Elle serra ses mains tremblantes l'une contre l'autre et tenta de calmer sa respiration trop rapide.

— Ça va aller, lui dis-je.

Je n'en avais aucune certitude, mais pour la rassurer, j'aurais pu dire n'importe quoi.

— Qu'importe ce qu'il dit, ça ne changera pas qui on est, ajoutai-je.

Son regard accrocha le mien. Elle avait l'air d'y chercher des réponses, mais aussi du soutien. Un soutien que je lui avais refusé pendant des mois, car j'avais été trop lâche.

Je posai ma main sur son épaule.

— On est ensemble dans cette galère, et je ne partirai pas.

Ce n'était pas une déclaration d'amour, ce n'étaient même pas les excuses que je lui devais. Mais là, face à elle et à tout ce qu'elle me faisait ressentir, je n'avais pas d'autres mots à lui offrir.

Elle hocha la tête et posa ses doigts sur les miens.

— Allons-y.

Je tentai de lui adresser un sourire rassurant, mais cela devait ressembler plus à une grimace qu'autre chose, puis je passai devant elle. En tant que frère, j'avais l'impression que mon rôle était de la protéger, d'être celui qui encaisse les coups. Symboliquement, en entrant le premier, j'avais le sentiment de me comporter comme j'aurais dû le faire depuis le début.

Mais, en découvrant l'état de mon oncle, allongé sur le lit, je m'arrêtai net.

J'entendis le petit cri de Jude et croisai le regard vif d'Oliver. La seule chose qui prouvait réellement qu'il était vivant.

— Qu'est-ce qu'ils t'ont fait ?

La lumière de la baie vitrée nous laissait entrevoir l'étendue de sa souffrance. Toute couleur semblait avoir fui sa peau. Il était si blanc qu'on pouvait presque le confondre avec le mur. Ses yeux, cependant, étaient entourés d'auréoles sombres. Des cernes ou des hématomes, j'étais bien incapable de le savoir. Ses joues creusées impactaient ses traits plus encore. Si je n'avais pas reconnu son regard…

— Oncle Oliver…

La voix de Jude était brisée. Elle me dépassa et rejoignit notre oncle. Elle s'assit sur le lit avec délicatesse et approcha sa main de son visage sans oser le toucher.

— Je sais que j'ai l'air en piètre état, mais rassurez-vous, je vais bien.

Non, avec une tête pareille, il était impossible d'aller bien.

— Est-ce que tu as mal quelque part ? s'enquit Jude.

Un sourire s'épanouit sur le visage d'Oliver. Bon sang, après son apparition dans la bibliothèque, je ne m'imaginais pas le trouver dans un tel état.

— Moins, maintenant. Dans quelques jours, je serai comme neuf.

— Dans quelques repas, surtout, déclarai-je.

Son attention glissa vers moi. Il m'observa avec douceur.

— Oui, comme tu le dis si bien, manger est la base de la vie.

Et je me ferais bien un sandwich, là, tout de suite, pour calmer mes nerfs, maintenant qu'il en parlait.

— Où sommes-nous ? demanda Jude. Qui sont Méandrine et les autres gens qui se trouvent dans cette maison ?

Oliver tapota la main de ma sœur.

— Je vais tout vous expliquer. Je vous le promets. Je comprends que ces derniers jours ont dû être très difficiles pour vous. Sans doute me détestez-vous, mais sachez que tout ce que j'ai fait, je l'ai fait pour vous protéger.

Il sortait les violons, et son piteux état donnait envie d'y aller doucement avec lui. Moi qui avais prévu de lui hurler dessus, j'étais à présent un peu refroidi sur le sujet. Malgré tout, je ne comptais pas laisser passer ce qu'il nous avait fait.

— Je déciderai si je te déteste après que tu nous auras tout expliqué, lui assenai-je. J'en peux plus de rester dans l'incompréhension. Que sommes-nous ? Qui étaient nos parents ? Pourquoi nous avoir caché l'existence de l'autre ? Je veux tout savoir, Oliver. Plus de secrets.

Notre oncle hocha la tête.

— Plus de secrets, promit-il.

J'avais envie de le croire. Je tentai de me dire que tout ce qu'il allait me raconter serait la vérité, et que plus rien ne me serait dissimulé. Après cette conversation, j'aurais toutes les cartes en main. Je saurais ce qu'on m'avait caché toute ma vie. J'eus une pensée pour ma mère. À quel point ce qui allait suivre allait-il changer ce que j'éprouvais pour elle ? Cela faisait trois mois que je m'endormais en me demandant pourquoi elle m'avait menti. Allais-je enfin comprendre ? Allais-je l'accepter ? Et Jude ? Et mon père ?

Oliver m'invita à approcher. Il montra une place à son chevet. De peur de lui faire mal, je m'assis plutôt sur la chaise installée juste à côté du lit.

— Pour vous expliquer toute la vérité sur votre existence, je vais devoir commencer par le début. Et cela remonte à bien des années en arrière, avant notre naissance à tous…

Il vérifia qu'il avait notre attention avant de poursuivre :

— À l'époque, la terre que nous foulons était peuplée uniquement d'humains. La communauté alternative, elle, vivait ailleurs. Celle-ci est divisée en plusieurs espèces, les ombres, les chronologistes, les phénix et tant d'autres… Certaines de ces espèces étaient regroupées par familles. Par exemple, les souffleurs résidaient aussi avec les penseurs, les ombres avec les empathes… Ces derniers sont tous liés aux émotions, les premiers à l'esprit. Ce sont des espèces très proches qui s'unissent souvent. Bref, chacune de ces familles était originaire d'un monde accessible grâce à une porte. Et chaque porte se trouvait au même endroit, gardé par des défenseurs. Ceux-là avaient promis de protéger ce lieu au péril de leurs vies. Tout le monde vénérait les défenseurs et le sacrifice qu'ils étaient prêts à faire pour la sécurité de tous. Cependant, un jour, tout vacilla…

Je m'attendais à ce que la situation parte en vrille. C'était le cas dans n'importe quelle bonne histoire. Car c'est ainsi que je voyais ce que racontait mon oncle. Un conte qui ne nous concernait pas vraiment.

— Un défenseur de la porte des esprits a commis l'irréparable en libérant toutes les entités, leur laissant l'occasion d'envahir la totalité des mondes.

Mon oncle avala difficilement sa salive et s'interrompit un instant pour reprendre son souffle.

— Ceux qui nous quittent ne partent jamais vraiment. Si leurs corps restent sur terre, leurs âmes, elles, se matérialisent dans le monde des esprits. Et malheureusement pour nous, toutes ne sont pas gentilles et inoffensives… Raison pour laquelle ils vivent avec des faucheurs, des êtres rares qui peuvent parfois survivre des siècles et qui sont les seuls individus capables de gérer les esprits. La libération des entités a entraîné le chaos. Les défenseurs ont protégé leurs portes comme des acharnés, mais sans l'aide des faucheurs qui étaient soit morts, soit portés disparus, ils n'ont pu les empêcher de pénétrer les mondes de la communauté alternative. À cette catastrophe a succédé alors une période de combat, de destruction et de douleur. Les morts avaient plus de pouvoir que ce que tout le monde avait cru jusqu'alors et, bientôt, ils avaient tout saccagé, dévastant l'équilibre des mondes. Rapidement, la communauté entière comprit qu'elle allait périr.

J'étais suspendu à ses lèvres, tout comme Jude qui avait posé sa main sur la sienne. Alors qu'il racontait son histoire, Oliver semblait revivre le passé, quand bien même il ne l'avait pas vécu.

— Il ne restait qu'une seule solution, un seul endroit que les esprits n'avaient pas envahi : la Terre. Les défenseurs avaient fait leur maximum pour protéger ce lieu qui ignorait tout de notre existence. Se réfugier chez les humains et se cacher parmi eux était notre dernière chance. Cependant, si s'y rendre était possible, il fallait le faire avec intelligence. Il n'était pas envisageable de laisser passer les esprits par la porte. Cela aurait aggravé le problème.

— Comment ont-ils fait, alors ? s'enquit Jude.

— Comme je le disais, en temps normal, ils auraient demandé l'aide des faucheurs. Mais aucun n'était là pour les épauler. Les plus puissants des défenseurs se sentirent capables de repousser les entités le temps que leurs homologues rapatrient le reste du peuple alternatif. Ils firent leurs adieux à leurs familles et prirent place près de la porte. Au départ, ils furent beaucoup à les aider, puis petit à petit, les gens s'en allaient pour se réfugier sur Terre. Quand ils ne furent plus que quatre, quatre hommes d'espèces différentes, ils fermèrent la porte, s'enfermant à l'intérieur, et comme convenu, ils la scellèrent avec leurs essences. Pour que personne ne puisse jamais la rouvrir. Personne, sauf vous.

L'émotion fit briller ses yeux. Mon cœur tambourinait dans ma poitrine. Je n'arrivais pas à comprendre le rapport avec nous.

— Comment ça, « sauf nous » ? Que vient-on faire là-dedans ?

Il leva la main, me demanda de patienter et fut pris d'une quinte de toux. Je m'en voulais de le brusquer, mais je peinais à rester assis ainsi sans rien faire en attendant de connaître la suite.

— Durant des décennies, les enfants des défenseurs qui avaient scellé la porte ont été cachés et protégés, car ils étaient les seuls à pouvoir de nouveau ouvrir l'accès à notre monde, pour le meilleur ou pour le pire. Au fil des années, ceux qui avaient vécu le drame disparurent, les membres les plus jeunes de la communauté alternative prétendaient que tout cela n'était que des âneries, d'autres pensaient que nos ancêtres avaient été trop faibles et qu'il était possible de contrôler facilement les esprits. Une partie de notre peuple désire rouvrir la porte pour retrouver la tranquillité des mondes, négligeant au passage le danger qui s'y trouve encore. Avec le temps, la peur a disparu, remplacée par des idéologies qui pourraient mettre en péril la vie de n'importe qui sur cette terre. Les enfants des défenseurs furent traqués par ceux qui savaient que leur essence pouvait rouvrir la porte. Ceux qui n'avaient pas oublié le sacrifice des défenseurs créèrent alors une organisation visant à les arrêter, à protéger les enfants de ceux qui nous avaient sauvés. Par hommage, elle a été appelée « les défenseurs de la clé. » Génération après génération, les membres de l'organisation ont travaillé de concert pour préserver l'essence des défenseurs, tout en fouillant le monde humain pour retrouver nos faucheurs disparus, dans l'optique où la porte serait de nouveau ouverte.

— Et vous en avez trouvé ? demanda Jude.

Mon oncle sourit.

— Oui, mais malheureusement pas assez pour nous assurer le contrôle des esprits en vue de les enfermer de nouveau.

— Je ne comprends toujours pas ce qu'on vient faire dans cette histoire, avouai-je. On est les descendants des défenseurs, c'est ça ?

Le visage d'Oliver se ferma légèrement.

— La suite de mon histoire va beaucoup moins vous plaire, je dois vous avertir.

J'eus un rire nerveux.

— Très sincèrement, jusqu'ici, on ne peut pas dire que je vis un merveilleux moment non plus.

Je pensais apprendre la vérité sur nous, sur notre passé et notre famille, et non recevoir un cours d'histoire.

— Pendant longtemps, nous sommes parvenus à protéger les descendants des défenseurs qui avaient scellé la porte. Nos ennemis ont été dans l'incapacité de les retrouver. Certains descendants n'ont pas eu d'enfants, mais ils avaient laissé derrière eux leur essence avant de mourir.

Ainsi abandonnée, sans corps à incarner, elle était inoffensive. Aucun risque que quelqu'un s'en serve pour ouvrir de nouveau les mondes. Cependant, il y a un peu moins de vingt ans, nous avons découvert une traîtrise au sein de notre propre groupe. Certains nous faisaient croire qu'ils étaient là pour maintenir la paix, mais en réalité, ils portaient un plus sombre dessein. Dans le plus grand des secrets, ils tentaient d'enfanter un bébé doté de l'essence des quatre défenseurs pour ouvrir la porte.

Les sourcils de Jude se froncèrent, tout comme les miens.

— Tu ne fais qu'en parler, mais je ne comprends pas exactement, qu'est-ce que l'essence ? Le sang ?

— Pas tout à fait. Il s'agit de quelque chose qui pourrait s'apparenter à l'ADN de notre magie.

— Et il est possible de mélanger quatre essences en un seul enfant ? lança Jude, sceptique.

— Pendant longtemps, nous ne le pensions pas. Le simple fait d'enfanter une progéniture venant de deux espèces est déjà difficile, bien que possible. Y ajouter cet obstacle rend l'action délicate. Pourtant, avec le temps et les progrès de la génétique et de la recherche, certains étaient persuadés de pouvoir y parvenir.

— Qui étaient-ils ?

Il ferma ses lèvres et regarda au loin. Alors que j'écoutais le silence, je compris que ses prochaines paroles mettraient à mal toutes mes certitudes. Je sentais que ma vie allait être chamboulée et je me demandai si j'étais prêt pour ça.

— Votre mère, Alésia, était la descendante du défenseur de la porte des phénix. Elle avait été élevée dans l'idée que seul retrouver leur monde rendrait une chance de survie à son peuple. Pour cela, il était nécessaire de réunir les quatre essences. Mais deux descendants défenseurs étant morts, il fallait trouver un moyen de les utiliser. La mission d'Alésia fut alors de tenter de faire un enfant à qui l'on pourrait inoculer l'essence des disparus. Partant de ce principe, quoi de mieux que de séduire l'un des descendants du défenseur manquant. Un penseur qui n'était autre que moi ou votre père.

Cette fois, ce fut moi qui eus du mal à reprendre mon souffle. Était-il en train d'insinuer que ma mère était une traîtresse ? Qu'elle avait utilisé notre père pour parvenir à ses fins ? Et lui ? Était-il donc un penseur ? Avions-nous vécu avec lui sans même nous rendre compte qu'il était différent ?

— Bien qu'elle ait d'abord jeté son dévolu sur moi, elle a bien vite changé d'avis en découvrant que j'avais hérité de l'essence de souffleuse de notre mère. Votre père, penseur, comme notre père avant lui, est tombé sous son charme en un claquement de doigts. Ils ont décidé de vivre ensemble puis, le temps passant, et l'insistance d'Alésia augmentant, il a accepté d'essayer de lui faire un enfant. Ils ont eu recours à des fécondations in vitro. Votre mère disait que cela multipliait leurs chances. Si c'était vrai, la vérité résidait surtout dans le fait que cela permettait à son cercle d'injecter les deux autres essences dans les ovocytes. Les risques étaient grands et méconnus. Faire un tel acte est… effroyable ! L'enfant aurait pu ne pas survivre, mais surtout, il aurait pu être un monstre.

Jude me regarda. Se demandait-elle aussi si c'était ce que nous étions ?

— Bien heureusement, lança mon oncle avec un sourire, cela n'est pas arrivé. Les semaines ont passé et votre mère a fini par s'enticher de mon frère. Un jour, elle a décidé de lui avouer toute la vérité. Dire qu'il lui en a voulu serait un euphémisme. Il a eu le cœur brisé, et toutes les larmes qu'elle a versées n'ont rien changé au sentiment de trahison qu'il a ressenti. Tout aurait pu s'arrêter là… sauf que la fécondation a fonctionné.

Il fut secoué d'un léger rire.

— Personne n'aurait parié dessus. Le résultat était impossible, incompréhensible. Car ce n'était pas un bébé qui grandissait, mais deux. Deux enfants qui avaient chacun deux pouvoirs de défenseurs différents. Ensemble, ces deux enfants formaient la clé.

— On est mal, chuchotai-je.

— Votre mère, poursuivit-il, transformée par l'amour qu'elle vouait à votre père et par celui qu'elle a tout de suite éprouvé pour vous, s'est remise en question. Pendant de longs mois, elle a vécu parmi les humains, elle a côtoyé ce peuple menacé par l'ouverture des portes. Elle a dû choisir entre les phénix et le reste du monde. Et elle vous a choisis, vous. Vos parents ont demandé l'aide de l'organisation pour vous protéger. Les derniers traîtres ont été anéantis, et nous avons pris la décision de vous séparer. Au fil de nos recherches, nous avions constaté que vos capacités s'activaient lorsque vous passiez du temps avec des personnes ayant les mêmes pouvoirs que vous. Au contraire, si ce n'était pas le cas, elles semblaient s'endormir. Le but était de tout faire pour ne pas vous stimuler, de vous faire passer pour des enfants normaux. Vous êtes donc allés vivre chacun de votre côté, avec le parent qui ne possédait pas le même pouvoir que vous.

Ainsi, ça s'était résumé à ça ? Cela n'avait pas été un choix, mais une obligation ? Ma mère avait dû rester avec moi et mon père avait dû s'éloigner, car il était un penseur, lui aussi. J'avais beau comprendre que c'était pour nous protéger, je ne parvenais pas à ressentir autre chose que de la colère. Pourquoi tout cela avait-il dû se passer ainsi ? Ma mère… Allais-je pouvoir un jour lui pardonner d'avoir fait de mauvais choix, quand bien même elle avait changé après cela ?

Oliver soupira.

— Bientôt, tous auront découvert qui vous êtes et ce que vous êtes… La totalité du monde voudra vous retrouver. La moitié pour vous utiliser, l'autre pour vous tuer.

# 3

*Jude*

Je me levai et commençai à faire les cent pas.

— Tu as d'autres bonnes nouvelles dans le genre ? En dehors du fait que notre famille du côté de notre mère nous voyait uniquement comme un outil, et que la moitié de la planète va nous courir après toute notre vie ?

Est-ce que Dark Vador allait surgir entre deux tentatives de meurtre pour nous dire qu'en fait, il était notre père ? Cela ne m'aurait même pas choquée.

— Pourquoi nous avoir réunis ? demanda Chris. Si nos parents nous ont séparés, c'était pour une bonne raison. Pourquoi as-tu décidé de nous faire vivre ensemble ?

Ou pourquoi ne pas l'avoir fait avant ?

Mon oncle se tendit.

— Votre père a été tué par ceux qui veulent ouvrir la porte, Chris. Vous laisser seuls sans protection n'était pas une option pour moi. Je connaissais les risques, mais dans tous les cas, le pire allait advenir. Je ne sais pas comment, mais Adriel s'était rapproché de vous, il aurait fini par vous mettre la main dessus. Au château, j'avais un œil sur la situation, sur vous, et j'avais des moyens de vous préserver.

— Dis ça à l'arbre qui a pris une balle à notre place devant le lycée, grommelai-je.

Il ne répondit rien. Vraisemblablement, il n'était pas prêt à endosser l'intégralité de ses responsabilités.

— Peut-être que vos parents m'auraient détesté pour mes actes, déclara-t-il, mais je suis en paix avec eux. Des années durant, j'ai fait ce qu'ils demandaient. J'ai menti. J'ai tout fait pour que vous ne sachiez rien. Mais, aujourd'hui, ils ne sont plus là, et vous êtes tout ce qu'il me reste. Demeurer les bras croisés ne vous mettra pas en sécurité. Vous cacher non plus. Nos ennemis existeront toujours et ils finiront par avoir le dessus, car malheureusement, ce n'est pas systématiquement le bien qui triomphe.

— Es-tu en train d'insinuer que nous allons forcément mourir ? m'enquis-je.

Car c'était clairement l'impression que j'avais, et le poids sur mon estomac se fit plus lourd.

— Non. Je dis qu'il faut faire notre maximum pour que cela n'arrive pas, et mettre toutes les chances de notre côté pour protéger le plus grand nombre. Aujourd'hui, plus que jamais, nous devons continuer nos recherches pour retrouver d'autres faucheurs.

— Tu n'as pas l'air en état de faire quoi que ce soit, avouai-je.

Un léger sourire para ses traits.

— Rien que le temps et un bon repas ne guériront. Demain déjà, j'irai mieux et je me rendrai au château pour récupérer des affaires.

— Ne serait-il pas plus simple qu'on y aille à ta place ? demanda Chris.

— Non, pas pour cela. Ma présence est obligatoire. Mais vous pourrez m'accompagner.

La surprise m'envahit. J'étais persuadée qu'Oliver allait nous enfermer quelque part toute notre vie pour nous garder en sécurité. Il dut lire la perplexité sur mon visage, car il eut un léger rire.

— Je ne peux pas garantir votre protection. Je ne suis pas assez fort. Le seul moyen de vous rendre votre liberté est d'ouvrir la porte.

Chris écarquilla les yeux, et de mon côté, j'étais tout aussi abasourdie.

— Attends, ne viens-tu pas de nous expliquer que c'était mettre la Terre en danger ?

— Si cela est mal fait, oui. Si nous sommes prêts avec assez de faucheurs, non. J'ai entendu la souffrance de ces peuples qui luttent pour survivre, je vois les comportements de certains qui mettent en péril l'existence humaine. Si nous avons été discrets et redevables au départ à cette terre, nous finirons tôt ou tard par asservir son peuple malgré nous. Ce n'est qu'une question de temps. Et je ne le souhaite pas. Ouvrir la porte, enfermer les esprits et retrouver nos mondes seraient le moyen parfait de rétablir la situation et d'assurer le bonheur de tous.

Sauf que ça me paraissait bien trop beau pour être aussi simple.

— Adriel ne doit pas vous trouver, poursuivit Oliver. Il était un défenseur de la porte des esprits, et son implication à l'époque reste encore floue, mais ses actes aujourd'hui ne laissent aucun doute sur ce qu'il désire. Si tout le monde veut emprisonner les entités, de son côté, il espère les relâcher sur la Terre pour en prendre le contrôle.

— Pourquoi ai-je l'impression que tout ce que tu racontes depuis tout à l'heure se contredit ? lâcha Chris. Tu veux qu'on t'aide, tu ne veux pas nous enfermer, mais tu ne souhaites pas non plus qu'il nous trouve, tu veux ouvrir la porte, mais pas que cela soit lui qui le fasse… Je dirais bien que je commence à me perdre, mais ça fait déjà un moment que je ne comprends plus rien.

Oliver soupira.

— Tout est une question d'équilibre. L'organisation manque de membres, je ne vais pas le cacher. Et en dehors d'être la clé, vous êtes surtout puissants, même si vous ne vous en rendez pas encore compte. Votre aide est une chose dont je ne vais pas me priver. Mais tout devra être réfléchi, préparé. Hors de question de se jeter dans la gueule du loup. À partir de maintenant, vous ne faites plus un geste sans en avoir discuté avec moi auparavant.

Essoufflé, il lui fallut un moment pour apaiser sa respiration haletante. D'un regard, je compris que Chris pensait la même chose que moi, notre oncle avait besoin de repos. Et même s'il y avait encore énormément de points à aborder, nous allions devoir attendre.

— Tu devrais dormir un peu, conseillai-je.

— Je te ramènerai à manger dans une heure, ajouta Chris. On en profitera pour continuer notre conversation.

— Vous avez, vous aussi, beaucoup de choses à me raconter.

Ah, ça, il n'avait pas idée…

Je me levai du lit ; les yeux de mon oncle commençaient à papillonner. Je contemplai, le cœur serré, son corps en lutte, sa peau trop blanche, ses os saillants. Qu'importe qui lui avait fait du mal, je souhaitais plus fort que tout le faire payer.

Chris passa à mes côtés. Une fois à la porte, il m'attendit. Je le rejoignis, les émotions en vrac. En silence, nous descendîmes les marches et retrouvâmes les autres assis sur les canapés, en train de boire un café.

C'était tellement étrange de contempler une scène si normale alors que ma vie n'était qu'un immense capharnaüm.

— Tout va bien ? voulut savoir Jake.

Mes lèvres refusèrent de s'ouvrir. Celles de Chris le firent pour poser une question qui aurait pu être improbable pour n'importe qui, mais pas pour lui.

— Où se trouve la cuisine ?

D'un geste de la main, Méandrine nous indiqua le chemin. Les autres reprirent leur conversation. Je sentis le regard d'Evan sur moi, mais luttai pour ne pas le croiser. S'il plongeait ses iris dans les miens, il y avait des chances qu'il comprenne à quel point j'étais perdue.

— Allons-y, me dit Chris.

Je lui emboîtai le pas en mode pilote automatique. J'étais bien contente qu'il décide à ma place de la suite. J'étais incapable de le faire seule.

Derrière la porte, l'inox omniprésent reluisait de mille feux. J'avisai les trois fours et les deux plaques de cuisson en fronçant les sourcils. Combien de personnes vivaient sous ce toit ?

Chris ouvrit le réfrigérateur américain qui était bien garni. Il en sortit des ingrédients et je l'observai sans rien faire. Le regarder confectionner des sandwichs était un acte anodin. Cependant, quand je le vis fouiller dans les larges tiroirs de la cuisine pour attraper une casserole, je ne pus m'empêcher de lui demander ce qu'il trafiquait.

— Pâtes à la bolognaise.

Sa réponse était simple. Concise. Mais mon esprit avait du mal à l'accepter.

— Là, maintenant ?

— Il y a une heure précise pour cuisiner ?

Il balança de l'huile dans une poêle, juste après avoir mis de l'eau à chauffer.

— Une heure, non, mais un moment, sans doute. Après tout ce qu'on vient d'apprendre…

Je m'attendais à ce qu'il déprime dans un coin dans la position du lotus, du fœtus ou de n'importe quelle chose en « us ».

— Je préfère focaliser mon esprit sur une tâche plutôt que de me laisser aller à mes pensées et de m'enliser dans des émotions négatives, me coupa-t-il. Cherche un paquet de pâtes, il y en a forcément quelque part.

J'avais envie de lui dire que « s'il te plaît » n'était pas pour les chiens, mais je pris sur moi et obéis, commençant à ouvrir les placards, légèrement gênée. Nous n'étions pas chez nous, était-ce normal qu'on agisse comme si c'était le cas ?

Entre deux paquets de riz, je trouvai des spaghettis que j'attrapai avant de rejoindre Chris. Je les lui tendis et croisai les bras en le regardant s'affairer à couper des oignons. Allait-il se mettre à pleurer ?

— J'ignorais que tu savais cuisiner, avouai-je

— Ma mère m'a appris.

Il s'arrêta un instant et grimaça.

— Enfin, notre mère.

Je ne lui en voulais pas. De mon côté aussi, j'avais du mal à assimiler que nous avions les mêmes parents.

— Comment était-elle ?

Mon cœur battait à tout rompre. Cette question avait occupé mon esprit si longtemps qu'elle avait failli s'en échapper toute seule à plusieurs reprises. Cependant, à cause du mutisme de Chris, j'avais fait en sorte de la garder pour moi.

— Très directive, parfois douce, mais relativement stoïque. Souvent, je me suis demandé si elle ressentait quelque chose. Il était rare qu'elle s'emporte, encore plus rare qu'elle se mette à rire, et je ne l'ai jamais vue pleurer. Cela ne l'empêchait pas de m'élever parfaitement. Elle tentait de me donner de l'amour au travers de ses actes et de ses paroles. Mais j'ai toujours eu l'impression qu'il y avait un mur entre elle et moi. De longues années durant, je me suis demandé si c'était à cause de mon visage. Elle m'avait raconté que mon père était mort. Dans mon esprit, je me suis inventé des histoires comme quoi je lui ressemblais. Je me disais que la raison de son comportement étrange venait peut-être de là. Que me voir tous les jours la rendait triste sans qu'elle le montre. En grandissant, je n'ai pas été tendre avec elle. Je voulais la pousser dans ses retranchements, pour qu'elle réagisse. Je voulais qu'elle m'explique pourquoi elle me forçait à jouer du piano, à faire du tennis, ou à pratiquer toute autre activité possible et imaginable. J'avais souvent l'impression qu'elle voulait me façonner, me faire devenir le fils parfait qu'au bout du compte elle n'avait pas eu. Ce sentiment constant de ne pas être assez bien m'a accompagné longtemps. Et à sa mort, j'ai regretté de ne pas lui avoir tout simplement posé la question. Peut-être que je me serais senti moins mal.

La tristesse m'étreignit. La culpabilité aussi. Mon père ne m'avait jamais fait ressentir le quart des émotions de Chris. Il avait été un papa poule extraordinaire. Et maintenant que je savais la vérité, que j'étais au courant de la manière dont nous étions venus au monde, je l'aimais encore plus. Il aurait pu nous abandonner ou même nous tuer pour éviter que le pire ne se produise. Mais il m'avait gardée, m'avait donné tout l'amour qu'il pouvait jusqu'à ce qu'il s'éteigne.

Je sentis l'émotion me monter aux yeux. Tant pis, je pouvais mettre ça sur le dos des oignons.

— Comment est-elle morte ?

Mon oncle me l'avait déjà dit. Elle avait perdu la vie dans un banal accident de voiture. Mais était-ce la vérité ?

— Un carambolage sur une route dangereuse. Ma mère avait tendance à rouler un peu trop vite. Comme si elle n'avait pas conscience du risque. Malheureusement, ce jour-là, celui-ci ne l'a pas loupé.

Il n'avait pas cessé de couper les oignons. Je ne voyais pas son regard, mais avais senti sa voix se briser légèrement à la fin de sa phrase. Même si plusieurs années étaient passées, la douleur était encore présente.

— Tu n'as jamais aperçu ses ailes ?

Un rire sans joie secoua sa poitrine.

— Elle gardait toujours un tee-shirt, même pour se rendre à la plage. Elle disait qu'elle avait une maladie de peau et qu'elle devait se protéger du soleil. Je n'ai jamais vu son dos. Je n'arrive pas à croire que j'aie pu passer à côté de ça.

— Ils ont été très forts pour dissimuler la vérité. Tu n'as pas à t'en vouloir. Toi comme moi, on ne pouvait pas s'attendre à ce qu'ils nous mentent. À ce que tout soit si…

— Extraordinairement bordélique ?

J'acquiesçai et le regardai progresser dans sa recette. Les oignons rissolaient maintenant dans la poêle tandis que l'eau se mettait à bouillir.

— Ça fait beaucoup à encaisser, déclarai-je.

— Des espèces magiques, une famille qui nous ment, des pouvoirs sortis de nulle part et des gens qui veulent notre peau ou nous utiliser, oui, clairement, ça fait un peu trop.

D'un geste brusque, il plongea les spaghettis dans une casserole.

— J'ai senti que tu allais mal, fis-je soudain. J'étais dans les montagnes noires, et tout à coup, une douleur atroce m'a traversé le ventre. Tout de suite, j'ai compris qu'il t'était arrivé quelque chose.

Une grimace s'afficha sur son visage.

— Durant une poignée de secondes, je suis mort. Empalé par une barre de fer. Peu agréable, je ne recommande pas.

Il ne vit pas immédiatement mon regard abasourdi.

— Tu sais ce que c'est, le pire ? me demanda-t-il ensuite. C'est que tu ne doutes même pas un instant de ce que je te dis. Tu sais que c'est vrai. Sérieux, dans quelle galère on est plongés ?

— A priori, une galère dans laquelle tu peux ressusciter !

Mon jumeau se mit à rire.

— C'est grâce à l'aide de Jake, d'un fantôme et d'un magnifique timing. La fausse toi a bien failli me faire passer l'arme à gauche.

— C'est la deuxième fois que tu parles de ça, et je ne comprends toujours pas ce que ça veut dire…

Il entama un récit qui me fit ressentir un tas d'émotions. L'effroi, la colère, mais aussi la peur. La peur de savoir que cela pouvait recommencer un jour.

— On va devoir se mettre au jus de toutes les espèces qui existent et de leurs pouvoirs, déclarai-je.

— Je suis bien d'accord avec toi là-dessus. Mais avant ça, j'aimerais bien comprendre autre chose.

Curieuse, j'attendis qu'il poursuive.

— Tu es à moitié phénix et à moitié architecte. Je suis penseur… mais quelle est l'autre essence qui m'a été offerte ?

La bouche ouverte, je me rendis compte que je n'avais aucune réponse à lui donner.

# 4

*Chris*

Méandrine nous avait rejoints dans la cuisine. Nous ne l'avions pas vue tout de suite, bien trop absorbés par notre conversation. C'était la première fois que Jude et moi parlions autant, et il semblait compliqué de nous arrêter. En même temps, pouvait-on nous en vouloir ? Tant d'années séparés, et tant de choses qui nous rapprochaient à présent… Nous étions les seuls à comprendre ce que l'autre ressentait.

— Ça sent très bon, par ici.

Jude sursauta. Pour ma part, je me retournai avec une expression qui fit tressaillir notre hôtesse. Oui, je n'aimais pas forcément être dérangé.

— Merci, dis-je en guise d'apaisement.

Son sourire me fit comprendre qu'il n'y avait pas de mal.

— Si vous l'acceptez, j'adorerais vous présenter aux autres.

Les autres, c'était sans doute ceux qu'on avait vus à l'étage en arrivant. Des silhouettes, rien de plus. Qui étaient-ils ? Vivaient-ils ici ? J'avais beau cuisiner dans cette pièce, je ne savais toujours pas qui résidait dans cette maison.

Animée par les mêmes interrogations, Jude lui posa la question.

— Cet endroit m'appartient, mais il est ouvert à n'importe quel membre de l'organisation. C'est là qu'on se retrouve pour faire le point ou pour nous remettre en forme, comme votre oncle aujourd'hui.

— Vous savez donc qui nous sommes dans les moindres détails, compris-je.

— Effectivement.

Ce fut la seule réponse qu'elle nous offrit avant de retourner dans le grand salon. Nous la talonnâmes d'un pas vif.

Jake, Maddie et Evan s'étaient levés du canapé. Alec, de son côté, y était resté assis, les pieds sur la table. De quoi nous faire comprendre qu'il était clairement dans son élément. Trois autres personnes avaient fait leur apparition. Deux hommes et une femme. Cette dernière se tenait un peu en retrait et ne semblait pas très à l'aise. Son visage était à moitié dissimulé derrière ses manches trop longues qu'elle mâchouillait d'un air angoissé. Ses yeux gris, grands ouverts, nous observaient avec attention et méfiance. Ses cheveux blonds étaient attachés en une queue de cheval peu serrée dont plusieurs mèches s'échappaient. Je lui donnai vingt-cinq ans, peut-être légèrement moins.

L'homme à sa gauche était grand, brun et affichait un sourire rassurant. Son regard caramel nous étudiait avec sympathie, il devait avoisiner la quarantaine. Le dernier homme, plus âgé, semblait plus rustre. Vêtu d'un pantalon cargo vert foncé et d'un tee-shirt noir, il paraissait tout droit sorti d'une caserne militaire. Seuls ses longs cheveux blond foncé, attachés en catogan, brisaient ce style. Le visage marqué par le temps et par des blessures aujourd'hui refermées, il ne faisait aucun doute qu'il avait vécu beaucoup de choses. Ses yeux verts étaient braqués sur moi.

— C'est donc lui.

Sa voix rauque me fit me sentir tout petit, et sous le poids de son regard, j'eus l'impression d'être un enfant venant de faire une bêtise.

— Tout le monde, je vous présente, Corneille, Laura et Silas.

Ce dernier, l'homme au sourire avenant, nous tendit la main. Je m'approchai pour la prendre et Jude en fit de même avec maladresse. En France, les femmes étaient plutôt habituées à faire la bise.

— Ils sont nombreux, grogna Corneille, je n'aime pas ça.

Jake se racla la gorge.

— Nous ne sommes pas là pour vous poser des problèmes. Nous sommes venus, car Oliver nous a invités.

L'homme aux longs cheveux marmonna. Je crus l'entendre dire que les Hudson n'en faisaient toujours qu'à leur tête. À l'idée que mon oncle puisse être un perturbateur, je souris.

— Ça te fait marrer ? lança Corneille.

OK, lui et moi ne partions pas sur de bonnes bases, je le sentais.

— Calmez-vous, clama Méandrine d'un ton détendu. Vous allez devoir passer beaucoup de temps ensemble, inutile donc d'empirer la situation.

— Beaucoup de temps ensemble ? répétai-je. Pourquoi ?

Ce n'était pas du tout dans mon programme. D'accord, je n'avais pas vraiment de programme, mais si j'en avais eu un, rester avec ce grincheux n'aurait pas été inclus dedans, j'en étais certain.

— Ces trois personnes, Chris, vont t'apprendre à maîtriser tes pouvoirs. Laura et Silas sont des penseurs. C'est grâce à eux que vous avez pu voir votre oncle à la bibliothèque. Corneille, quant à lui, est un enchanteur.

— Comme Merlin ? s'enquit Jude.

Vu la tête de Corneille, elle aurait dû tourner sept fois sa langue dans sa bouche avant de parler.

— J'espère qu'il reste du cognac, car si je dois endurer ce genre de conversation, il va m'en falloir !

Sans perdre de temps, il s'en alla dans la cuisine d'une démarche lourde.

— Il est très agréable, ne pus-je m'empêcher de lâcher.

Quelques rires fusèrent. Même Laura délaissa l'une de ses manches pour m'offrir un sourire.

— Corneille n'aime pas les imprévus, nous apprit Méandrine.

— Corneille n'aime pas grand-chose, ajouta Silas.

Bon, au moins, le ton était donné.

— Vous avez dit que j'allais devoir m'entraîner avec les trois. J'en conclus donc que je suis en partie enchanteur, bien que je ne sache pas du tout ce que cela veut dire.

Méandrine me fit signe que oui.

— L'essence du défenseur enchanteur coule dans tes veines. Tu as beaucoup de chance. Les enchanteurs ont toujours été rares, et cela ne s'arrange pas avec le temps…

Je vis Jude chercher le regard d'Evan. Nous n'avions pas encore parlé de la relation qu'elle entretenait avec lui. J'avais l'impression que nous n'allions pas avoir assez de toute une vie pour nous raconter tout ce que nous avions sur le cœur.

Tout le monde se mit à discuter. Corneille revint et alla s'asseoir sur le canapé près d'Alec. Méandrine, de son côté, était partie chercher des papiers à signer avec notre sang pour promettre silence, fidélité ou je ne sais quoi. Il fallait dire que j'écoutais les conversations sans m'y intéresser. Peut-être aurais-je dû. Pourtant, mon attention était focalisée sur les escaliers. J'avais envie de voir mon oncle. Je n'aimais pas le savoir seul là-haut alors que nous étions tous ici.

Je me rendis dans la cuisine et récupérai l'assiette que je lui avais préparée. Comme promis, je sortis de la pièce et montai les marches qui menaient à sa chambre. L'écho des discussions avait dû le réveiller, car ses yeux étaient ouverts et sur son visage, je pouvais lire qu'il était perturbé. Quand il me vit, ses épaules se relâchèrent.

— Tout va bien ? lui demandai-je.

— C'était justement la question que je me posais. J'aurais voulu être là lors de votre rencontre avec les autres. Mais vraisemblablement, Méandrine en a décidé différemment.

Je m'approchai et lui tendis son repas.

— C'est qui, exactement ? La cheffe de l'organisation ?

Il secoua la tête.

— Nous n'avons pas de chef. Nous prenons les décisions en referendum. Mais Méandrine fait partie de l'organisation depuis sa création, ou presque. Et c'est grâce à elle que nous sommes à l'aise financièrement. Elle a su placer son argent et le nôtre des années durant pour le faire fructifier. Son aide est tellement précieuse qu'il est difficile de lui en vouloir de prendre certaines décisions seule.

Quelque chose me perturbait dans ce que venait de dire mon oncle.

— Comment ça, elle est là depuis presque sa création ?

J'avais cru comprendre que l'organisation avait vu le jour il y avait fort longtemps. M'étais-je trompé ?

Mon oncle afficha un sourire amusé.

— Méandrine est une faucheuse, Chris. En tant que telle, elle peut vivre plusieurs centaines d'années, voire plus. Elle s'évanouira seulement quand la mort l'aura appelée, et il semble qu'elle n'en ait pas encore décidé ainsi.

— Tu es en train de prétendre que sous ce toit réside une des femmes les plus puissantes de la planète. L'une des rares à pouvoir maîtriser les esprits ?

Il sourit.

— C'est exact. Mais ne lui dis pas trop, cela pourrait lui monter à la tête.

Il en avait de drôles, lui. À la place de Méandrine, je me ferais baiser les pieds et apporter du raisin pendant qu'on me masserait le dos. Oui, j'en rêvais. Non, je n'étais pas Méandrine.

— Entre elle et vous, ces murs recèlent beaucoup de trésors, ajouta Oliver.

— Elle ne sait pas où se trouvent les autres faucheurs ?

— Il y a quelques années, elle en a déniché une. Malheureusement, cette dernière n'a pas survécu. Beaucoup sont morts, et je suspecte certains survivants d'être à la solde d'Adriel. C'est une chose que tu devras confirmer.

Avais-je bien entendu ? Il avait parlé de moi ?

— Ne fais pas cette tête, ricana-t-il. Je te parle de projection astrale, pas d'y mettre réellement les pieds.

— Pourquoi les autres ne le font pas ? Laura et Silas sont des penseurs, non ?

— Ils ne sont pas assez puissants pour se projeter là-bas. Adriel a érigé des barrières autour de lui.

— Et tu penses que je peux les briser ?

— Non. Mais j'espère que tu pourras t'approcher le plus possible. Peut-être apprendras-tu quelque chose tout de même. L'observation est importante.

Il se mit enfin à manger et je le regardai engloutir avec appétit son repas. J'étais soulagé qu'il avale quelque chose, pour moi, c'était la preuve qu'il était sur le chemin de la guérison.

— Je ne pense pas être capable de grand-chose pour l'instant, oncle Oliver.

Il posa sa fourchette avant de mettre sa main sur mon épaule.

— Tout s'apprend, mon garçon. Et on attendra le temps qu'il faudra.

La machine est en marche depuis tellement longtemps que quelques mois de plus ne changeront pas grand-chose. Ne t'inquiète pas et ne te mets pas de pression, cela n'arrangerait pas les choses. Tu n'as pas besoin de ça.

Pourtant, je sentais le poids de mes responsabilités me peser sur l'estomac. Je préférai ne rien lui dire pour ne pas l'effrayer.

— Et Jude, elle aura besoin d'entraînement ?

— D'après Alec, elle sait déjà faire des trucs extraordinaires, mais elle y arrive sans le vouloir, ce qui est plus dangereux encore. S'enfermer dans une faille sans pouvoir en sortir peut être aussi fatal que de se consumer spontanément. Pour le moment, elle est une bombe à retardement. Elle va devoir travailler pour apprendre à se contrôler et à limiter l'impact de ses pouvoirs sur sa vie.

Rassurant.

Je soupirai. Mon oncle me regarda, attendant apparemment que je dise quelque chose. Voulait-il savoir ce que je ressentais ? Voulait-il que je lui balance à la figure tous les noms d'oiseaux que j'avais imaginés durant son absence ?

— Je t'en veux. Que tu aies eu de bonnes raisons ou non n'y change rien. Tu es la seule personne qu'il me reste avec Jude, et je ne parviens pas à calmer la colère que je ressens quand je repense au fait que tu m'as menti. Que vous nous avez tous menti !

Mon oncle ne cacha pas son chagrin. Il n'avait jamais été du genre à dissimuler ses émotions comme le faisait ma mère. Pendant des années, j'avais constaté son malaise, cette drôle d'impression qu'il avait quelque chose sur le cœur qu'il ne disait pas. À de nombreuses reprises, je l'avais vu hésiter, mais jamais il ne m'avait avoué la vérité.

— Il y a beaucoup de choses que je reproche à ta mère, mais je confirme qu'elle t'a toujours aimé, lâcha-t-il. Je sais que tu en doutes. Adam t'a entendu parler seul dans ta chambre à plusieurs reprises. Il m'a relayé tes paroles, tes crises de colère et ta tristesse. Les phénix sont différents de nous, Chris. Après avoir déserté leur monde, ils ont dû s'adapter. Changer. Ils se sont fermés aux émotions les plus puissantes, car cela était dangereux pour leur survie et celle de leurs proches. Même si elle ne le montrait pas, je sais qu'Alésia t'aimait plus que tout au monde. Et ton père, même s'il n'a jamais pu te voir, me demandait de tes nouvelles, me posait des milliers de questions avant de récupérer des photos de toi qu'il cachait dans une boîte pour que Jude ne les trouve pas. Tu ne le savais pas, mais il a toujours été là.

Mon oncle posa une main sur sa poitrine, et je sentis une larme glisser sur ma joue. Mes émotions étaient sens dessus dessous. J'étais heureux de savoir que mon père s'était intéressé à moi, triste de ne pas avoir pu le connaître. Comment quelqu'un que nous n'avions jamais rencontré pouvait-il autant nous manquer ?

— Accepte ton chagrin, Chris. Apprends à comprendre ton histoire, pour mieux percevoir ton présent et être prêt pour le futur qui t'attend.

Un futur qui semblait se compliquer au fil du temps.

# 5

*Jude*

Assise entre Evan et Alec, je me sentais mal à l'aise.

Le canapé immense nous avait laissé la place pour tous nous installer, mais ainsi autour de la table basse, j'avais une impression étrange.

Corneille sirotait son cognac alors que Méandrine apportait des boissons pour les autres. Bon sang, prenait-on vraiment l'apéro tout en signant des pactes avec notre hémoglobine ?

Quand les cacahuètes arrivèrent, posées sur le plateau de Méandrine, j'eus ma réponse.

— C'est n'importe quoi, soufflai-je à voix basse.

La main d'Evan effleura ma cuisse, faisant s'embraser mes sens et mes joues. Je détestais l'avouer, mais il avait un réel pouvoir sur moi.

— Tout va bien ?

Non, ça n'allait pas, et en voyant ma tête, il dut facilement le deviner.

— Allons faire un tour, décréta-t-il.

Sans attendre de réponse, il se leva. Tous les regards se braquèrent alors sur lui, et la pièce fut plongée dans le silence.

— Que faites-vous ? demanda Méandrine.

— J'ai besoin de prendre l'air, lui dis-je. Est-ce possible ?

Solliciter une permission juste pour sortir était vraiment exagéré, pourtant, je m'étais sentie obligée de le faire.

— Bien entendu. La zone est protégée jusqu'à la clôture. Ne vous aventurez pas plus loin. Ou plus haut, ajouta-t-elle après un coup d'œil à Evan.

Autrement dit : interdiction de voler.

Evan se renfrogna. Je pressentais que c'était dû au fait que tout le monde était au courant de sa nature, et non à cause du conseil qu'on venait de lui donner. Il attrapa ma main et nous sortîmes de la pièce par la baie vitrée, sous les regards pesants des autres. Je refermai derrière nous, certaine que les conversations à notre sujet iraient bon train. J'avais bien vu la façon dont Jake nous observait et j'avais croisé les yeux de Silas qui jaugeait mon inséparable sous toutes les coutures. Savait-il qu'il était un phénix ? Sans doute. Dans le coin, j'avais l'impression que tout le monde était au courant de tout. Pourtant, Evan avait dissimulé ses ailes, une habitude prise depuis qu'il se cachait parmi le reste de la communauté. Ne pas les apercevoir me dérangeait.

Nous nous éloignâmes de la maison sans dépasser les limites de la propriété. Dehors, de l'eau ruisselait en cascade sur un pan de mur, s'échouant dans un petit bassin. Au loin, nous avions une vue plongeante sur la ville.

— Sais-tu où nous sommes exactement ? demandai-je à Evan.

— Los Angeles.

La cité des anges. Encore une ville où je ne pensais pas mettre les pieds avant longtemps, voire jamais.

— Ton oncle va bien ?

Evan semblait inquiet. Il ne s'en faisait pas pour Oliver, mais pour moi.

— Je ne sais pas ce qu'on lui a fait exactement, mais il a pris un sacré coup. Je crois qu'il s'en remettra, cependant. Nous avons parlé. Bien que beaucoup de choses restent encore à éclaircir.

— Tu te sens mieux ?

J'ignorais quoi lui répondre. Une partie de moi était heureuse d'enfin connaître la vérité, une autre n'était pas satisfaite du résultat. Du jour au lendemain, j'étais passée du statut de « fille sans histoire » à « clé des mondes ». Je n'avais pas été préparée à une telle chose et je n'étais pas certaine d'être prête un jour.

Evan s'approcha de moi et m'enlaça. Là, dans la chaleur de son étreinte, mes problèmes, bien que toujours présents, me semblaient un peu moins difficiles à supporter.

— Le plus dur, c'est de ne pas savoir où est ma place, ce qui m'attend, ou bien même l'endroit où je serai demain.

Il posa un baiser dans mes cheveux avant de souffler :

— Ta place est avec moi.

Si cela pouvait être aussi simple… Malheureusement, ce n'était pas le cas. Je le repoussai gentiment.

— Tu ne devrais pas rester ici. Ma vie prend un tournant compliqué. Cette histoire d'inséparables ne devrait pas t'obliger à demeurer à mes côtés.

Son visage se tendit et son regard s'assombrit.

— Rien ni personne ne me force à rester, et tu le sais très bien. Ta peur parle pour toi. Je resterai avec toi, que tu le souhaites ou non. Tu peux compter sur moi.

Il semblait honnête, mais une partie de moi ne voulait pas se laisser attendrir par ses paroles.

— Je te suivrai n'importe où, ajouta-t-il. À partir de maintenant, je suis un boulet à ta cheville.

Mon rire me prit par surprise.

— C'est bien de voir que tu es réaliste, le taquinai-je.

Son sourire goguenard fonça sur mes lèvres. Son baiser réchauffa mon corps, mon être tout entier. Je sentis mes muscles se relâcher et mes soucis s'envoler alors que sa bouche se mouvait contre la mienne pour me prouver à quel point il pensait ce qu'il disait.

Sa main passa dans mon dos et caressa ma peau nue, électrisant mes sens. Je me pressai contre son torse, essayant d'être plus proche encore de lui. Un gémissement franchit la barrière de ses lèvres.

— Tu me rends totalement fou, murmura-t-il.

Il m'offrit un dernier baiser avant de reculer d'un pas.

— Ce n'est sans doute ni le moment ni l'endroit pour…

Se consumer. Oui, il avait raison. Pourtant, ma seule envie était de lui foncer dessus, et vu son regard, il ressentait la même chose.

— Tu penses que nous allons rester ici longtemps ? finit-il par me demander.

Je ne pus m'empêcher de sourire.

— Tu veux savoir à quel moment nous pourrons nous sauter dessus ?

— Il y a de ça. Mais en vérité, c'est surtout pour savoir combien de temps tu vas garder cet air inquiet qui ternit ton visage.

Ma joie disparut. En une phrase, il venait de me rappeler tout ce que j'essayais de fuir.

— Malheureusement, je ne crois pas qu'être ailleurs changerait quoi que ce soit…


Nous avions fini par manger tous ensemble. L'ambiance avait été assez étrange. Si Maddie, Alec et Silas avaient tenté de faire la conversation, les autres étaient demeurés muets. Certains semblaient plongés dans leurs pensées quand d'autres n'avaient tout simplement rien à dire si on en croyait Corneille qui était parti se coucher dès son plat englouti. Méandrine nous avait attribué des chambres. Vu le nombre d'invités, nous avions dû les partager. Chris, Evan et Jake en avaient une, tandis que je partageais la mienne avec Maddie. Si tout le monde s'en sortait vivant dans la chambre des garçons, cela tiendrait du miracle.

Semi-allongée dans le lit que l'on m'avait octroyé, je réfléchissais. Ma colocataire, assise sur son matelas gonflable, remuait les lèvres sans pour autant prononcer un seul mot.

— Que fais-tu, exactement ? lui demandai-je.

— Je me parle à moi-même.

Bah ouais, la base.

— Et la conversation se passe bien ?

Elle continua son laïus silencieux avant de se tourner vers moi.

— Ça m'aide à mettre de l'ordre dans mes idées.

Maddie s'allongea, et je laissai mes propres pensées envahir mon esprit. Les mots de mon oncle, mes peurs et mes envies se mélangèrent, et le besoin de dormir, bien que présent, se fit repousser par tout ce capharnaüm.

— Besoin d'aide ?

L'empathe me tendit sa main. Habituellement, j'aurais refusé, préférant garder la maîtrise de moi-même, peu rassurée à l'idée que l'on me manipule d'une quelconque manière. Mais une partie de moi désirait souffler. Faire une vraie nuit, tranquille et reposante.

J'approchai mes doigts des siens et sentis une vague d'apaisement déferler en moi.

— Bonne nuit, Jude.

M'enfonçant un peu plus dans mon oreiller, je fermai les yeux, laissant le sommeil m'étreindre et m'accueillir à présent que mes tracas avaient disparu.

# 6



Entre Evan qui avait transformé la chambre en sauna et Jake qui avait ruminé, grogné et ronflé durant tout la nuit, mon repos avait été chaotique.

Mon cerveau avait tourné à mille à l'heure, passant du coq à l'âne au fil de mes tergiversations. Me sentais-je mieux ce matin ? Pas du tout. Réfléchir n'avait qu'attisé mon angoisse. Ne parvenant pas à fermer l'œil, je m'étais rongé toutes les peaux autour de mes ongles, une vilaine habitude qui faisait enrager ma mère.

Je fus soulagé de pouvoir me séparer du duo infernal. Encore plus de voir mon oncle au rez-de-chaussée, habillé et debout.

En m'apercevant, il me sourit.

— J'attends Jake. Nous allons nous rendre au château. Veux-tu venir avec nous ?

Sans même réfléchir, je répondis par l'affirmative. L'idée de rentrer chez moi me réconfortait, même si c'était pour un court laps de temps.

— Et Jude ?

— Elle dort encore, m'apprit mon oncle. Laissons-la se reposer.

Ma jumelle avait bien de la chance d'y parvenir. Maddie était sans doute une colocataire moins contraignante que les miens.

Jake descendit les marches, et je ne pus m'empêcher de l'accueillir avec un regard sombre. Ses sourcils se levèrent en un air interrogateur.

— Ce soir je dors seul, me contentai-je de dire.

Hors de question de réitérer cette expérience désastreuse.

— Allons-y, décréta mon oncle.

Jake passa ses bras autour de nous et, une fraction de seconde plus tard, nous apparûmes dans le bureau. Mon oncle ferma légèrement ses paupières et inspira à pleins poumons.

— Ça fait du bien de rentrer chez soi !

Un sourire fleurit sur son visage détendu, et cela me ravit de le voir ainsi.

— Pourquoi ne pouvons-nous pas revenir ici ? lui demandai-je.

— Peu de personnes sont autorisées à pénétrer dans ce château. L'exportation y est interdite, sauf pour les gens que j'ai invités, comme Jake. Seulement, tu as besoin d'entraînement, de passer du temps avec des penseurs et des enchanteurs, et permettre à tout ce beau monde de venir entre ces murs est pour moi inconcevable.

— Vous ne leur faites pas confiance ? s'étonna Jake.

Mon oncle se tendit.

— Quand il s'agit de la sécurité de mes neveux, je ne fais confiance à personne.

Jake fit signe qu'il comprenait.

— C'est pour ça que vous m'avez demandé de rester avec vous à Los Angeles ?

— C'est exact. Maddie peut sentir les émotions. Si l'un de mes collègues commencent à avoir des ressentis étranges, elle pourra me les partager, et grâce à vous, nous pourrons partir en un claquement de doigts. Mais, il est évident que si vous désirez vous en aller, je ne pourrai pas vous forcer à rester.

Jake sourit avant de lui rappeler :

— Vous nous avez payés d'avance.

Oliver ricana.

— Sans doute pas assez pour mettre votre vie en danger pour nous.

Le chronologiste haussa les épaules.

— Ce qui se passe dans votre famille met en jeu l'avenir de toute l'humanité. Je préfère être avec vous et suivre ça de près plutôt que de rester dans l'incertitude. Ne vous inquiétez pas pour moi.

Bon, c'était bien joli, cette discussion entre hommes, mais il me semblait qu'on avait d'autres chats à fouetter.

— Tu n'avais pas des trucs à prendre, oncle Oliver ?

L'intéressé acquiesça.

— Si, tout à fait.

Il inspira profondément par le nez et hurla :

— Yumiko !

Le prénom de la protectrice résonna contre les cloisons qui se mirent à trembler. L'Asiatique apparut, sabre à la main, après avoir traversé le mur qui menait aux escaliers. Son visage était inexpressif. J'avais presque l'impression qu'il avait été taillé dans la pierre tant ses traits semblaient figés. Elle s'agenouilla, posa son arme devant elle et baissa la tête.

— Oui, maître.

La voir dans cette posture me fit un petit quelque chose. J'avais envie de lui dire de se relever, qu'elle n'avait pas besoin de se comporter ainsi, mais je sentais aussi que cela ne me concernait pas.

— Lève-toi, Yumiko, et approche.

Elle obéit et s'arrêta devant mon oncle sans pour autant le regarder.

— Comment vas-tu ?

— Sans doute mieux que vous, monsieur Hudson. Avez-vous besoin que je massacre les personnes qui vous ont fait du mal ?

Mon oncle sourit.

— Pas encore. Mais merci pour la proposition.

— Avec plaisir.

L'Asiatique leva légèrement son visage vers mon oncle, le toisant à travers la lisière de ses cils.

— J'ai appris que tu avais rencontré mon neveu.

— Je sais que je suis censée me faire discrète, mais il allait casser la porcelaine, monsieur Hudson. Et je suis consciente que vous tenez à la porcelaine.

Mon oncle se tourna vers moi. Je levai les mains.

— Y a prescription ? Après tout, j'étais seul, sentant que quelqu'un se cachait dans les murs. Je pense qu'on peut me pardonner.

Oliver leva les yeux au ciel. Je ne serais sans doute pas privé de dessert, ce soir.

— Yumiko, fit mon oncle après avoir repris son sérieux, maintenant que je suis revenu et que j'ai retrouvé Chris ainsi que Jude, je vais devoir modifier notre contrat.

L'intéressée ne put dissimuler sa surprise. La tête droite, elle regardait mon oncle avec une drôle de lueur dans les yeux.

— Pourquoi ?

— J'ai besoin de toi, mais pas ici.

— Mais on ne peut pas laisser le château ! s'égosilla-t-elle.

— La propriété est entourée de défenses. Que cela soit le portail, la clôture, les portes et fenêtres ou d'autres choses encore, tout a été enchanté.

— De piètres objets enchantés ne suffiront pas à préserver cet endroit ! protesta Yumiko.

Mon oncle grimaça.

— Ne t'en fais pas, quelqu'un sera sur place si besoin.

Les poings de la protectrice se fermèrent. Les choses se corsaient. Jake et moi reculâmes de concert.

— Qui ? grogna-t-elle.

— Lorenzo ! appela mon oncle.

Il fallut de longues secondes pour que du bruit se fasse entendre. Des pas montèrent les marches. Le visage de Yumiko se fit plus tendu encore, ce que je ne pensais pas possible.

Un homme fit irruption dans le bureau. Il portait un short rouge, et seulement ça. Son torse était recouvert de poils aussi bruns que l'était sa tignasse. Une délicate moustache surplombait ses lèvres fines. Ses yeux d'un bleu azur brillaient de malice.

— Vous m'avez appelé, maître ?

— La situation devient très étrange, déclara Jake.

Pour le coup, je ne pouvais lui donner tort.

— Qui c'est, ce minus ? pesta Yumiko.

Elle y allait un peu fort, surtout que le dénommé Lorenzo devait avoisiner le mètre quatre-vingt.

— Il est ton renfort en cas de besoin. Lorenzo vit ici depuis très longtemps.

Cette fois, la protectrice ne put cacher sa surprise. Je n'y parvins pas non plus. Comment un tel gars avait-il pu se trouver dans la même maison que nous tous sans que l'on s'en rende compte ?

— Impossible ! s'exclama Yumiko.

Lorenzo ricana.

— Miaou !

Tout à coup, son corps se métamorphosa et sa silhouette imposante se réduisit jusqu'à devenir celle d'un chat. Et pas n'importe quel chat.

— Cookie ? lançai-je.

La bouche ouverte, Yumiko s'était comme tétanisée. Le fait d'apprendre qu'elle avait l'habitude de caresser un homme dans un corps de chat devait lui avoir fait perdre quelques années de vie.

— Il faut que je tue quelqu'un immédiatement, prévint-elle.

— Cela risque d'être compliqué, lui répondit très simplement mon oncle.

Le chat s'approcha de la protectrice en ronronnant et se frotta contre ses jambes.

— OK, Mario, tu vas reculer tranquillement où je te mets un coup de pied tellement puissant que tu vas atterrir dans une assiette à Hong Kong.

Jake ricana. Mon oncle lui lança un regard réprobateur.

— Calme toi, Yumiko. Lorenzo n'a fait que jouer le rôle que je lui ai attribué. Il est resté à tes côtés au cas où tu aurais eu besoin de soutien, ou pour prendre le relais si jamais tu devais disparaître.

La protectrice lui jeta une œillade aussi sombre que la nuit.

— Et quand vous dites disparaître, vous voulez dire mourir, j'imagine ?

Mon oncle posa sa main sur son épaule.

— Ou bien me suivre, comme je le souhaite aujourd'hui. Toi qui avais tant envie de sortir, n'es-tu pas contente ?

Sa manière de lui présenter cela, comme s'il lui offrait un cadeau, me chiffonnait. Lui laissait-il réellement le choix ? Et quand bien même elle pouvait sortir, cela serait pour faire quoi ? Je m'attendais à ce qu'elle pose la question, mais elle n'en fit rien.

— Quelles affaires dois-je prendre ? finit-elle par demander, la mâchoire serrée.

— Des armes, et tout ce dont tu auras besoin pour apprendre aux jumeaux comment se défendre et attaquer.

Pour la première fois depuis qu'elle nous avait rejoints, Yumiko porta son intérêt sur moi. Elle plongea son regard dans le mien, et je ne pus que m'interroger sur ce qu'elle y voyait. Cherchait-elle mon accord ? Ma détermination ? Autre chose ? Dans le sien, je décelai une question et une certaine excitation qui balaya ses doutes en une fraction de seconde.

— J'en ai pour cinq minutes.

Elle se retourna, faisant voler le bas de son kimono et laissant apercevoir ses longues jambes galbées. Lorenzo, qui s'était transformé de nouveau en homme, la lorgna sans se cacher, glissant sa lèvre entre ses dents.

— Sexy !

— Toi, le bouffeur de pepperoni, tu te calmes ! lui assenai-je.

Depuis quand se permettait-on d'avoir des réactions pareilles ? Sans rire, c'était une femme, pas un objet ! Si elle l'avait entendu, elle lui aurait sans doute fait avaler sa moustache.

Lorenzo m'offrit une expression innocente. Mouais, c'est ça, je vais y croire.

— Qui a enchanté votre propriété ? s'enquit Jake, curieux.

— Un ami qui n'est malheureusement plus de ce monde. Il a effectué un travail admirable. Il était le meilleur enchanteur que je connaissais, à l'époque.

— Et depuis ? demandai-je.

Était-ce Corneille qui avait pris cette place ? Ou bien quelqu'un d'autre que je ne connaissais pas ?

— Je suis persuadé que tu sauras démontrer un talent tout aussi grand, me dit mon oncle avec confiance.

Super, pas de pression, surtout.

Lorenzo se tendit imperceptiblement.

— Nous avons des individus qui viennent de tenter de pénétrer dans la propriété. Je vais vérifier que tout se passe bien.

Le protecteur nous salua brièvement et s'en alla sous la forme d'une panthère, me laissant sidéré, on ne pouvait le nier.

— Les morphéus ont un talent merveilleux, s'extasia mon oncle.

— Je hais les morphéus, grommelai-je.

Surtout depuis que l'un d'eux avait tenté de me tuer.

Oliver alla s'asseoir sur son fauteuil en attendant le retour de Yumiko. Jake patientait, les bras croisés.

— Je suis étonné de ne pas avoir vu l'esprit pointer le bout de son nez.

Mon oncle haussa un sourcil.

— Adam ?

Nous acquiesçâmes. Mon oncle resta abasourdi.

— Comment s'est-il débrouillé pour se désentraver du piano ?

La grimace qui s'afficha sur mes lèvres dut le mettre sur la piste.

— Ça me paraissait être une bonne solution, sur le coup, m'expliquai-je. Et puis, franchement, il n'est pas bien dangereux.

— Les esprits le sont bien plus que tu ne le crois, Chris. Et quand bien même, je ne l'avais pas entravé à cause de cela, je désirais juste qu'il se calme, car ta sœur commençait à éprouver des soupçons sur ce château. À partir du moment où elle m'a demandé s'il était hanté, j'ai fait le choix d'agir. Adam n'ayant pas voulu y mettre du sien, je l'ai forcé pour qu'il comprenne que ce n'était pas lui qui décidait dans cette maison. Qu'il y vive depuis plus longtemps que moi n'y change rien !

— Cette mélodie, c'est toi qui l'as apprise à maman ?

— C'était il y a longtemps. Le château appartenait à mon ami enchanteur, et beaucoup d'objets comme ce piano y ont été laissés. J'ai trouvé la partition sous une lame de plancher. En la jouant, j'ai fait apparaître une lettre qu'il avait mise de côté et qui m'était destinée. Cet endroit était tout ce dont j'avais besoin, et il le savait. Il faisait partie de l'organisation et il connaissait votre histoire. Je suis certain…

Il s'interrompit un instant pour se reprendre en se raclant la gorge.

— Il vous aurait adorés, poursuivit-il. J'ai envoyé la partition à ta mère et à ton père. Je leur ai demandé de trouver un prétexte pour vous l'apprendre. J'avais le sentiment que cela pourrait vous aider un jour. Bon, je pensais très sincèrement que cela irait plus loin qu'une simple désentrave d'esprit.

Un esprit qui n'avait toujours pas daigné se manifester pour venir dire bonjour.

— Peut-être que cela sera le cas, intervint Jake.

Mon oncle sourit. Avant de lancer :

— Si Adam ne vient pas, c'est sans doute parce qu'il craint que je le renferme. Une chance pour lui, ce n'est pas ma priorité aujourd'hui.

Yumiko nous rejoignit. J'observai ses mains vides, elle n'avait aucun bagage.

— Où sont les armes ?

Elle se contenta de lever les yeux au ciel. Oliver gloussa avant de lui demander :

— Penses-tu pouvoir emporter quelques vêtements pour les jumeaux ?

— Je m'en suis déjà chargée.

Comment ça, elle s'en était chargée ? Elle les avait fait envoyer ?

Oliver, satisfait, s'approcha de la protectrice avant de poser sa paume à plat devant elle.

— Tu sais ce qu'il nous reste à faire.

Un poignard apparu dans la main de Yumiko. Elle le lui tendit, sans montrer aucune expression, puis tourna le dos à mon oncle.

Perplexe, j'avançai d'un pas ; d'un regard, elle m'intima de ne pas bouger. Mon oncle releva ses manches et abaissa le col de la protectrice. Je pus alors apercevoir le haut du tatouage qui les liait. Mon oncle posa le tranchant de la lame sur son poignet pour en faire couler le sang puis il fit de même avec Yumiko, blessant sa peau laiteuse.

Oliver mit en contact leurs sangs et murmura des paroles à voix basse.

— Le promets-tu ? s'exclama mon oncle un peu plus fort.

— Oui.

Leurs plaies se refermèrent instantanément, et une petite arabesque s'épanouit dans le cou de Yumiko.

Mon oncle prit alors sa main, et Jake s'approcha d'eux tout en me faisant signe d'avancer.

Il était temps de rentrer à Los Angeles.

# 7



*Jude*

J'avais dormi comme un loir. Mais alors que je m'extirpais difficilement des brumes du sommeil, je remarquai que ma peau était brûlante. D'un coup d'œil rapide, je constatai que Maddie n'était plus là. Pour autant, une silhouette se dressait dans la pièce, et mon cœur s'emballa sous le regard fiévreux d'Evan.

— Bien dormi ? dis-je d'une voix pâteuse.

Il fit un pas vers moi et je sentis mon corps s'électriser. Il grimpa sur le lit avant de fondre sur ma bouche. Notre baiser fut passionné, la douceur n'ayant pas de place face au sentiment d'urgence qui nous habitait.

— Je ne suis pas certaine que cela soit le meilleur endroit, déclarai-je entre deux respirations.

Evan me répondit par un gémissement. Sa main droite glissa dans mes cheveux, attirant mon visage toujours plus près du sien alors que mes jambes s'étaient agrippées à ses hanches.

Sa paume gauche se posa sur ma cuisse, attisant le feu en moi. Mes propres mains partirent à l'assaut de son corps, de son torse et du bas de son dos. Je sentis des émotions nouvelles, un sentiment de force et de lâcher-prise. J'étais curieuse de savoir jusqu'où tout cela allait nous mener. Mais Evan finit par reculer, me laissant à bout de souffle et clairement frustrée.

— Quoi ?

Mon ton n'avait pas spécialement été sympathique. Pour ma défense, je n'avais pas prévu d'arrêter les câlins tout de suite.

— Comme tu l'as dit, ce n'est pas l'endroit. J'essaie de reprendre la maîtrise de moi-même.

J'ouvris la bouche, interloquée.

— Et tu ne penses pas que tu aurais pu le faire avant de débarquer dans ma chambre ?

Il se tendit et se leva, mettant de l'espace entre nous. J'étais soudain très énervée.

— Est-ce que tu faisais ce genre de coup à Illiana aussi, ou c'est juste avec moi ?

— Ne sois pas stupide, s'agaça Evan, ce n'est pas comparable. Illiana et moi, c'était uniquement pour le sexe et l'argent.

Je tiquai.

— Donc tu ne la repoussais pas cinq secondes après l'avoir chauffée dans un lit.

Ses mâchoires se serrèrent alors que son regard me sondait.

— Tu préférerais vraiment que je me comporte avec toi comme avec elle ? Je n'ai jamais eu de sentiments pour Illiana. Elle était ce dont j'avais besoin pour atteindre mes objectifs tout en m'occupant agréablement. Je pourrais te faire l'amour sur ce lit, te faire crier et rameuter toute la maison, mais je ne pense pas que tu veuilles partager ça avec ta famille et tous les inconnus qui rôdent entre ces quatre murs.

Le rouge me monta aux joues, mais je n'étais plus certaine de savoir si c'était à cause de mes nerfs ou d'autre chose.

Les muscles d'Evan se relâchèrent, il s'approcha et me demanda de me lever. Tout en soupirant, j'obéis.

Posant ses doigts sur mon menton, il m'intima de le regarder. Je plongeai mes yeux dans les siens qui brillaient de cette lueur orangée que j'aimais tant.

— Tu es la première et la seule qui peut me faire ressentir les sentiments que je tente de contrôler en ce moment. Sache que ça m'en fait presque mal, mais que je le fais pour nous. Nous avons besoin de temps et de faire les choses bien. Je serai toujours là, Jude.

J'avais envie de le croire. Je posai ma tête sur sa poitrine et essayai à mon tour de calmer la tempête émotionnelle qui faisait rage dans mon cœur.

— Tu as survécu à ta nuit avec Chris et Jake, à ce que je vois, lançai-je.

— Je n'ai pas fermé l'œil. Ton frère non plus. J'étais conscient que Jake pouvait me tuer dans mon sommeil, et en plus, il ronfle horriblement fort.

Un rire secoua ma poitrine.

— Vous avez parlé, avec Chris ?

Mon inséparable me fit signe que non.

— Nous avons, d'un commun accord silencieux, fait comme si l'autre n'était pas là.

Je soupirai. Les hommes étaient tout de même étranges.

Evan prit ma main, et ensemble, nous rejoignîmes les autres. Dans le salon, Alec et Maddie discutaient joyeusement, côte à côte sur le canapé. En nous voyant, main dans la main, Maddie perdit son sourire. La relation que j'entretenais avec Evan ne semblait pas la réjouir elle non plus.

— Tu as bien dormi, Jude ?

— Comme un bébé, merci pour le coup de pouce.

Elle balaya mes remerciements d'un geste de la main.

— Où est Chris ?

— Envolé avec Jake et ton oncle.

— Comment ça, « envolé » ?

Oliver nous avait déjà fait le coup de se volatiliser du jour au lendemain. Si je devais traverser de nouveau cette situation, je n'étais pas certaine de rester saine d'esprit.

— Ils sont allés chercher des affaires au château, ils vont revenir.

N'aurait-elle pas pu préciser cela dès le départ ? Non, elle avait préféré me laisser dans un suspense inquiétant !

— Pourquoi ne m'ont-ils pas attendue ? pensai-je à voix haute.

Personne ne me répondit, et je me rendis rapidement compte que le comportement de Chris et Oliver me blessait. Nous étions réunis seulement depuis quelques heures, ils auraient pu faire l'effort de m'en parler avant de se volatiliser sans moi.

Je fonçai dans la cuisine et cherchai de quoi petit-déjeuner avant de laisser tomber. Je n'avais même pas faim ! Mon œil glissa sur l'évier ; une pile de vaisselle sale en dépassait.

Je pris l'éponge et me mis au travail.

— Qu'est-ce que tu fais, exactement ?

Evan était dans un coin, les bras croisés. À son regard, il était clair qu'il me jugeait.

— J'occupe mes mains et mon esprit sur une tâche barbante et répétitive.

Simple comme bonjour, et pourtant, cela ne sembla pas le satisfaire.

— Parfois, je te trouve bizarre, tu sais, m'avoua-t-il.

— Il arrive souvent que j'aie envie de te cogner, donc sur le principe, je peux comprendre.

Je l'entendis ricaner.

— Tes déclarations d'amour sont touchantes.

Je lui fis un doigt d'honneur savonneux et il lécha sa lèvre tout en m'adressant un clin d'œil.

Je levai les yeux au ciel. Quel gamin !

J'eus le temps de faire toute la vaisselle avant que la voix de Jake ne résonne dans le salon. Plus calme que tout à l'heure, mais toujours un peu déçue, je séchai mes mains et partis retrouver tout le monde, accompagnée d'Evan.

Voir mon oncle debout et en meilleure forme me fit plaisir, mais je ne voulais pas me laisser attendrir.

— Vous auriez pu m'attendre, lançai-je sans avertissement.

Oui, j'allais potentiellement passer pour une enfant capricieuse, mais je n'y pouvais rien, je ne parvenais pas à garder ce que je ressentais pour moi.

— Maddie m'a dit que tu dormais bien, m'expliqua Oliver. Il me semblait plus judicieux de te laisser te reposer surtout que nous n'avons rien fait de bien important.

— Sympa pour moi, marmonna une femme derrière lui.

Je me décalai pour l'observer. Chris m'avait parlé la veille de la protectrice flippante qui vivait dans notre maison. Vu le portrait qu'il m'en avait fait, il était aisé de la reconnaître.

— Yumiko, c'est ça ?

— Bien vu, trente-cinq.

Chris ricana alors que je demeurais perplexe.

— Dorénavant, Yumiko restera avec nous.

Méandrine, qui avait dû faire irruption quelques instants plus tôt, s'avança, l'air crispé.

— Oliver, tu ne peux pas décider seul de ce genre de chose.

— Si cela te dérange, nous trouverons un autre endroit.

Méandrine tiqua.

— Ce n'est pas ce que j'ai dit et tu le sais très bien.

— Dans ce cas, tout est parfait.

Mon oncle sourit, et Méandrine partit en claquant des talons. L'ambiance semblait tendue entre notre oncle et notre hôtesse.

— Est-ce qu'il y a un problème ? s'enquit Alec.

Oliver rigola.

— Non. Méandrine et moi éprouvons le besoin de nous agacer mutuellement. C'est stimulant et effroyablement amusant.

Sa définition de l'amusement était clairement très loin de la mienne. Parfois, je me demandais si nous étions réellement de la même famille.

Tout à coup, trois coups furent frappés à la baie vitrée. Derrière celle-ci, nous pûmes tous observer l'enfant qui nous toisait en souriant.

Ma bouche s'ouvrit. Que faisait Nathaniel ici ?

— Qu'est-ce que c'est que ce délire ? souffla Alec. La propriété n'est-elle pas protégée des visites ?

— Pas de la visite des messagers, répondit Evan avec raideur.

Sa déclaration fut suivie de plusieurs hoquets de surprise. Pour ma part, je ne comprenais pas de quoi ils parlaient, mais je ne voyais pas l'intérêt de laisser ce pauvre garçon que j'avais rencontré à la fête de Nyx seul dehors, à attendre.

— Faites-le entrer, décrétai-je.

La stupéfaction autour de moi s'épaissit. Tous devaient se demander comment je connaissais le garçon aux cheveux blonds qu'Alec invita à pénétrer dans la maison, une drôle d'expression collée à son visage.

Quand l'enfant nous eut rejoints, un silence pesant s'installa.

— Bon sang, qu'est-ce que vous avez, tout d'un coup ? m'écriai-je.

Nathaniel se mit à rire alors que les autres restaient là sans faire un geste ou dire un mot. Evan attrapa ma main.

— C'est un messager, Jude.

— Merveilleux. Vous êtes au courant que je n'ai pas la moindre idée de ce que cela implique ?

— Les messagers sont des esprits qui ont été élevés à un rang supérieur, indiqua mon oncle. Ils parcourent le monde pour déposer des messages. Le genre de messages dont on ne peut se défaire.

— Comment ça, on ne peut pas s'en défaire ? demanda Chris.

Jake, qui était tendu comme un arc, prit la parole.

— Il est peu recommandé de ne pas obéir à la demande d'un messager. Si on essaie, ça se finit très mal.

— Dans la mort et le sang, conclut Oliver.

Le silence retomba et cette fois, j'en comprenais la mesure.

— J'aime bien l'idée ! intervint soudain Yumiko. La mort, le sang… Pour qui est la lettre ?

Sans se départir de son sourire, Nathaniel posa son regard sur chacun d'entre nous avant de se diriger vers moi et de me la tendre.

La main tremblante, je voulus m'emparer du papier. Il fit un geste de recul.

— Nos messages ne sont pas destinés à tout le monde, Jude Hudson. Partager son contenu peut mettre ta vie en danger. Sois sûre de pouvoir avoir confiance aux personnes à qui tu le divulgues. Il est habituel de tout simplement le garder pour soi. Je t'aurais prévenue.

Il avança de nouveau le papier et je l'attrapai, fébrile. Je sentis l'intégralité des regards peser sur moi. Je pris garde à ce que personne ne puisse lire derrière mon épaule et découvris le contenu. Dès que mes yeux se posèrent sur les quelques mots écrits à l'encre noire, je me tétanisai.

Je refermai le pli d'un geste brusque.

— Ça n'a aucun sens !

Je sentis la colère monter en moi, tout comme mes larmes qui menaçaient de jaillir à n'importe quel instant.

— Tout en a un, se contenta de me dire Nathaniel.

J'ouvris la bouche sans savoir quoi dire. Comment pouvait-il me donner ça et m'intimer le silence ?

— C'est impossible, murmurai-je au bout d'un long moment.

— Êtes-vous certain de ne pas vous être trompé de personne ? lança Chris.

Il ne se doutait pas à quel point sa question tapait dans le mille.

— Un messager ne se trompe jamais, lâcha Oliver d'une voix solennelle. Il agit pour maintenir l'équilibre, dans l'intérêt du plus grand nombre. Il sait ce qui a été, ce qui est et ce qui risque d'être. Ne pas suivre ses recommandations, c'est trahir l'existence même.

— Rien que ça, grommela Chris.

Je me fichais de ce qu'ils disaient. De ce qu'était Nathaniel ou non. La seule chose qui comptait était les mots couchés sur ce papier.

Mon regard plongé dans celui du messager, j'attendis un déclic, un signe. Il me sourit.

— Comment ? fut mon unique question.

— Toi seule pourras y parvenir.

— Ce n'est pas une réponse.

— C'est la seule que je peux t'offrir. Je comprends qu'il soit déstabilisant d'être à ta place. Interroge Evan. Lui-même ne saisissait pas pourquoi on lui demandait de te sauver, et aujourd'hui, il sait qu'il a pris la bonne décision.

Attendez. Quoi ?

Je me tournai vers mon inséparable, le visage ravagé par le doute.

— Tu as été obligé de m'aider ?

— Seulement au départ.

Jake eut un rire sans joie et fit une remarque comme quoi cela ne l'étonnait même pas. J'avais envie de lui dire que je n'avais pas sollicité son avis, mais j'étais trop abasourdie par tout ce qui était en train de se passer.

— Tu aurais dû me le dire.

C'était donc ce qu'était venu faire le messager à la fête de Nyx.

Le sourire de Nathaniel se transforma en grimace.

— Je pense qu'il est temps pour moi de m'en aller ! dit-il sans rien en faire pour autant.

Même s'il n'avait pas répondu par la négative, c'était tout comme. Déçue et blessée qu'Evan n'ait pas ressenti le besoin de me révéler cette partie de l'histoire, je serrai mon poing sur la missive du messager.

— Je vais devoir partir, déclarai-je. Dans une heure.

D'un pas rapide, je montai les escaliers et partis m'enfermer dans ma chambre. Le dos contre la porte fermée, le cœur battant si fort que j'eus l'impression qu'il allait jaillir de ma poitrine, je dépliai doucement le papier. Et alors, mes yeux embués regardèrent de nouveau cette phrase, cet ordre qui m'avait été donné :

RETROUVE TON PÈRE.

# 8



_Chris_

C'était ce que j'appelais une situation qui partait en vrille.

Jude avait fui à l'étage, Evan tirait une tête de dix pieds de long, Jake se marrait dans un coin, Maddie lui intimait de se calmer. Mon oncle restait là sans rien dire, totalement perdu dans ses pensées, et Yumiko demandait à quelle heure coulait le sang. Bref, rien n'allait.

— Elle ne peut pas partir, dis-je à Oliver.

— Si la requête du messager l'y oblige, elle n'a pas le choix.

— Mais, bordel, depuis quand on laisse un gamin de huit ans décider de notre destin ?

Effarement général. Silence de plomb. Je m'en foutais total, je pensais complétement ce que je disais.

— T'es mignon, hein, lançai-je à Nathaniel, mais tu ne peux pas débarquer et tout ficher en l'air en deux secondes et demie, tout ça avec un post-it. Ce n'est pas possible !

On s'était tous retrouvés hier. HIER ! On devait parler, discuter, mettre un plan au point, et certainement pas s'éparpiller de nouveau.

— C'est mort, je ne suis pas d'accord avec ça, conclus-je.

— C'est sa décision, fit Evan. Tu ne peux pas la contraindre à rester avec toi si quelque chose la pousse ailleurs.

S'il s'y mettait, la situation n'allait clairement pas s'arranger.

— Ce n'est pas quelque chose, mais quelqu'un, et il y a peu, il jouait encore dans un bac à sable !

Nathaniel soupira.

— Bien que ce soit divertissant d'entendre ces mots doux, je suis en réalité bien plus vieux que vous tous ici.

Je me stoppai net un instant, avant de reprendre de plus belle :

— Ça ne change rien au problème.

Mon oncle posa ses mains sur mes épaules et accrocha mon regard.

— Ce n'est pas parce qu'elle part qu'elle ne reviendra pas, déclara-t-il.

— Nous sommes en danger, lui rappelai-je. Tout le monde dehors veut mettre la main sur nous, tu l'as dit toi-même ! Nous devions réfléchir, nous organiser avant de prendre des décisions hâtives, ce sont tes propres mots, Oliver !

— Et rien ne prouve que ce n'est pas ce qui va se passer.

Bon sang, Yumiko devait déteindre sur moi, car actuellement, j'avais clairement envie de tuer quelqu'un.

— Le plan, c'était nous trois, ensemble, déclarai-je.

Mon oncle semblait contrarié, mais pour autant, il n'ajouta rien.

Je poussai un cri de rage et montai les marches quatre à quatre jusqu'à la chambre de Jude. Je ne frappai même pas à la porte et entrai brusquement. J'entendis un gémissement et la vis se frotter le bras.

— Bon sang, Chris, fais un peu attention !

Ma jumelle tenait le papier dans sa main et je dus prendre fort sur moi pour ne pas m'en emparer et lire ce qui y était inscrit.

— Je ne veux pas que tu partes seule. Si tu dois y aller, je viens avec toi.

Elle secoua la tête. Mon sang ne fit qu'un tour.

— Pourquoi ? Tu ne veux pas de moi ? Tu préfères nous séparer encore ?

Son regard sombre me transperça et me fit comprendre que j'allais trop loin.

— Je n'ai aucune responsabilité dans ce qui est en train d'arriver, Chris. Je n'ai pas désiré recevoir ce message. Mais maintenant qu'il est là et que je l'ai lu, je ne peux plus faire marche arrière.

Et je ne le lui demandais pas, même si l'idée qu'elle écoute un gosse me paraissait clairement absurde.

— Laisse-moi t'accompagner.

— Ce n'est pas ton prénom qui est inscrit sur cette feuille, me fit-elle remarquer.

— Qu'est-ce que ça peut bien faire ? Je ne te poserai pas de problème, je serai juste là en cas de besoin. Je pourrai t'aider.

— J'en suis consciente, crois-moi, mais qui va veiller sur Oliver pendant notre absence ? Qui va chercher les autres faucheurs ? Nous ne pouvons pas disparaître tous les deux du plan de notre oncle. Tout ce qu'il nous a raconté… J'ai encore du mal à l'intégrer, mais je sais malgré tout que c'est la vérité. Même s'il nous a menti des années durant, je ne peux m'empêcher de me dire qu'il sait ce qui est le mieux pour nous. Tu dois suivre ses recommandations, il faut que l'un de nous deux emprunte la bonne voie.

La mâchoire serrée, car je savais que rien ne la ferait changer d'avis, je demandai :

— Et toi ?

Sans que je m'y attende, elle me prit dans ses bras. Je posai mes mains maladroitement dans son dos, ne sachant comment réagir.

— Je vais essayer de te ramener ce qui t'a toujours manqué.

Elle recula un instant plus tard, les yeux brillants.

— Est-ce que ça va aller ? m'inquiétai-je.

— Il le faut. Avant de partir, échangez vos numéros avec Evan. Ainsi, nous aurons un moyen de nous donner des nouvelles. Je veux savoir comment ça avance par ici.

— Alors que de mon côté, je ne pourrai rien savoir, râlai-je.

— Je te dirai où je me trouve, protesta-t-elle, et si nous allons bien.

C'était déjà plus que ce que nous avions eu jusque-là.

— Donc tu pars avec lui, compris-je.

Ma jumelle se mordit la lèvre et m'offrit une expression ennuyée.

— Actuellement, il n'est pas dans mes petits papiers, mais Evan reste mon inséparable. J'imagine que cela doit être compliqué à saisir pour toi, car moi-même, j'ai des difficultés à concevoir ce qu'il m'arrive. Seulement, je sais que je peux avoir confiance en lui. Chacun de ses actes a été dicté par une raison, qu'elle soit bonne ou non, j'ai fini par le comprendre et l'accepter. Aujourd'hui, je ne peux m'empêcher d'avoir de l'affection pour lui. Quelque chose nous lie, nous rapproche… Et tu peux me croire, ça m'angoisse énormément.

Le problème, quand on perdait des personnes chères à notre cœur, était qu'on savait ce que ça faisait de souffrir réellement. Après cela, il était difficile d'offrir notre amour, c'était sans doute l'une des raisons qui m'avaient fait repousser Jude, alors je comprenais. Ce que je saisissais moins, c'était cette histoire d'inséparables.

— Bien que je le déplore aujourd'hui, on ne se connaît pas vraiment, fis-je. Et si tu as l'air d'être une personne intelligente et réfléchie, cela ne m'empêche pas de m'inquiéter pour toi. Je ne veux pas qu'il t'arrive quelque chose, que quelqu'un te blesse, sans avoir tenté d'éviter cela.

Un sourire fleurit sur son visage.

— Je suis une grande fille, je peux me défendre seule. Mais merci, ça me touche de savoir que tu te préoccupes un peu de moi.

Gêné, je mis les mains dans mes poches.

— On a mal commencé, tous les deux. Il a fallu que tu sois enlevée pour que je comprenne que ma façon de me comporter n'était pas la bonne et que la situation ne me convenait pas. Je suis désolé pour la manière dont j'ai agi.

— Et je suis désolée de déjà repartir.

Un silence s'installa, il n'était pas lourd, plutôt apaisant.

— Je vais parler à Evan, la prévins-je.

— Ne sois pas trop méchant avec lui.

Mon sourire répondit sans doute à ma place.

— Ne t'inquiète pas pour ça.

J'allais juste lui dire ses quatre vérités et lui promettre vengeance et souffrance s'il se ratait avec ma sœur. Rien de plus. Rien de moins.

Je la laissai seule. Dans les escaliers, je croisai Evan. Nos regards se rencontrèrent, et tout mon corps se tendit.

Il allait continuer son chemin sans un mot, mais je posai ma main sur sa poitrine pour lui intimer de s'arrêter. Le coup d'œil qu'il lança à mon bras aurait pu m'effrayer dans d'autres circonstances.

— On ne se connaît pas, déclarai-je. Je ne vais pas te juger trop vite, car elle me l'a demandé, mais pour l'instant, tu ne possèdes aucunement ma confiance, et la savoir avec toi ne me rassure en rien, bien au contraire.

Il soupira.

— Autre chose ?

— J'ai besoin de ton numéro de téléphone pour que nous puissions rester en contact.

Evan glissa sa main dans sa poche et me tendit son smartphone sans un mot. Je le récupérai, m'appelai avec, puis enregistrai mon numéro dans ses contacts avant de le lui rendre.

— Fais en sorte qu'il ne lui arrive rien.

— Et toi, essaie de ne pas mourir, dit-il.

Je lui offris un bref hochement de tête comme seule réponse et le laissai monter les quelques marches qui le séparaient de Jude.

Je tiquai. J'avais été trop gentil !

Je descendis les escaliers, encore perturbé par tout ce qui était en train de se dérouler. Dans un coin, Oliver et Méandrine se disputaient. Non loin, Yumiko souriait.

— Qu'est-ce qui se passe ? demandai-je à Jake.

— Divergence d'opinions.

— Méandrine n'accepte pas très bien qu'Oliver nous invite tous dans sa maison, m'expliqua Maddie.

Alec s'esclaffa.

— Oui, enfin, surtout certains d'entre nous.

Son regard était braqué sur Yumiko qui s'amusait à faire voltiger un poignard d'une main à l'autre.

Ouais, pour le coup, je comprenais Méandrine.

— Cet endroit est censé être une planque, un lieu de réflexion et de repos, pas un regroupement d'assassins en jupettes !

Les yeux de la protectrice s'assombrirent.

— C'est un kimono, protesta-t-elle.

Méandrine ne perdit pas son air froid et remonté. À l'expression de mon oncle, je compris que la situation prenait un tournant qui lui déplaisait.

— Si nous te dérangeons, nous pouvons partir.

— Ce n'est pas ce que je dis et tu le sais très bien ! s'exclama Méandrine d'une voix exaspérée.

Je croisai mes bras, tout comme Jake, attendant de voir où tout cela allait nous mener.

— Nous avons besoin de Yumiko, insista Oliver.

— Je ne suis pas du même avis, lui répondit-elle.

Alec souffla :

— C'est le moment décisif.

Un court silence envahit la pièce. Méandrine et Oliver ne se lâchaient pas du regard.

— Je comprends, finit par dire ce dernier. Nous serons partis dans une heure.

J'écarquillai les yeux alors que notre hôtesse quittait la pièce en claquant les talons et en marmonnant qu'il n'y avait rien de pire qu'Oliver Hudson pour briser son calme olympien.

Yumiko pesta.

— Une jupette. Je lui en mettrais, des jupettes…

— Ce n'est pas le moment, Yumiko ! gronda Oliver.

Elle leva les yeux au ciel, mais garda le silence.

— Que se passe-t-il, maintenant ? s'enquit Jake. Est-ce que je nous ramène au château ?

— Non. Toi et Alec, vous accompagnez Jude et Evan.

Tout le monde sembla surpris, moi le premier.

— Vraiment ? demanda le chronologiste.

— Qu'ils soient inséparables ne les rend pas moins vulnérables. Alec, je compte sur toi pour apprendre à Jude à contrôler ses pouvoirs d'architecte dès que cela sera possible. Jake, je te donne pour mission de veiller sur la situation. Evan doit aider Jude à appréhender son côté phénix, et non la faire s'embraser à cause de leur lien si particulier.

Le fait de devoir surveiller Evan sembla ravir notre ami Jake. De mon côté, je me demandai quelle serait la réaction de Jude au milieu de tant de testostérone.

— Et moi ? interrogea timidement Maddie.

— Vous serez dans le deuxième groupe avec Yumiko, Chris et moi, si cela vous convient. Vos capacités pourraient nous être très utiles.

Avant d'accepter, elle se tourna vers son ami. Jake resta silencieux et ne fit aucun geste, la laissant maîtresse de ses choix.

— Je suis d'accord.

J'avais cru voir une légère déception au coin de ses yeux. Pensait-elle que Jake allait lui demander de demeurer à ses côtés ?

— C'est bien beau, tout ça, déclarai-je, mais où allons-nous ?

J'imaginais bien que nous n'avions pas fait en sorte de quitter le château pour y retourner au premier souci. Mon oncle avait sans doute un plan de secours. Pourtant, ce ne fut pas lui qui prit la parole, mais Yumiko.

— J'ai une bonne idée, à ce propos, et je suis persuadée qu'elle va vous plaire !

Vu son air machiavélique, rien n'était moins sûr.

# 9



Un maelström d'émotions mettait mon cœur à mal. La peur, la déception, la colère, l'excitation, mais aussi l'espoir. Celui de me dire que mon père n'était peut-être pas mort.

Je détestais ce sentiment. Et je haïssais Nathaniel qui me poussait à l'éprouver. La perte de mon père, plus de trois mois auparavant, avait été la pire épreuve de mon histoire. Penser à lui me serrait la poitrine, l'oublier était une idée qui me tétanisait.

Des jours durant, je m'étais demandé ce que j'allais faire de ma vie. Puis, après avoir découvert l'existence de Chris, je m'étais mise à réfléchir à toutes ces années où il m'avait menti et au fait que je n'avais aucun moyen de lui soutirer des explications.

Était-ce la vérité ? Mon père était-il vivant ? Les messagers se moquaient-ils de moi ? Tentaient-ils de m'éloigner de ma famille pour me mettre en danger ?

Deux coups furent tapés à la porte. Je glissai le papier que m'avait donné Nathaniel dans la poche de mon pantalon.

— Entrez.

Je m'attendais à voir mon oncle. J'étais assez certaine qu'il voudrait me parler avant mon départ. Sans doute avait-il un grand nombre de recommandations à me faire.

Pourtant, ce fut Evan qui franchit le pas de la porte. Et mon agacement reprit le dessus sur mes autres émotions.

— Nous devrions discuter, me dit-il d'une voix douce.

— Du fait que tu m'as menti ?

Il s'approcha de moi sans pour autant me toucher.

— J'ai omis un fragment de l'histoire, c'est tout. Et cela ne change rien à ce qu'il nous arrive ni à ce que nous sommes.

Un soupir passa la barrière de mes lèvres. La vérité était que je n'avais pas envie de penser à cela. Même si une petite partie de moi en voulait à Evan de ne pas avoir joué franc jeu, j'avais plus important à réfléchir.

— Je suis totalement perdue, avouai-je. Ce message remet en cause les rares choses auxquelles je croyais. J'ai du mal à y croire, et surtout, je ne sais pas quoi faire. En rentrant, en retrouvant Chris et mon oncle, je pensais enfin pouvoir me laisser porter. Suivre un mouvement, et non devoir…

Les mots me manquèrent. Evan ignorait le contenu du message, et je n'étais apparemment pas invitée à le lui confier.

— Faire tes propres choix ? proposa-t-il.

— Oui. En un sens.

— Ce sont tes choix qui t'ont extirpée de la faille de Nyx, et ce sont eux aussi qui t'ont menée jusqu'à ma famille. Je sais que ce n'est pas toujours évident de devoir prendre des décisions, mais j'ai foi en toi. Tu y parviendras.

Au moins, l'un de nous deux était confiant à ce sujet.

— Où allons-nous ? me demanda-t-il finalement.

Ma main se posa sur ma poche, et je décidai alors de retourner là où tout s'était fini.

— Paris.

Chez moi, chez nous. Là où nous avions vécu des années durant, là où mon père était censé avoir rendu son dernier souffle.

Evan me prit la main. Je tremblais.

— Souviens-toi que tu ne seras pas seule.

Je me réfugiai dans ses bras et fermai les yeux. Même si j'avais encore du mal à comprendre ce qu'il se passait réellement entre nous, je ne pouvais nier le réconfort que sa présence m'offrait.

Sa bouche se posa dans mes cheveux, son souffle chaud m'enveloppa et me calma.

— Je dois parler à mon oncle. Et après… après, nous partirons.

Comment allions-nous rejoindre Paris ? Impossible de nous y rendre à dos de phénix. Pouvait-on emprunter les failles sans craindre de s'y perdre ? Je ne préférais pas prendre le risque.

— J'entends les rouages de ton cerveau tourner à plein régime, s'amusa Evan.

Je me reculai et contemplai son sourire. Il était tellement beau qu'il en était agaçant.

— Au moins, moi, j'ai un cerveau.

Il se contenta de lever les yeux au ciel d'un air totalement exaspéré.

— Si c'est pour entendre ça, je préfère encore descendre.

— Je te suis.

J'étais venue ici pour mettre de l'ordre dans mes idées, mais je n'allais pas pouvoir y demeurer plus longtemps. Trop de choses m'attendaient ailleurs.

Une fois en bas, je constatai avec surprise que plusieurs sacs de voyage étaient posés au beau milieu du salon.

— Qu'est-ce qui se passe ?

Chris avait-il décidé de nous accompagner quand même, bien que je lui eusse dit que c'était une mauvaise idée ?

Maddie, qui se trouvait près de mon oncle, grimaça.

— Pas certaine que ça te plaise.

— Ce sont nos affaires, déclara Oliver. Personne ne reste ici. On nous a demandé de partir.

Alec se racla la gorge.

— Ce n'est pas exactement ce qu'il s'est passé, non.

Mon oncle balaya sa remarque d'un geste de la main.

— Le résultat est le même. Jude, Jake et Alec vous accompagneront. Ce dernier t'apprendra à utiliser les failles.

— Et Jake ?

Je ne voulais vexer personne, mais si Alec pouvait nous conduire jusqu'à Paris à travers les failles, nous n'avions pas besoin de Jake. Vu la relation houleuse qu'il entretenait avec Evan, je n'étais vraiment pas certaine que cela soit une bonne idée.

Oliver sourit.

— Il vous accompagne en tant que voix de la raison.

— Je ne sais pas comment je dois le prendre, lâcha Alec.

Mon oncle fit la moue et lança :

— Budapest.

L'architecte s'esclaffa soudain.

— Oui, vous n'avez peut-être pas tort.

Attendez, arrêt sur image. Que s'était-il passé à Budapest ?

Alec croisa mon expression curieuse.

— Je te raconterai ça quand on ne sera rien que tous les deux.

— Certainement pas ! martela mon oncle.

Quelques éclats de rire plus tard, Alec se calma.

— Je sens qu'on va bien s'amuser.

— C'est marrant, j'étais justement en train de me dire l'inverse, avoua Evan.

Je me pinçai l'arête du nez. Pourquoi la situation devenait-elle de plus en plus compliquée ?

— Et vous, vous allez où ?

Chris haussa les épaules.

— Ça, c'est la question qui fâche !

— La protectrice ne veut pas dire où elle compte les emmener, m'indiqua Jake. Oliver ne l'accepte pas, et je le comprends totalement.

Je crus entendre Evan murmurer un « lèche-cul », mais sans doute était-ce mon imagination.

Yumiko caressait la lame de son poignard comme si on n'était pas là. Chris avait raison, elle était un peu flippante.

Mon oncle, qui avait gardé le silence jusqu'ici, porta soudain son attention sur la protectrice.

— Laura, Silas et Corneille ont tout autant besoin que nous de savoir où nous nous rendons, Yumiko. Nous avons besoin d'eux.

Cette dernière leva à peine les yeux vers lui.

— Très bien, appelez-les.

J'ignorais pourquoi, mais j'avais un mauvais pressentiment. Mon oncle devait ressentir la même chose, car je vis sa mâchoire se contracter.

— Alec, peux-tu t'en charger s'il te plaît ?

L'intéressé lui obéit et sortit de la pièce.

— Donc, en gros, Alec, c'est ton larbin, lâcha Chris.

Mon oncle en resta interdit.

— Grand Dieu, non ! Il me rend service, c'est tout.

Mon frère ne cacha pas son air dubitatif. De mon côté, je me promis d'interroger l'architecte au sujet des relations qu'il entretenait avec mon oncle. Comment s'étaient-ils connus ? Pourquoi faisaient-ils partie de cette organisation ? La présence d'Alec à nos côtés était une bonne chose, peut-être en apprendrais-je plus sur toute cette histoire.

Quand il revint, ce fut accompagné des trois personnes qui devaient aider mon frère dans l'apprentissage de ses pouvoirs. Et notre présence à tous, au beau milieu du salon, bagages aux pieds, ne sembla pas les surprendre plus que ça.

— Méandrine vous a parlé, devina Oliver.

Silas confirma d'un signe de tête. Corneille se contenta d'observer tout le monde d'un œil mauvais.

— Il est dommage que les choses se déroulent de cette façon. Mais je suis d'accord avec elle, la présence de ta protectrice nous met tous en danger.

Yumiko arbora un sourire de psychopathe. Je pris sur moi pour ne pas reculer d'un pas. Bon sang, avait-elle réellement vécu sous le même toit que nous pendant tout ce temps ?

— Je respecte votre avis, d'où mon départ. Cependant, j'ai toujours besoin de votre aide concernant Chris. Êtes-vous d'accord pour nous accompagner là où nous nous rendons, sachant que Yumiko nous y escorte ?

J'aurais cru qu'ils se concerteraient, mais il n'en fut rien. Silas fut le premier à se défaire de sa mission.

— Vu la tournure de la situation, je suis dans l'obligation de reconsidérer ma proposition. Je suis désolé, Chris.

Ma poitrine se serra. Et si tout le monde le laissait tomber ?

— Corneille ? s'enquit Oliver.

Ce dernier grogna.

— Uniquement si on m'offre le gîte, le couvert et le whisky.

Mon oncle regarda Yumiko du coin de l'œil. Elle hocha la tête en souriant.

— L'alcool ne manquera pas !

Bon sang, où est-ce qu'elle allait les mener ?

— Je vais chercher mes affaires, marmonna Corneille.

Il s'en alla sans attendre la suite des événements. L'enchanteur ne paraissait pas intéressé par le choix de ses acolytes.

— Je viens aussi, lança Laura.

Sa déclaration laissa Silas abasourdi.

Il était vrai qu'avec son air timide et peu sûr d'elle, je n'aurais pas parié que la penseuse se jette ainsi dans l'inconnu, surtout en compagnie de Yumiko que tout le monde semblait craindre.

— Merci beaucoup, la remercia Oliver.

— Ma mission aura toujours le dessus sur ma peur.

Si c'était mon oncle qu'elle observait en lui répondant, je sentis pourtant que ses paroles étaient destinées à Silas, qui avait fermé la bouche avec une expression étrange.

— Je vous souhaite bonne chance, furent les derniers mots qu'il lâcha avant de s'en aller à son tour.

— Eh bien, les choses ne se passent pas vraiment comme je l'avais imaginé ! s'exclama Oliver.

Chris et moi lui offrîmes un regard mauvais.

— À qui le dis-tu ! répliquai-je.

Non, mais de qui se moquait-il ?

Quand Corneille revint avec un sac sur le dos, je réalisai que je n'avais aucune affaire. Comme si elle avait deviné mes pensées, Yumiko vint déposer un bagage devant moi.

— Je me suis permis de choisir des tenues pratiques pour le combat, ainsi que deux pyjamas qui ne te mettront pas la honte en public. Je sais que tu vois ce que je veux dire.

Le rouge me monta aux joues en songeant à mon ensemble Titi et Grosminet.

Un sourire courba ses lèvres.

— J'ai aussi mis quelques trucs à moi, je te les prête.

J'étais partagée entre l'envie d'ouvrir mon bagage et celle de le brûler.

Un clin d'œil plus tard, je décidai de lui octroyer une chance.

La protectrice attrapa un autre sac et l'envoya aux pieds de Jake.

— Ça, c'est ce que l'armoire à glace a laissé traîner au château.

— Et les nôtres ? demanda Chris en parlant de lui et de mon oncle.

— Tout le reste est en sécurité avec ma collection d'armes.

Elle frappa sa tempe de l'index comme si c'était une explication suffisante.

Corneille marmonna quelque chose dans sa barbe. Vraisemblablement, même s'il acceptait de suivre Oliver dans nos histoires, il n'était pas tout à fait à l'aise.

— Maintenant, si vous le voulez bien, il va falloir me suivre à l'extérieur.

Oliver fronça les sourcils.

— Pourquoi ?

— Pour ne pas salir le carrelage, répondit Yumiko comme si c'était une évidence.

Elle se dirigea vers la baie vitrée et sortit sans un mot de plus.

— Elle est vraiment… particulière ? hésita Maddie.

— Elle est tarée, trancha Chris en souriant.

Il la rejoignit, et nous fîmes tous la même chose les uns après les autres. Evan, Alec, Jake et moi restâmes en retrait, observant de loin Yumiko faire les cent pas dans l'herbe.

— Ici, ce sera très bien.

Elle ouvrit sa main devant elle, et une bourse sombre y apparut. Comment faisait-elle ça ?

Elle y récupéra une poudre noire et brillante, puis traça un cercle sur le sol.

— Rejoignez-moi, ordonna-t-elle aux autres.

Bien que légèrement hésitant, Oliver pénétra dans la zone qu'elle avait délimitée, suivi par Chris, Laura, Maddie et un Corneille râlant qu'il aurait besoin de boire un coup une fois arrivé.

Mon regard croisa celui de Chris.

Je pus alors admirer son visage concentré avant de sentir quelque chose effleurer mon esprit. Je sursautai. C'était une impression étrange, inédite. Mon jumeau me fit un clin d'œil, et je me laissai aller.

« On reste en contact. »

Je ne pus m'empêcher de sourire, bien que je déteste l'idée de devoir de nouveau me séparer de lui et de mon oncle. Chris et moi avions fait un énorme pas en avant en si peu de temps… Cette fois-ci, même si nous partions chacun de notre côté, je saurais qu'il était là quelque part, à m'attendre.

Je hochai la tête et lui dis au revoir d'un signe de main.

Yumiko sortit de nouveau sa dague et murmura des paroles inintelligibles avant de taillader la peau de sa cuisse avec la lame. Pas une grimace, pas un gémissement ne franchit la barrière de ses lèvres.

Le sang se mit à dégouliner le long de sa jambe. Tous autant que nous étions, nous ne savions pas à quoi nous préparer.

Juste après, elle s'accroupit et, d'un geste, elle poignarda le sol.

Une seconde plus tard, ils avaient disparu.

# 10

*Chris*

Je m'attendais à beaucoup de choses. La plupart impliquaient sang et souffrance. Après tout, nous parlions de Yumiko, l'inverse eût été étonnant. D'où ma surprise, en atterrissant dans des jardins luxuriants. J'étais ébahi par la couleur des fleurs, et mon odorat légèrement dérangé par leur senteur entêtante. Des oiseaux piaillaient et volaient d'arbre en arbre. Notre apparition soudaine ne semblait pas les avoir perturbés, vu qu'ils restaient près de nous.

— Alors ça… murmura Maddie.

Oui, c'était carrément moins glauque que ce que mes pensées m'avaient offert avant d'arriver.

Yumiko se leva et fit disparaître la dague de ses mains.

Elle marcha droit devant elle, sans attendre. Nous la suivîmes tous, encore décontenancés par l'endroit où nous nous trouvions. Mais notre surprise ne fit que croître durant notre avancée. Car derrière les arbres s'élevait une majestueuse cité dont le plus haut bâtiment semblait toucher le ciel et au loin, d'imposantes montagnes l'entouraient.

Mes yeux voulaient se poser partout à la fois. Sur les arches qui surplombaient les chemins pavés, sur les colonnes ioniques aux chapiteaux ouvragés de volutes complexes qui soutenaient un fronton orné de sculptures gracieuses. Sur les gloriettes, pavillons de pierre recouverts de lierre et de fleurs bleu foncé, mais surtout sur cet immense édifice qui pointait vers les nuages…

— On dirait un ancien clocher mais bien plus grand que ce que j'ai déjà vu jusqu'ici, déclara mon oncle, abasourdi. L'architecture est un savant mélange de celles de Rome et de la Grèce antique, le tout allié à un modernisme à couper le souffle.

À couper le souffle. C'était exactement l'expression qui convenait pour cet endroit. Même Corneille ne parvenait pas à marmonner, c'était dire.

— Où sommes-nous, au juste ? demanda Laura qui sourit quand un oiseau lui frôla l'oreille. Je n'ai jamais entendu parler de ce lieu.

Yumiko ferma les paupières et inspira profondément.

— Je vous présente Vaia, la terre des élus.

Les feuilles se mirent à frémir.

— Les élus de quoi ? voulus-je savoir.

Yumiko ouvrit les yeux et lança :

— Partons à la rencontre de Dante.

Elle ne m'avait clairement pas répondu et ne semblait pas se le reprocher. La protectrice marchait d'un pas résolu vers la cité. Je me tournai vers mon oncle, et d'un regard, je lui posai mes questions silencieuses. Son haussement d'épaules ne me rassura pas, et à son air contrarié, je compris qu'il n'aimait pas être dans le flou. Une partie de moi se disait que ça lui faisait les pieds, vu la situation dans laquelle il nous avait plongés, Jude et moi.

Alors que nous n'avions vu personne jusqu'ici, plus nous avancions vers la cité, plus nous croisions de gens. Tout le monde ici était accoutré de pantalons et de hauts en coton couleur crème. Nous détonnions parmi eux, surtout Yumiko, vêtue de son éternel kimono.

— Qui est Dante ? tenta tout de même de demander Oliver.

— Le planificateur.

Si c'était une réponse, elle ne nous aidait pas beaucoup à comprendre à qui nous allions avoir affaire.

De nombreuses personnes baissèrent la tête en nous voyant. Je crus d'abord que c'était un signe de frayeur avant de saisir que c'était leur manière de saluer. Prenant exemple sur Yumiko, nous rendîmes chaque bonjour.

Un cours d'eau étincelant bordait l'entrée de la cité. Cette rivière translucide pénétrait dans le clocher de part et d'autre du bâtiment. Je levai la tête vers la flèche, elle paraissait si loin ! Mes yeux descendirent et glissèrent jusqu'au vitrail circulaire et coloré qui ornait la façade. L'image d'un arbre se découpait au beau milieu.

— Magnifique, souffla Laura.

Je ne pouvais qu'être d'accord avec elle. Je n'avais jamais vu un endroit aussi beau, aussi magique. Même l'air que nous respirions paraissait différent, plus pur qu'il ne l'avait jamais été. Jamais je n'aurais cru pouvoir fouler le sol d'un tel lieu. Si Jude voyait ça…

— Ils doivent avoir de la sacrée gnole, intervint Corneille.

Je haussai un sourcil, nous n'avions vraiment pas les mêmes préoccupations.

Nous pénétrâmes à l'intérieur du clocher, dont le rez-de-chaussée était très animé. Des escaliers presque aussi larges que notre salon serpentaient de chaque côté de la pièce.

Un homme aux cheveux aussi noirs que la nuit vint à notre rencontre. Si son visage était sympathique, je pouvais déceler dans son regard d'azur une pointe de méfiance. Le tee-shirt qu'il portait laissait apercevoir la courbe de ses muscles. En arrivant devant notre troupe, il s'arrêta. Il n'avait d'yeux que pour Yumiko, très sérieuse.

— Toi ici, se contenta-t-il de dire.

— Bonjour, Loris. À ce que je vois, tu es toujours en vie. Ma déception est immense.

Mon oncle se balança d'un pied sur l'autre, mal à l'aise. Pas certain que braquer nos hôtes fût le meilleur des plans.

Heureusement, le dénommé Loris ne put dissimuler son sourire.

— Tu n'as pas changé. J'aurais presque pu dire que tu m'avais manqué.

Il s'arrêta un instant et fit mine de réfléchir avant de lancer :

— Mais ce n'est pas le cas !

Quelle ambiance !

Yumiko ne se départit pas de son sérieux.

— Tes paroles inintéressantes auraient pu occuper mes camarades, mais pour ma part, je préfère encore me taillader les ligaments avec un couteau à huîtres. Nous devons nous entretenir avec Dante.

Un couteau à huîtres ? Bon sang, d'où sortait-elle de telles choses ?

— Je vais vous y conduire, fit Loris, amusé. Cependant, si jamais tu désires glisser dans les escaliers et t'ouvrir le crâne sur le sol, essaie de ne pas trop saigner, cela ferait mauvais genre.

Il se dirigea vers les marches. La bouche de Yumiko se tordit en un… sourire ?

— Quel petit con, souffla-t-elle.

La protectrice le suivit et nous la talonnâmes tous, un peu perplexes. Tout le monde se comportait-il ainsi, ici ? Ou bien étaient-ce juste eux deux ? Loris ne paraissait pas si vieux, je lui donnais la trentaine, tout au plus. Qui était-il exactement, et que faisait-il sur Vaia ? Quel était réellement cet endroit, d'ailleurs ? Tant de questions qui me brûlaient les lèvres… Ce Dante allait-il y répondre ?

Nous montâmes les marches une à une, et je fis attention de ne pas me casser la figure tout en regardant la voûte au-dessus de nos têtes. Elle était décorée d'une fresque représentant des guerriers agenouillés, armes au sol, le visage levé vers le ciel. Des plantes grimpantes poussaient tout autour de l'œuvre et créaient un cadre végétal. Ici, la nature était omniprésente. Au cours de notre progression, je pus contempler ce qui se trouvait en bas. Le cours d'eau qui nous avaient suivis de l'extérieur se réunissait à un autre avant qu'ils ne se séparent à nouveau  un peu plus loin. Une lucarne avec alcôve m'offrit un superbe panorama, j'y admirai de la verdure et des papillons.

À l'étage, il y avait moins de monde, nous dépassâmes quelques pièces, certaines étaient ouvertes, d'autres non. De ce que je pus en voir, cela ressemblait à des salles de réunion, ou à des petits salons.

Loris nous guida jusqu'à une porte ouvragée, à peine entrebâillée. Il prévint de sa présence avec un raclement de gorge. Une voix l'invita à entrer.

La pièce dans laquelle nous pénétrâmes ne comportait rien d'autre qu'une accumulation de bancs. Les murs de pierre s'ornaient de plusieurs fenêtres laissant filtrer une vive lumière. Sur l'un des bancs, un homme était assis. Il était un peu rond et ne possédait plus un poil sur le caillou. Ses paupières tombantes entouraient un regard chocolat. En face de lui, deux jeunes hommes étaient installés, chacun à l'opposé.

En voyant notre groupe, celui que je supposais être Dante leva un sourcil. En avisant Yumiko, l'autre se souleva. Une seconde plus tard, il se tourna de nouveau vers les deux garçons.

— Gabriel, Nour, je vais vous demander de sortir. En espérant que la conversation que l'on vient d'avoir soit la dernière de son genre.

Les deux jeunes se levèrent à l'unisson. Sans un regard l'un pour l'autre, ni même pour nous d'ailleurs, ils sortirent de la salle. J'entendis le bruit des pas de l'un d'eux un petit moment avant qu'il ne disparaisse totalement.

— Encore en train de se battre, devina Loris.

L'homme soupira.

— Toujours la même rengaine, avec ces deux-là. Un jour, peut-être, comprendront-ils que l'union peut faire la force.

Yumiko leva les yeux au ciel. Vraisemblablement, elle n'était pas tout à fait d'accord avec cela.

Dante nous rejoignit. Les mains dans le dos, il s'inclina pour nous saluer. Nous lui répondîmes d'un geste identique. Ensuite, le silence s'installa. N'était-ce pas à Yumiko de dire quelque chose ?

— Je suis content de te voir, Yumi, fit Dante.

La protectrice croisa les bras.

— Il me semble que vous n'êtes pas du genre à mentir, monsieur le planificateur.

Ce dernier sourit.

— Et ce n'est pas ce que je fais. Qu'importe nos différences, tu restes l'une de mes meilleures élèves, et tu es ici chez toi, tu le sais.

Elle poussa un grognement.

— Je suis venue réclamer votre aide, et je l'ai fait en étant accompagnée.

Dante hocha la tête.

— J'ai remarqué, oui. Inviter des personnes sur Vaia n'est pas chose commune…

— Personne ne le fait, ajouta Loris.

— Ça tombe bien, je ne suis pas personne, lui assena Yumiko.

Loris et Dante échangèrent un regard.

— Venez vous asseoir et expliquez-moi ce qui vous amène. Nous verrons ensuite ce que nous pouvons faire pour vous.

Tout en m'installant, je me demandai à quel point Oliver avait fait confiance à Yumiko en la suivant jusqu'ici. Même s'il n'était jamais venu, savait-il ce qu'il allait trouver ? Dans ma situation, je devais me méfier de tout le monde. Surtout maintenant que je savais à quel point Jude et moi étions recherchés. En parlant de cela, Yumiko allait-elle dire la vérité ? La protectrice n'en avait rien à faire de nous, elle ne s'en était jamais cachée. Je ne pouvais empêcher la méfiance de s'emparer de moi. Et le fait de m'asseoir ainsi sur un banc tel un élève devant son professeur ne faisait que me mettre plus mal à l'aise encore.

Yumiko ne s'assit pas. Elle resta debout, droite et la tête haute. Positionnée devant nous et face aux deux hommes de Vaia, elle démontrait de quel côté elle se tenait.

— Je t'écoute, annonça Dante.

— Je suis la protectrice des Hudson, le gars à lunettes et le jeune faible. Je dois donc faire tout ce qui est en mon pouvoir pour les défendre. Aujourd'hui, ma mission est de trouver un endroit sûr où personne ne tentera de les tuer et d'entraîner le jeune faible. Cet endroit était une évidence à mes yeux.

Ma mâchoire se serra en entendant le sobriquet ridicule qu'elle m'avait donné, mais je gardai le silence. Le moment était bien trop important.

— Cet endroit est un lieu de paix et de neutralité, consentit le planificateur. Je comprends ton choix. Cependant, tout le monde ne peut pas se rendre sur Vaia et encore moins y rester.

Yumiko acquiesça.

— Je le conçois. Mais sachez que chaque personne ici présente a un rôle à jouer dans l'histoire du jeune faible. Et nul doute que Vaia, la terre des élus, doit accepter leur arrivée.

Loris ne put cacher sa perplexité. Dante, de son côté, se contenta de m'observer avec curiosité.

— Et pourquoi donc, chère Yumiko ?

— Car la lame d'Ayden l'a accepté.

J'entendis un hoquet de surprise tandis que Yumiko se tournait vers moi.

— Chris Hudson est un élu.

<h1 style="text-align:center">11</h1>



Ils s'étaient évanouis dans le néant, nous laissant tous les quatre dans le silence. Je me tournai vers mes acolytes, puis soupirai. Comment allais-je survivre avec autant de mâles autour de moi ? Surtout quand on savait que deux d'entre eux ne faisaient que se fusiller du regard et qu'il n'était pas impossible qu'ils tentent de s'éliminer dès que j'aurais le dos tourné.

Nathaniel m'avait conseillé de garder le secret sur son message, mais comment faire pour trimballer trois personnes avec moi sans leur dire ce qu'on cherchait exactement ? Allaient-ils réellement me suivre sans poser plus de questions ?

— Plus rien ne nous retient ici, lâcha Evan.

Il avait raison. Je me retournai vers la villa. Moi qui avais cru qu'elle serait notre point d'attache durant les prochaines semaines… Les choses changeaient vraiment trop vite. Jake pénétra à l'intérieur pour récupérer nos affaires.

Evan s'approcha de moi.

— Si on part tout de suite, on peut se débarrasser de lui, me chuchota mon inséparable.

Alec gloussa alors que je lançais un regard désespéré à Evan.

— Il vient avec nous. C'est une demande de mon oncle que je ne refuserai pas. En plus, il peut nous aider à nous déplacer plus rapidement.

— Alec aussi, contra-t-il.

Amusé, ce dernier répondit :

— Bien que constater que je suis ton préféré me touche, je me dois d'être honnête, je ne suis pas aussi rapide qu'un chronologiste. Passer par des failles est toujours plus long que s'exporter.

Evan ne dit rien, conscient qu'il n'aurait pas gain de cause. Jake revint avec nos bagages.

— Tout est là. Maintenant, il ne nous reste plus qu'à savoir où nous nous rendons.

Leurs regards se posèrent sur moi, et mon cœur accéléra en pensant à ce que nous allions faire ensuite.

— Paris.

— Paris, c'est vaste, me fit remarquer Jake.

— Si tu parviens à nous exporter jusqu'au bois de Vincennes, nous pourrons poursuivre à pied.

Je le vis sortir son téléphone de sa poche, puis le laissai continuer ce qu'il avait à faire. Une minute plus tard, il le rangea et nous intima de nous approcher de lui.

— Allez, on se tient bien et on n'oublie pas les sacs, rappela-t-il en en posant un sur son épaule.

Alec récupéra le tout de sa main libre et l'instant suivant, nous nous exportâmes.


Le bois de Vincennes se situait dans le 12e arrondissement de Paris. C'était le plus grand espace vert parisien et nous avions eu de la chance de résider juste à côté pendant des années. Beaucoup de mes amis me jalousaient pour ça, car nombre d'entre eux vivaient dans des appartements. Posséder une maison, surtout dans un tel endroit, requérait beaucoup d'argent. Mon père m'avait dit qu'il avait hérité de la demeure de ses parents. Je l'avais cru sans m'interroger plus que ça. Aujourd'hui, je me demandais si c'était la vérité. Est-ce qu'à partir de maintenant, j'allais tout remettre en question ? Ma poitrine se serra. Je m'entendais bien avec mon père. Notre relation était parfois entrecoupée de disputes, forcément. Seule autorité parentale, il prenait les décisions, et elles ne me plaisaient pas toujours. Mais nous ne restions jamais fâchés trop longtemps.

Je sentis le poids des regards des garçons. N'auraient-ils pas pu admirer la vue ? Les arbres, le ciel bleu, tout, sauf moi ? Garder le silence sur les raisons de notre présence ici allait me peser, je le savais. Si j'étais capable de conserver un secret sans trop de problèmes, traîner trois personnes avec moi sans leur donner la moindre explication était une autre paire de manches.

— Allons-y, soupirai-je.

La maison n'était pas loin. Enfin, ce qu'il en restait… En pensant aux ruines que j'allais retrouver, je sentis le sang quitter mes joues. Cette journée affreuse où je l'avais découverte, détruite, avait été le pire moment de ma vie. À tel point que j'avais souvent souhaité oublier cette vision, et l'air désolé du policier qui avait dû m'annoncer le décès de mon père. Tout comme l'odeur âcre de la fumée qui avait envahi mes poumons et mon esprit.

Je m'arrêtai, tentant de reprendre le souffle qui commençait à me manquer.

— Jude ?

La voix douce d'Evan résonna à mes oreilles, mais cela ne suffit pas à faire refluer la sensation d'anxiété qui m'étreignait. Si je réagissais comme ça maintenant, qu'est-ce que ça allait être quelques mètres plus loin ?

— Je crois qu'elle fait une crise d'angoisse, lança Alec.

Je ne les voyais plus. Mon regard était braqué sur le sol et ses petits cailloux. J'observais leurs formes, leurs couleurs, tentant par tous les moyens de m'enfuir de cette sensation oppressante dans laquelle j'étais en train de m'engluer.

Une main se posa sur mon dos.

— Tout va bien. Tu n'es pas toute seule.

La chaleur d'Evan se propagea en moi, et je sentis mes muscles se détendre légèrement. Non, je n'étais pas seule, j'étais avec eux. Mais si leur présence me rassurait, ils n'étaient pas mon père.

Mes yeux se remplirent de larmes, et intérieurement, je me flagellai. Je pouvais garder un visage de marbre devant Nyx ou Illiana même si ma vie était en jeu, mais dès qu'il s'agissait des gens que j'aimais, je ne savais pas me contrôler.

Avec ma manche, j'essuyai mes paupières d'un geste rapide et soufflai un bon coup. J'étais ici pour retrouver mon père, pas pour pleurer sa mort. Ça, j'aurais le temps de le faire après si je me rendais compte que toute cette histoire n'était qu'un gros malentendu.

Le dos droit, la tête haute, je jetai un regard vers le ciel.

— Vous avez intérêt à ne pas vous être plantés.

Même si je n'avais aucune idée de l'endroit où se trouvaient les messagers, je ne cessais de les visualiser là-haut, installés entre deux nuages, en train de faire un billard. Sans doute était-ce loin de la réalité. Après tout, ils n'étaient pas des anges. Si ?

— Dites-m'en plus sur les messagers, demandai-je aux garçons.

Je repris mon chemin avec eux autour de moi. Ensemble, nous formâmes une chaîne. Un instant, je me pris à imaginer ce que les gens qui se baladaient pouvaient penser de nous, mais surtout de cette fille quelconque au milieu de trois mecs aussi charismatiques.

— Il est difficile de savoir comment on devient un messager, lâcha Jake. À la base, ce sont de simples esprits, tout comme Adam. Puis un jour, certains d'entre eux reçoivent cette drôle de promotion.

Chris m'avait parlé d'Adam. Un frisson remonta le long de mon dos quand je songeai à lui. Si mon jumeau m'avait prévenue qu'il était sympa, il n'en restait pas moins un fantôme, un fantôme qui pouvait traverser les murs et me regarder dormir. Oui, je détestais cette idée.

— Les messagers ont toujours été très mystérieux, poursuivit Alec. Leurs missives sont d'une importance cruciale et ne pas les écouter mène à des situations de souffrance.

— C'est-à-dire ?

Ils n'arrêtaient pas de dire qu'il fallait leur obéir. Mais je n'arrivais pas à imaginer ce qu'il se passait si on ne le faisait pas.

— La variole en Inde au milieu des années 1970, fit Alec.

— La grippe de Hong Kong, un million de morts, ajouta Jake.

Mes yeux s'ouvrirent comme des soucoupes.

— Vous déconnez ?

Venant d'Alec, cela aurait pu, mais Jake ne m'avait pas l'air d'être un grand boute-en-train.

— Cela ne suscite pas autant de décès à chaque fois, mais pour autant, cela finit toujours mal, confirma Evan.

D'accord, mais je ne voyais pas comment le fait que je ne retrouve pas mon père, qui entre nous était censé être mort, pouvait faire autant de grabuge… Devait-il sauver l'humanité ou un truc comme ça ?

— Ça te perturbe, constata mon inséparable.

— Clairement. Si un messager vient et vous dit « saute de ce building », vous sautez ?

Evan ricana.

— Je peux voler, bien sûr que je saute.

— Je peux m'exporter, lâcha Jake, je tente le coup aussi.

Je me retournai vers Alec qui grimaça.

— Joker. J'espère ne jamais avoir à prendre cette décision.

Tu m'étonnes !

Finalement, me demander de retrouver un homme mort, c'était presque simple. Presque.

Nous arrivâmes au coin de ma rue. Discuter m'avait aidée à calmer mon angoisse et ma tristesse, même si je les savais toujours enfouies à l'intérieur de ma poitrine. Evan attrapa ma main. Avait-il senti le changement en moi ? Je glissai un regard vers lui. Son visage était doux, et ses prunelles magnifiques me contemplaient. S'il y avait une chose qu'on ne pouvait lui enlever, c'était son incroyable beauté.

Comme s'il avait capté mes pensées, il m'envoya un sourire charmeur. Je détournai les yeux. Nous n'étions pas seuls, et je risquais de lui sauter dessus si je le dévisageais un peu trop longtemps. Nul doute que Jake n'allait pas apprécier, et qu'il en ferait un compte-rendu à mon oncle dès qu'il le pourrait.

Quelques pas de plus, et je vis les murs maculés de suie. Ma main serra celle d'Evan. Il était impossible pour moi de savoir si Alec et Jake étaient au courant de ce qui était arrivé à mon père. Mon inséparable, lui, m'avait entendue raconter toute ma vie à Harlon dans les montagnes noires. Nul doute qu'il comprenait où nous étions.

J'avançai, comme sur pilote automatique. Mon cœur battait fort à mes oreilles. Trop fort. Je ne percevais même plus le son de mes pas sur le bitume. Dans ma tête, c'était le chaos, et dans mon cœur encore plus.

Je m'arrêtai devant l'image désolante qu'offrait mon ancien foyer calciné. Il ne restait plus rien des fenêtres, à part du verre brisé émietté au sol. La porte d'entrée était aux abonnés absents. La mauvaise herbe avait repris le pouvoir un peu partout. Oncle Oliver avait-il hérité du terrain ? Ou bien était-ce moi ? J'aurais été au courant, non ? Quoique, je ne m'étais aucunement intéressée à toutes ces histoires, et j'avais demandé à Oliver de ne pas m'en parler. Discuter de la succession, c'était comme admettre que mon père était mort. Et Chris, dans tout ça, avait-il des droits ? Ou était-il totalement inexistant, même sur le papier ?

Je fis un pas. J'aurais voulu montrer à mon frère où j'avais grandi. Lui faire visiter notre maison, lui raconter nos souvenirs… Avait-il déjà vu une photo de mon père ? Oliver devait en avoir. Je n'avais jamais connu ma mère, je ne savais même pas à quoi elle ressemblait. Je n'avais d'elle qu'une description floue que mon père m'avait donnée, entachée par la souffrance de son départ. Du moins, c'était ce que j'avais cru. La douleur de la trahison serait plus juste dans ce cas.

— Que venons-nous faire, exactement ? demanda Jake, perplexe.

Je n'en savais rien. C'était la seule idée que j'avais eue, me rendre sur les lieux de sa disparition. J'avais eu l'espoir de dénicher un indice, quelque chose qui me mettrait sur la voie. Pourtant, maintenant que nous étions ici, je trouvais cette idée bien stupide. La police était venue. Mon oncle aussi. Et si aucun d'entre eux n'avait rien trouvé, je ne voyais pas pourquoi ce serait différent pour moi aujourd'hui.

Je lâchai la main d'Evan, avançai et m'arrêtai sur le pas de la porte. L'intérieur ne ressemblait plus à rien. Les meubles avaient été pour la plupart réduits en cendres. Mon oncle avait récupéré ce qui avait pu être sauvé.

L'émotion monta à nouveau.

— Est-ce que je peux entrer ?

Dans mon dos, mon inséparable attendait. D'un signe de tête, je l'autorisai à se rendre là où je n'avais pas la force d'aller.

— Vous pouvez tous rentrer. Regardez… regardez si vous trouvez quelque chose d'étrange. N'importe quoi.

Jake et Alec ne posèrent pas plus de questions. Ils m'obéirent comme si cela était normal. Et je me souvins qu'ils étaient vraiment là pour m'aider.

Faire un pas à l'intérieur de la maison me prit un temps considérable. C'était comme si tout mon corps se refusait d'approcher si près de la vérité. Partir avait été difficile, mais je me rendais compte que rester m'aurait détruite à petit feu.

— Que s'est-il passé ici, exactement ? finit par demander Alec.

— C'est ce que j'aimerais découvrir…

Alors qu'elle paraissait évidente il y a quelques mois, la piste accidentelle n'avait à mes yeux plus aucune valeur. Désormais, je savais qui nous étions, ce que l'on valait, et la force de ceux qui nous recherchaient. J'aurais mis ma main à couper qu'aucun accident n'avait eu lieu ici. Tout avait été prémédité, et j'étais certaine que mon oncle était au courant. Avait-il effectué des recherches ? Que savait-il sur la mort de mon père ? Bon sang, j'aurais dû lui poser toutes ces questions avant qu'il ne s'en aille ! J'étais peut-être en train de perdre du temps à repasser derrière lui.

Les minutes s'égrainèrent. Et alors que parfois je parvenais à faire taire mes émotions négatives tout en farfouillant dans mon passé, là, le cœur en berne, j'arrivais à un stade où cela m'était impossible. Venir ici ne servait à rien. Garder ma bouche fermée n'allait pas m'aider non plus. Être accompagnée, c'était bien sympa, mais si je ne pouvais rien partager avec eux, comment allaient-ils bien pouvoir m'être utiles ?

— À quel point dois-je garder le secret sur le message qui m'a été confié ? lâchai-je finalement.

— Si ce n'est pas une obligation, je te recommande tout de même de ne rien dire, me conseilla Jake. Impossible de savoir à qui tu peux faire confiance.

Il était facile de deviner de qui il parlait. Par miracle, Evan ne fit aucun commentaire.

— Même si tu ne peux pas nous révéler avec clarté ce qu'ils t'ont dit, tu peux nous éclairer de façon détournée, fit Alec. Par exemple, si ton but est de mener Jake dans un endroit précis, comme le Luxembourg, dis-nous juste « je veux me rendre au Luxembourg ». On ne saura pas pourquoi, mais on pourra t'aider plus facilement.

— N'est-ce pas un peu faire preuve de tricherie ? s'enquit Jake.

Amusé, Alec sourit.

— On n'est pas en train de faire une belote, on parle de la vraie vie. Le monde de Jude part à vau-l'eau depuis un petit moment déjà. Je suis d'accord avec le fait qu'elle doit garder des secrets, mais ne pas pouvoir lui apporter mon soutien alors que je suis là n'est bon ni pour elle ni pour nous. Cette quête est devenue sa priorité, mais beaucoup d'autres choses l'attendent encore. Plus vite nous aurons fini ici…

Plus vite, je retrouverais mon oncle et mon frère. Et avec un peu de chance, j'y verrais aussi un peu plus clair.

Ma décision était prise.

— J'ai besoin de savoir qui a tué mon père.

Car une chose était certaine, s'il n'était pas avec moi et qu'il n'était pas mort, c'était forcément qu'on le retenait quelque part. Et je me promettais de le retrouver, qu'importe les moyens.

**12**

_Chris_

Attendez. Retour sur image. Comment ça, j'étais un élu ?

J'allais ouvrir la bouche, mais mon oncle qui était assis à côté de moi appuya fortement sa main sur ma jambe, ce que je pris comme un ordre de ne rien faire et de ne pas répondre.

— Tu l'as laissé porter la lame d'Ayden ? s'informa Loris qui ne semblait pas en revenir.

— Qu'est-ce que ça peut bien faire ? assena Yumiko. S'il n'en avait pas été digne, elle n'aurait eu aucun pouvoir.

Le visage de son interlocuteur se tendit.

— Même sans pouvoir ! s'écria-t-il. Il aurait pu l'égarer ! As-tu conscience du gâchis que cela aurait été ?

D'un geste de la main, Dante demanda à Loris de se calmer.

— Il ne sert à rien de revenir sur un acte qui a déjà été commis. L'arme n'a pas été perdue, et elle nous a vraisemblablement apporté une nouvelle recrue.

Dante ne me quittait plus des yeux. Je ne savais pas si ce qu'il voyait lui convenait.

Corneille, qui avait gardé le silence jusqu'ici, tout comme Laura et Maddie, décida qu'il en avait marre de bien se comporter.

— Bordel, je ne comprends rien, ni à cette histoire d'élu ni à l'endroit où nous sommes !

Ça avait le mérite d'être honnête, et aussi d'alléger l'ambiance.

Dante se leva.

— Vous êtes sur Vaia. Cette terre accueille tous les élus et les forme à devenir la meilleure version d'eux-mêmes. Toutes les personnes présentes doivent mener des missions dans l'intérêt du plus grand nombre. Nous sommes un soutien, une aide, un asile pour les nôtres, qu'ils soient ici ou ailleurs, bien que certains l'oublient.

Son regard se posa sur Yumiko. Un lourd vécu semblait les lier. Que s'était-il passé entre eux ?

— Quand vous dites « élu », commença Maddie, qu'entendez-vous par là ?

— La même chose que vous, répondit Dante. Les élus de Vaia sont des personnes qui ont été choisies, des gens qui auront un rôle à jouer dans le devenir de toutes les formes de vie existantes.

— Sans savoir si cela sera par le bien ou par le mal, ajouta Loris.

Ce qui rendait la situation moins sympathique, tout à coup.

— J'espère que tu as ramené le sabre ? s'enquit-il ensuite.

— Pourquoi ? cracha Yumiko. Tu veux vérifier qu'il brille toujours ?

— Je veux vérifier que tu ne mens pas, protectrice.

Ce dernier mot avait été prononcé comme une insulte, et au léger sursaut de Yumiko, je compris que c'était exactement l'effet escompté.

En une seconde, le sabre apparut dans sa main.

— Veux-tu te battre contre lui ?

Dante se leva.

— Tout cela n'est pas utile.

— Si, ça l'est, protesta Loris. Yumiko n'est pas venue ici depuis des lustres, pas même quand sa propre vie était en danger. Son retour aujourd'hui me laisse perplexe, et ses paroles ne resteront que des mensonges à mes yeux tant que je n'aurai pas vérifié leur véracité.

Le sourire de Yumiko s'assombrit.

— T'es toujours qu'un crevard.

Oliver s'en étouffa avec sa salive. Ouais, pas certain que les choses se passent comme il l'avait voulu.

— Excusez-moi, fit-il d'une voix rauque, mais il ne sert à rien de nous énerver. Nous sommes venus ici en pensant que c'était une bonne idée, si cela n'est pas le cas, nous pouvons repartir.

Corneille se leva.

— Si cet endroit abrite uniquement des gens comme elle, intervint-il en désignant Yumiko, c'est sans doute mieux.

La protectrice me fit presque de la peine. Que cela soit d'un côté ou de l'autre, personne ne l'acceptait vraiment.

Je me levai à mon tour. Si elle nous avait menés ici, si elle avait fait couler son sang et prit le risque de revenir alors qu'elle ne l'avait jamais fait jusque-là, c'était probablement pour une bonne raison. Aussi folle fût-elle, je voulais lui offrir ma confiance sur ce coup-là.

— Je ferai ce qu'il faut pour vous prouver que j'ai ma place ici, déclarai-je.

La surprise sur le visage de Yumiko était flagrante. Et cette étincelle dans ses yeux… Était-ce de la fierté ? Non, je me faisais sans doute des films.

— Tu es certain de ce que tu fais ? murmura mon oncle.

Pas du tout. Mais ce n'était pas la peine de le dire à voix haute.

— Rendez-vous au pavillon est, décréta Loris. Dans quinze minutes.

Il s'en alla d'un pas décidé, et tout à coup, le groupe sembla moins tendu. Dante prit Yumiko à part, Oliver les rejoignit.

De mon côté, je regardais Maddie du coin de l'œil, elle m'aperçut et attendit que je lui pose la question qui me brûlait les lèvres.

— Tu n'aurais pas pu le détendre un peu ?

Elle maniait les émotions, un petit coup de main sur ce coup-là n'aurait pas été de trop.

— J'ai appris à manipuler mon pouvoir avec intelligence. Si ce Loris s'était rendu compte que je contrôlais ses émotions, il aurait sans doute fait un scandale et plus personne ici n'aurait eu confiance en nous. Parfois, il faut laisser les choses se faire.

Mouais, ça se voyait que ce n'était pas elle qui allait devoir se battre.

— Ne t'inquiète pas, tenta-t-elle de me rassurer, je suis certaine que tout va bien se passer.

Je ne savais pas si elle était au courant, mais elle était une très mauvaise menteuse.

Oliver nous rejoignit tandis que Yumiko et Dante continuaient leur conversation.

— De quoi parlent-ils ?

— Dante lui demande pourquoi elle a préféré se retrouver sous mes ordres plutôt que de revenir ici.

— Et Yumiko a répondu quoi ?

— Qu'elle n'avait pas à expliquer ses choix.

Même si la protectrice avait le droit de garder le silence à ce sujet, je devais avouer que la curiosité me poussait aussi à me poser des questions.

— Tu savais où elle allait nous mener ?

Il me fit signe que non.

— J'ai entendu parler de l'existence d'un tel lieu, et je peux imaginer qu'elle puisse s'y rendre, mais je ne pensais pas y mettre les pieds un jour.

— Donc tu l'as suivie, sans rien savoir de plus ? Tu lui fais à ce point confiance ?

Mon oncle attrapa mon regard.

— S'il y a une chose que tu ne dois jamais oublier, c'est que Yumiko est d'une loyauté sans faille. Malgré ce qu'elle peut montrer et dire, j'ai plus confiance en elle qu'en la plupart des gens que je connais. Ce qui ne m'empêche pas de me méfier, car elle est aussi dangereuse que le plus létal des poisons.

— Ne pourrait-elle pas nous abandonner ici et partir, maintenant que tu l'as libérée ?

Oliver soupira.

— Quelle partie sur la loyauté n'as-tu pas entendue ?

Mon expression blasée fut ma seule réponse.

— J'ai modifié son contrat, me dit-il tout de même. Comme elle l'a si bien dit elle-même, dorénavant, elle n'est plus chargée de notre protection sous le toit du château, mais en dehors.

Pourquoi avait-il besoin d'un contrat s'il avait vraiment confiance en elle ? Cela n'avait aucun sens, mais bon.

— Stop ! s'écria la protectrice.

Je me tournai vers Dante et Yumiko. Cette dernière, droite comme un i, arborait une expression tendue au possible.

— Cette conversation n'a aucun intérêt, elle doit donc prendre fin. Chris, suis-moi, nous nous rendons au pavillon.

Elle sortit de la pièce à toute allure, et il me fallut allonger le pas pour la rejoindre. Mon oncle, Laura et Corneille restèrent avec Dante. Je ne savais pas si tout cela était une bonne idée. Après tout, qui pouvait garantir qu'ils étaient en sécurité ?

— Dante ne ferait pas de mal à une mouche, même si celle-ci lui pissait dessus, formula-t-elle.

Je fronçai les sourcils.

— Comment sais-tu à quoi je pensais ?

— Ton visage reflète toutes tes réflexions. Durant un combat, cela peut te desservir, il va falloir que tu parviennes à rester impassible.

— Très bien, je vais mettre ça sur ma liste avec « apprendre à devenir un penseur et un enchanteur » et « survivre », ironisai-je.

Yumiko s'arrêta net.

— Es-tu en train de te plaindre, Chris Hudson ?

La lueur dans ses yeux valait tous les sermons du monde. Dommage, je n'en avais pas grand-chose à faire.

— Car je n'en ai pas le droit ? Pardon, je pensais avoir encore un peu de libre arbitre.

Son regard ne lâcha pas le mien. J'observai sa bouche, attendant le moment où elle allait l'ouvrir pour hurler des paroles acerbes, mais elle n'en fit rien.

— Continuons.

La protectrice reprit son chemin, et bien entendu, je la suivis. Nous descendîmes l'escalier, et elle m'emmena de l'autre côté du bâtiment, avant de sortir de nouveau. L'air pur pénétra mes poumons, je me détendis.

— Tu as vécu longtemps ici ?

— À quel âge as-tu commencé à muer ? contra-t-elle.

— Je n'ai jamais mué, je suis né avec cette voix. Déjà au berceau, on m'appelait monsieur.

Si elle voulait jouer à ça, je pouvais le faire aussi. À voir ses yeux brillants, je fus presque persuadé que ma tentative d'humour avait fonctionné.

Pourtant, elle ne répondit pas tout de suite, et je n'insistai pas. Je gardai le silence, observant la beauté des alentours, l'imaginant ici, bien des années auparavant.

— Je suis restée deux ans, finit-elle par dire au détour d'un chemin.

À son ton, je compris que je ne devais pas poser d'autres questions. J'avais déjà eu de la chance qu'elle me livre cette information.

Le pavillon est n'avait de pavillon que le nom. Avec toutes ses baies vitrées ouvertes, il ressemblait plus à un immense kiosque. La seule chose qui démarquait cet endroit était les rideaux blancs qui virevoltaient dans la brise.

Loris était déjà là, et il avait enlevé le haut pour dévoiler son torse musclé. Merveilleux.

— Crâneur, marmonnai-je.

Je n'avais pas de tablettes de chocolat, je n'avais pas de cacao, que dalle.

— Les muscles ne font pas tout, m'informa Yumiko. Même si clairement, tu en manques.

Essayait-elle de me rassurer ou de m'enfoncer ? Difficile à dire.

— De toute manière, tu auras la lame d'Ayden. Tu vas t'en sortir.

J'avais accepté de venir jusqu'ici. J'avais même trouvé que c'était une excellente idée. Je ne pouvais pas tout à coup faire marche arrière juste parce que mon adversaire était plus baraqué. Sinon, je l'aurais déjà fait face à Yumiko. Prendre des coups, ça me connaissait, et je pouvais faire avec. Je m'en étais toujours remis.

— C'est bon, je suis prêt.

Plus vite on commençait, plus vite ça serait fini.

D'un geste de la main, Loris m'invita à venir me placer quelques mètres devant lui. Planté sur ses deux pieds, un sabre à la main, il attendait patiemment.

— Je te laisse te mettre en position, lâcha-t-il.

Je glissai un œil à Yumiko. Bon sang, c'était quoi, la position ?

Elle passa une main sur ses yeux, exaspérée, puis fonça sur moi. Elle prit mes jambes et mes bras pour les replacer comme si j'étais un pantin de bois, puis elle fit apparaître le sabre qu'elle m'avait prêté pour me défendre contre Illiana et sa troupe. Toujours aussi légère entre mes mains, sa présence me rassura et je me sentis plus fort. Pourtant, je n'oubliais pas que, sans elle, je n'étais plus rien. Yumiko avait fait en sorte que cela s'inscrive en lettres rouges dans mes pensées.

Loris m'observa avec un rictus moqueur. Une émotion brûlante me prit aux tripes. J'avais envie de lui faire ravaler son air supérieur. Non, je n'étais pas aussi fort que lui, mais cela ne signifiait pas que j'étais un moins que rien.

Le combat commença.

Il fit un pas vers moi et j'attendis. Je voulais qu'il m'attaque pour me défendre et répondre. Mais Loris semblait trop occupé à m'observer de la tête aux pieds pour tenter quoi que ce soit.

— J'ai vu des bébés se tenir mieux que toi.

— T'es arrivé à les voir avec le gros melon que t'as à la place de la tête ? m'étonnai-je.

Sa lame trancha l'air.

Mon sabre para l'attaque et rendit le coup. Le visage de Loris se ferma.

— Merde !

Ouais, mon pote, exactement !

Ragaillardi par le soutien de la lame d'Ayden, j'osai un sourire.

— Ne prends pas trop la confiance, lâcha Loris en reculant d'un pas. Ce n'est pas toi qui pilotes ce combat.

Je le savais, mais ça ne m'empêchait pas d'être satisfait en voyant sa mine défaite. Il avait cru que Yumiko mentait. Qu'elle était revenue avec de mauvaises intentions, et que je n'étais pas ce qu'elle prétendait. Dommage pour lui, il avait eu tout faux.

J'entendis la voix de mon oncle, et je compris que les autres étaient arrivés, mais je ne perdais pas des yeux mon assaillant. Mon bras contra une attaque venant d'en haut, ma lame glissa contre la sienne avant de tenter une percée vers son flanc. Il évita mon coup et renchérit, mais je parai la charge à mon tour, ce qui ne m'empêcha pas de voir le rideau juste à côté de ma tête s'orner d'une large déchirure.

— Si près ! claironna Loris.

Je fis un pas en arrière et sortis du pavillon, sans quitter des yeux mon adversaire. Mon sabre gérait son combat, mes pieds, par contre… C'était une autre histoire.

Trébuchant sur une pierre, je finis dos au sol. Dans ma chute, j'avais lâché mon arme.

Loris eut l'audace de rire. Son ombre vint me surplomber. Et la pointe de son sabre s'approcha de moi.

— Loris, il suffit !

La voix de Dante était claire, forte, et n'invitait pas à la discussion.

L'homme en face de moi serra la mâchoire et fronça le nez. Il aurait bien profité un peu plus longtemps de mon moment de faiblesse, je le savais.

À la place, il recula.

Les autres nous rejoignirent. Le planificateur me regardait avec attention.

— Nous avons notre réponse, conclut Dante. Chris Hudson fait bel et bien partie des nôtres.

Et le pire dans tout ça était que je ne savais même pas ce que cela impliquait…

# 13


*Jude*

Les garçons se remirent à fouiller partout dans la maison, en sachant enfin quoi chercher. Pour autant, il n'y eut pas de grande différence. Rien ici n'allait nous en apprendre plus.

— J'aurais dû demander à mon oncle, répétai-je, mais à voix haute cette fois-ci.

— Rien ne nous empêche de l'appeler pour lui poser la question, proposa Jake, mais en vérité, si Oliver savait quelque chose, je pense qu'il l'aurait dit à quelqu'un…

Je lui offris une œillade mi-perplexe, mi-blasée. Mon oncle m'avait caché l'existence d'un jumeau, alors pour le reste, désolée, mais je n'avais pas encore super confiance.

— Il serait surtout dommage de le replonger dans ces histoires douloureuses alors qu'il a d'autres choses à gérer, ajouta Alec. Essayons de trouver des réponses par nous-mêmes, qu'importe ce qu'Oliver sait, deux regards valent mieux qu'un.

Ils semblaient tous d'accord, même Evan qui avait remué légèrement la tête.

— Très bien, soupirai-je. Dans ce cas, que fait-on ?

— Il nous faut demander le compte-rendu de la police et voir si quelque chose cloche, énuméra Jake.

Alec grimaça.

— Ce n'est sans doute pas si facile de se procurer ce genre de choses…

— Jake y arrivera.

Nous nous tournâmes tous vers Evan.

— Nous avons bossé ensemble quelques mois, j'ai bien vu de quelle manière tu parvenais à tes fins quand tu le voulais. Tu sais embobiner les gens.

Le choc s'afficha sur les traits de Jake.

— Sérieusement, c'est toi qui dis ça ?

Evan allait ouvrir la bouche, mais je les arrêtai d'un cri.

— Stop ! Je n'ai pas besoin de vos chamailleries à deux balles. Si vous avez des comptes à régler, vous n'aurez qu'à le faire après et, si possible, loin de moi !

Dès le départ, j'avais appréhendé qu'ils se querellent comme des gosses. Pourtant, à leur âge, je pensais qu'ils seraient un peu plus matures que ça. Mais non, Jake ne pouvait pardonner la traîtrise d'Evan, et ce dernier ne semblait pas vouloir s'excuser, ou au moins présenter un visage plus sympathique. Son comportement donnait juste l'impression qu'il se fichait de lui depuis le début. Était-ce le cas ?

— Crois-tu pouvoir faire quelque chose ? demandai-je à Jake.

— Je ne sais pas. Peut-être. Nous sommes une entreprise de conseil en sécurité, cela nous offre parfois certains laissez-passer, mais le plus souvent, tout cela se déroule dans notre communauté.

— Ça ne coûte rien de tenter le coup, et s'il le faut, on ira le voler une fois la nuit tombée, lâcha Alec.

Mes sourcils se haussèrent.

— Ah bon ?

— Il y aura toujours quelqu'un, mais certains d'entre nous pourront faire diversion pendant que le chronologiste entre et fouille. Après tout, si nous nous y rendons maintenant, il verra à quoi ressemble l'intérieur, donc…

Donc, c'était un plan déraisonnable, mais qui tenait clairement la route.

Comme souvent, Evan resta stoïque. J'attendis que Jake annonce que tout cela était une mauvaise idée, mais il acquiesça.

— Ça marche, on fait comme ça.

Le commissariat du 12e se trouvait au coin d'une rue et détonnait avec son allure atypique. Car si on levait les yeux vers le ciel, on pouvait apercevoir treize sculptures reproduisant une œuvre de Michel-Ange. De quoi impressionner les malfrats ? Sans doute pas, mais cela ne manquait pas de style. Une fois tous les quatre devant le bâtiment, nous nous arrêtâmes.

— Alors, on lance Jake dans la fosse aux lions ? hésitai-je

— Tu peux aussi aller demander le dossier, tout simplement, proposa Alec. Peut-être que ton petit air mignon nous aidera.

J'avais tout, sauf envie de rentrer là-dedans pour parler de la mort de mon père.

Jake fouilla dans la poche de sa veste et sortit son portefeuille.

— Tu cherches quoi ? l'interrogeai-je, curieuse.

Il ne répondit rien, mais j'étais presque persuadée d'avoir vu un badge de police.

— J'y vais. Attendez-moi ici.

D'une démarche assurée, il pénétra dans l'édifice.

— C'est qui, ce gars-là, exactement ? s'exclama Alec.

Evan eut un sourire sombre.

— Jake était un soldat. Cela fait quelques années qu'il a été réformé. C'est à ce moment-là qu'il a créé son entreprise. Mais bien avant cela, il occupait son temps à protéger et à combattre.

Alec afficha tout à coup une expression des plus sérieuses.

— T'es en train de me dire qu'il faisait partie de l'armée du soleil ?

— Fort et intrépide ! clama Evan. Exactement.

D'accord, ils m'avaient totalement perdue.

— C'est quoi, cette armée ?

— Elle a le même rôle que la vôtre, à la différence que chez nous, la puissance magique rentre en compte, m'expliqua Alec. Et que l'armée du soleil ne fait pas toujours dans la dentelle…

J'avais l'impression qu'il allait voir Jake d'un nouvel œil maintenant qu'il savait ça.

— C'est plutôt une bonne nouvelle pour nous, non ?

Ils approuvèrent gauchement. On avait un soldat de notre côté, personnellement, je trouvais que c'était positif. Et les trucs positifs, j'aimais bien les relever, ça me remontait un peu le moral.

Nous attendîmes vingt minutes de plus dans le froid. Evan s'était rapproché de moi et avait plaqué sa poitrine contre mon dos tout en murmurant que c'était un comble pour une phénix d'être gelée. Il oubliait que je n'étais qu'à moitié comme lui, et que je n'étais vraisemblablement pas née avec l'option chauffage interne.

Jake finit par revenir avec un dossier sous le bras. Son visage était fier, et mes yeux furent attirés par son imposante musculature. Chris m'avait dit que Maddie bavait devant lui, difficile de lui en vouloir. Si elle aimait le style baraqué, avec lui, elle était plus que servie.

— Tu l'as ? réclamai-je.

Il me fit signe que oui, mais ne me tendit pas le dossier.

— Si nous allions dans un endroit boire un café pour regarder ça au chaud ?

— Ce n'est pas une mauvaise idée, avouai-je.

Jake s'assura que personne ne se trouvait dans la rue, attrapa le bras d'Alec, puis celui d'Evan qui m'enlaçait toujours, et nous disparûmes.

Nous arrivâmes dans l'arrière-salle d'un bistrot. Personne ne nous avait vus débarquer, et tant mieux, car ce n'était pas le moment d'aggraver notre situation. Dès que nous eûmes posé un pied à l'intérieur de l'établissement, un petit cri résonna.

— Jake !

La voix féminine était aiguë. Celle-ci répétait le prénom du chronologiste au fur et à mesure qu'elle s'avançait vers nous en rollers. Je notai sa tenue, une courte robe bleue, et ses cheveux noirs dans un style années cinquante, assorti à la décoration du restaurant.

La serveuse finit dans les bras de Jake qui souriait de toutes ses dents blanches.

— Salut, Suzy.

Alec haussa un sourcil tout en observant les jambes de Suzy. Je lui offris un regard réprobateur qu'il esquiva avec talent. Puis la dénommée Suzy se recula et enlaça Evan sans aucune hésitation.

— Evan, mon chou !

Son quoi ?

Alec me tira en arrière et me frappa la main.

— Éteins ça tout de suite, ma petite étincelle.

Je cachai ma main enflammée de peur que quelqu'un ne la voie.

— Même si nous ne sommes pas dans la communauté alternative, évite de révéler que tu es une phénix sans ailes, on ne sait pas qui traîne dans le coin.

Il avait raison. La famille d'Evan me l'avait pourtant répété à de nombreuses reprises, mon statut était dangereux, et personne ne devait apprendre ce que j'étais. Heureusement, ma prise de conscience avait calmé les flammes qui avaient recouvert ma peau.

— Est-ce qu'elle a reculé ? lançai-je à Alec.

Si je me retournais et que cette Suzy tournait encore autour d'Evan, je savais que j'allais recommencer que je le veuille ou non. C'était une réaction physique incontrôlable.

— Oui, mais elle semble plus intéressée par Jake. C'est parce qu'elle ne me connaît pas.

Son petit ton présomptueux me fit rire. Evan nous rejoignit.

— Tout va bien ?

Devais-je lui dire ? Lui avouer que j'avais fait preuve de jalousie ne me plaisait guère. Finalement, Alec décida pour moi.

— Parfaitement, on regardait la carte. Je penche pour un donut.

Le doigt vers ladite carte, il faisait illusion à merveille.

— Pour Jude, il y a de la banane flambée.

Il s'esclaffa et mes yeux s'ouvrirent grand en pensant à l'interprétation que tout le monde pouvait faire de sa phrase.

Je me tournai vers Evan, le bougre souriait. Super, à présent, j'allais avoir droit à l'humour de mecs bien lourds.

— Je vais m'asseoir !

J'allais rejoindre Jake qui s'était installé sur une des banquettes qui entouraient les tables en inox aux bords arrondis. Des serviettes rose et bleu et des couverts étaient posés dessus. Suzy, qui avait disparu, revint avec des verres vides et des carafes emplies de boissons aux couleurs différentes. Elle nous dressa la liste de tout ce qu'elle avait. Je perdis le fil au bout de trois.

— Un coca, lançai-je quand elle eut fini sa tirade.

Les garçons choisirent à leur tour, après cela, ils commandèrent tous un hamburger. De mon côté, comme à chaque fois que j'étais contrariée, je n'avais pas faim.

— Pareil pour elle, décida Jake. Merci, Suzy.

La serveuse s'en alla après un clin d'œil à son attention. Jake rencontra mon regard perplexe.

— Ton frère m'a dit que tu n'avalais rien quand tu étais stressée, ce qui, je cite, « est une honte à son sang, oblige-la à reprendre des forces, car il est hors de question que mon reflet féminin soit une brindille ambulante. »

Ouais, ça lui ressemblait bien.

Avec un léger sourire, je bus une gorgée de mon soda.

— Le dossier, rappelai-je ensuite.

C'était bien sympa de faire une pause, mais on était quand même là pour ça.

Jake le posa sur la table.

— Ne veux-tu pas que j'y jette un œil d'abord ? me proposa-t-il gentiment. Je ne sais pas quelles photos se trouvent là-dedans, mais…

Mais certaines pouvaient sans doute me traumatiser à vie. Mon souffle se coupa un instant. J'essayai de reprendre contenance en buvant de nouveau. À ce train-là, ma vessie allait vite exploser.

— Fais-le, lui permis-je, s'il te plaît.

Jake secoua la tête et attrapa le dossier. Assis à côté de lui, Alec ne put s'empêcher d'y jeter un œil. Une partie de moi s'agaça, car il n'avait pas demandé l'autorisation. Puis je me calmai, on était tous là pour la même chose, il voulait juste rendre service lui aussi, c'était tout.

J'observai leur visage, à l'affût du moindre changement. Soit ils étaient de très bons acteurs, soit aucune photo affreuse n'était jointe à ce dossier.

— Des os ont été retrouvés dans la maison, résuma Jake, ils correspondent bien au profil de ton père. En ce qui concerne l'incendie, une cause possible serait un court-circuit électrique.

— Pourquoi le père de Jude ne serait pas sorti ou n'aurait pas appelé les pompiers en constatant le désastre ? demanda Evan.

— Probable malaise, cita Jake.

Mon père allait très bien, il n'aurait pas fait un malaise pile au moment où la maison prenait feu, cela n'avait aucun sens. Je ne pouvais pas croire en ce genre de coïncidence.

— Mentionnent-ils d'autres causes ? voulus-je savoir.

Cette fois, je vis sa mâchoire se tendre, et le regard d'Alec fuir vers la serveuse.

— Jake ?

Je n'allais pas aimer ce qu'il allait dire, je le sentais, mais j'avais tout de même besoin de l'entendre.

— Pour eux, le plus probable serait que cela soit une tentative de suicide.

J'en restai totalement abasourdie.

— Quoi ?

Je lui attrapai violemment le dossier des mains avant de le lire attentivement. À chaque ligne, je m'enfonçai un peu plus.

— Il aurait fait croire à un accident pour que je puisse toucher l'assurance ? Cela n'a aucun sens, voyons ! Je n'ai pas besoin d'argent et si mon père avait voulu m'en léguer, il serait allé se noyer dans la Seine et m'aurait laissé vendre la maison. Ce dossier n'est qu'un ramassis de conneries !

Evan posa sa main sur ma cuisse, tout en m'intimant de me calmer à voix basse.

— Tout le monde nous regarde.

Il avait raison. J'avais haussé le ton, et cela avait attiré l'attention sur nous.

— Pardon.

Je m'étais laissé envahir par la colère. Un coup de chance que je ne me sois pas transformée en torche au beau milieu du restaurant.

— Nous savons que ce qui est inscrit sur ce papier n'est pas la vérité, Jude, me rassura Jake, tu n'as pas besoin de nous convaincre.

Je tentai d'apaiser mes émotions. Je devais me calmer, m'énerver ne m'apporterait rien. La police ne croirait de toute manière jamais à la vérité, qu'ils restent ou non dans le mensonge n'avait pas d'importance.

Tout en reprenant mon souffle, je me remis à la lecture du dossier, laissant Evan caresser ma jambe pour me détendre ce qui, entre nous, ne fonctionnait pas du tout.

Soudain, je me tétanisai.

— Qu'est-ce qui se passe ?

— Je ne suis pas totalement certaine…

Je posai le dossier sur la table et pointa du doigt une phrase en particulier.

— Il est noté que le tibia présente des traces de fractures anciennes. Mais à ma connaissance, mon père n'a jamais eu de blessure à la jambe. J'ai dû faire un exposé sur l'anatomie en sciences, on devait prendre un accident personnel ou de quelqu'un de proche sur lequel s'appuyer, mais il m'a dit n'avoir jamais eu besoin d'opération. J'ai dû parler du sixième orteil d'Oliver.

Alec manqua de s'étouffer avec son soda orange.

— Pardon ?

Je fis comme si je ne l'avais pas entendu.

— Est-ce qu'il m'aurait menti là-dessus aussi ? pensai-je à voix haute.

— Il n'y a qu'un seul moyen de le savoir, fit Jake.

Tous nos regards se braquèrent sur lui, sauf celui d'Alec qui murmurait encore « six orteils » en boucle.

— Il va falloir vérifier par nous-mêmes, poursuivit le chronologiste.

— Qu'entends-tu par là ? s'enquit Evan.

J'avais peur de ce qu'il allait dire, et en même temps j'étais pendue à ses lèvres, attendant qu'il prononce les mots.

— Je pense que nous devons rouvrir la tombe de Nate Hudson.

# 14

*Chris*

Loris disparut peu après notre face-à-face. Il prétexta devoir se changer, mais j'étais convaincu qu'il avait besoin de réfléchir à quelle sauce il allait me manger. Dante, de son côté, avait endossé l'image parfaite de l'hôte agréable. Bien qu'il avouât sans souci que la présence de Corneille, Maddie, Laura et Oliver le mettait dans une position inconfortable.

— Chris doit suivre un entraînement physique et magique, expliqua Yumiko. Tant qu'à être ici, autant qu'on se charge de tout en même temps.

— Ce n'est pas le problème. Mais vos accompagnateurs, bien que très sympathiques, ne font pas partie des nôtres, et tu sais que sur Vaia…

— Je sais et je m'en cogne ! siffla Yumiko. C'est une règle stupide. Il n'y a pas que les élus qui ont besoin de protection et d'entraînement, quand bien même vous en êtes tous persuadés. Mais là n'est pas le sujet. Acceptez-vous qu'ils restent, oui ou non ?

Dante avait perdu son expression joyeuse et observait Yumiko avec une certaine tension.

— Même si tu es ici chez toi, tu dois te rappeler ta place. Tu ne peux pas débarquer des années plus tard et croire que tout t'est acquis.

— Rien ne m'a jamais été acquis, que cela soit ici ou ailleurs. J'ai protégé cet endroit, au péril de ma vie, aujourd'hui, je protège les Hudson. J'ai besoin d'une réponse.

Mon oncle regardait la scène avec attention. Tous autant que nous étions, nous ne dîmes pas un mot. Cette impression que tout pouvait changer d'une minute à l'autre ne me quittait pas, et elle allait sans doute m'accompagner encore longtemps.

— Ils n'auront pas le droit de se déplacer seuls et ta présence ne suffira pas. Deux personnes pour chacun d'entre eux. Ils seront logés dans l'aile sud. Et en ce qui vous concerne, Chris et toi, vous prendrez place dans la chambre 215 avec les autres. De plus, il sera au même régime que tout le monde, il suivra les entraînements communs et devra voyager pour des missions avec le reste de sa chambre.

Yumiko ne broncha pas.

— Bien.

Dante sembla satisfait de sa réponse. Il se tourna vers mon oncle, Maddie et mes professeurs.

— Veuillez venir avec moi, s'il vous plaît.

Oliver acquiesça et le suivit sans un mot, Laura et Corneille les talonnèrent. Ce dernier marmonnait dans sa barbe que s'il avait su qu'il allait avoir des mecs au cul, il ne serait peut-être pas venu.

Les mains sur les hanches, Yumiko les regarda s'en aller.

— Ça ne se passe pas si bien que ça, pas vrai ?

Elle ne put me cacher sa surprise.

— Bien sûr que si. Je suis parvenue à faire rester quatre non-élus. Ce n'est encore jamais arrivé, et je trouve que Dante a accepté bien trop facilement. Il doit savoir qui tu es, à n'en point douter.

— C'est-à-dire ?

Son mutisme répondit à sa place.

— Tu savais, pour cette histoire de clé, lâchai-je. Tu savais, et tu n'as rien dit.

— Prétendre que j'étais au courant des détails serait exagéré. Mais même si cela avait été le cas, Oliver m'avait interdit d'en parler.

— Et tu lui obéis toujours, c'est ça ?

Elle qui disait le détester, qui se plaignait qu'il lui avait volé sa liberté, comment pouvait-elle se comporter ainsi en gardant ses secrets et en lui obéissant au doigt et à l'œil ? Quelque chose m'échappait.

Yumiko s'approcha de moi.

— Qu'est-ce qui te dérange vraiment, Chris ?

— Ne pas comprendre tes intentions.

J'étais incapable de savoir ce qu'elle avait à l'esprit. Ses émotions et ses raisonnements m'étaient inaccessibles. Elle ne laissait personne les apercevoir. Et cela m'intriguait bien plus que je ne voulais l'admettre.

Je l'observai tandis qu'elle penchait légèrement la tête, et son regard s'attarda sur moi. Que cherchait-elle ?

— Oliver a modifié mon contrat. Même si je dois protéger la famille Hudson, tu es devenu ma priorité. Si je ne devais choisir qu'une personne à sauver ici, ce serait donc toi.

Je n'étais pas certain d'aimer ça. Et s'il arrivait quelque chose à Oliver pendant notre temps passé sur Vaia ?

— Car tu y es obligée, affirmai-je.

Elle ne répondit rien.

— Te rassurer n'est pas dans mes attributions, bébé Hudson. Si tu as besoin d'amour et de réconfort, va voir ton oncle et débrouille-toi avec lui. N'attends rien de plus de moi que ma protection et mon enseignement. C'est déjà beaucoup.

La conversation était close, et elle me le confirma en retournant vers le clocher. Les bras ballants, je restai là, déstabilisé par la situation, ne sachant plus ce que je pensais vraiment de Yumiko. D'un pas traînant, je pris le même chemin qu'elle. Puis, de réflexion en réflexion, je réalisai que ce qui me chiffonnait ne venait pas forcément d'elle. S'il arrivait quelque chose à Yumiko alors qu'elle me protégeait, cela me ferait sentir comme un moins que rien. Une impression que je subissais déjà et qui s'était intensifiée après mon combat contre Loris. Je ne voulais pas dépendre d'une lame magique. Je voulais me débrouiller par moi-même. Et cela tombait bien, car j'étais au meilleur endroit pour cela.

Yumiko entra dans l'édifice et monta les escaliers sans vérifier une seule fois si je la suivais. Sentait-elle ma présence ? En avait-elle quelque chose à faire ?

Nous prîmes une direction différente que la fois précédente, croisâmes pas mal de gens en chemin, de tout âge, même si la majorité était plutôt jeune. Nous eûmes droit à des regards curieux, à des saluts joyeux, et une jolie fille m'offrit un sourire enjôleur. Peut-être que mon temps ici ne se résumerait pas au travail et à la douleur, après tout.

J'avançais, suivant Yumiko d'un pas plus rapide. Nous longeâmes un couloir, puis je la vis soudain rentrer dans un mur... avant d'être éjectée en arrière et de tomber au sol.

— Bordel de…

Elle poursuivit ses injures encore un moment, me laissant perplexe et quelque peu amusé. En apercevant mon sourire, son regard se fit assassin, mais bizarrement, je ne pris pas peur.

— Ça t'arrive souvent ? ne pus-je m'empêcher de demander.

Au château, entrer dans les murs était une de ses habitudes, et il fallait croire qu'ailleurs, elle n'avait plus les mêmes facultés.

— Je t'interdis de raconter ça à quelqu'un !

— Oh, ne t'inquiète pas, je n'ai pas besoin de le partager. Mais cette image est gravée dans ma tête et m'amusera pour le restant de mes jours tout de même.

Ses joues se colorèrent de rouge. Je passai devant elle pour lui ouvrir la porte.

— Après toi.

Elle ferma les paupières, se pinça l'arête du nez et murmura des paroles inintelligibles. Une fille venant de l'intérieur de la pièce nous rejoignit. Avec ses longs cheveux violets, elle me fit penser à Maddie. Après tout, ce n'était pas si loin du rose. Cependant, la comparaison s'arrêtait là. La jeune femme arborait un teint sombre, des yeux noirs, et était vêtue de la tenue réglementaire du coin.

— Qu'est-ce qu'elle fait ? me demanda-t-elle.

— Elle prend sur elle pour ne pas me frapper.

Comme si cette réponse était tout à fait normale, elle hocha la tête.

— Vous pouvez entrer, on était en train de se faire une partie.

Je haussai un sourcil. Une partie ?

La jeune femme disparut à l'intérieur, Yumiko me poussa pour entrer à mon tour. Sans me départir de mon sourire, je suivis l'inconnue.

Je pénétrai dans une chambre commune. La pièce, spacieuse, abritait cinq lits. Deux de chaque côté et un en face de la porte. Plusieurs fenêtres en alcôves éclairaient l'endroit. Installés au sol, deux mecs et la fille qui nous avait ouvert jouaient aux cartes.

Je dus m'avouer que je ne m'attendais pas à découvrir quelque chose d'aussi banal par ici.

Yumiko fit apparaître nos bagages dans ses mains et alla les poser sur les deux lits au carré. L'un des gars, le blond avec les lunettes, lança :

— Une flasheuse. La classe.

Même si elle fit comme si elle n'avait rien entendu, je vis la protectrice relever un peu la tête.

— Une flasheuse ? m'interrogeai-je.

— Il sort d'où, celui-là ? se marra le blond en faisant comme si je n'étais pas là.

Sa colocataire le reprit du regard avant de se tourner vers moi.

— Les flasheurs peuvent utiliser leur esprit comme un coffre-fort. La taille de celui-ci équivaut à la puissance de son possesseur.

J'observai un instant Yumiko. Il devait y avoir tout Disneyland dans son crâne.

La protectrice n'ajouta rien et commença les présentations.

— Lui, c'est Chris, moi, c'est Yumiko. Au moindre coup bas, je vous fais bouffer vos orteils.

Si ce n'était pas une bonne entrée en matière, je ne savais pas ce que c'était !

— Dans son langage, ça veut dire « enchantée », déclarai-je.

— Absolument pas.

Le deuxième garçon était brun, avec un regard caramel. Depuis notre arrivée, il nous observait avec méfiance. Et plus Yumiko ouvrait la bouche, moins il semblait détendu.

— Moi, c'est Kat, se présenta la fille aux cheveux violets, le blond c'est Timmy, et à côté, Sullivan.

— Tim, reprit le premier, agacé.

Un silence gêné s'installa. Yumiko le brisa avec un :

— Je sens que ça va être une vraie torture.

Puis elle s'étala sur son lit, fit surgir sa dague et commença à l'envoyer en l'air avant de la rattraper à quelques millimètres de son visage.

Les yeux des autres s'écarquillèrent.

OK, donc même ici, il était anormal de se comporter ainsi. J'en fus rassuré. Finalement, j'allais peut-être survivre.

Ne sachant pas quoi faire, à part rester debout et paraître stupide, j'allais m'asseoir sur mon matelas à mon tour. Mais une fois installé, je sentis le poids d'un regard sur moi.

— Quoi ? jetai-je à Yumiko.

— Tu crois que t'es en vacances ?

— Ce n'est pas moi qui fais l'étoile de mer sur un lit actuellement, lui fis-je remarquer.

Elle lança sa dague. Je suivis son mouvement et la vis se ficher dans le sol juste à côté de la main de Tim.

— Mais toi, tu ne sais pas faire ça, cracha-t-elle.

Qu'est-ce qu'elle pouvait être irritante !

Je me levai et récupérai l'arme tout en croisant le visage blême de ce pauvre Timmy.

— Tu as raison, je vais m'entraîner.

Je visai un bon mètre à côté de sa tête et lançai la dague. Elle atterrit à deux centimètres de son oreille.

Agréablement surprise, elle m'offrit un sourire.

— Bien, Hudson ! On va peut-être pouvoir faire quelque chose de toi !

Il était donc hors de question que je lui dise que tout cela n'était que le hasard et que j'aurais très bien pu lui crever un œil.

— Il n'y avait pas d'autres chambres libres ? s'enquit Sullivan.

— Vous voulez déjà nous mettre à la porte ? s'esclaffa Yumiko. Qu'est-ce que ça sera dans deux jours !

Tout à coup, j'eus de la peine pour eux. Je devais subir la protectrice, je n'avais pas le choix, mais la leur imposer, ce n'était quand même pas super cool.

— Allons-nous entraîner, lâchai-je alors.

C'était sans doute la seule chose qui pouvait la motiver.

— Au lancer de couteaux ?

— À ce que tu veux, annonçai-je.

À son regard, je compris que je n'aurais jamais dû dire ça. Jamais.

Elle sauta sur ses pieds et sortit en toute hâte de la chambre avec un « à plus, les mioches ».

J'hésitai entre m'excuser et partir comme si de rien n'était, puis finis par choisir la seconde solution. Après tout, j'étais un solitaire et, accompagné de Yumiko, ça n'allait pas s'améliorer.

Nous nous retrouvâmes dans le couloir. Elle m'attendait, adossée au mur, une jambe relevée contre celui-ci. Son kimono fendu jusqu'à mi-cuisse laissait apercevoir ainsi plus de son corps que cela ne devrait être permis.

J'aurais dû me forcer à lever les yeux. Je n'en fis rien. Après tout, si elle ne voulait pas que je regarde, elle n'avait qu'à se comporter autrement.

— Corps-à-corps.

Cette fois, je cherchai son regard. Il brillait.

— Pardon ?

— Je vais t'entraîner au corps-à-corps. Avant de te servir d'une arme, tu dois apprendre à manier ce que tu as sous la main.

Sa jambe glissa lentement vers le sol et, tranquillement, elle s'approcha de moi. Frôlant la pointe de sa lame contre le creux de ma joue.

— Tu ressortiras de notre entraînement tellement bleu que quand tu passeras devant le lac, on ne te verra même pas.

Sa voix était emplie de promesses. Des promesses de souffrance. Et pourtant, ce ne fut pas la peur qui m'envahit soudain. Réalisant que mon corps réagissait à ces menaces, je me mis à rire. C'était absurde. Toute cette situation n'avait aucun sens.

— Je peux savoir pourquoi tu rigoles ?

Elle avait fait un pas en arrière, quittant son masque de folle furieuse, accro au sang, révélant à la place une perplexité agacée.

— Je me disais juste que tu n'étais pas la seule à être étrange.

Et ce n'était pas une bonne nouvelle.

# 15

Il pensait que quoi ? Bouche bée, je fixais Jake du regard sans pouvoir dire un mot. Ce qu'il venait de proposer avait créé un court-circuit dans mon cerveau. Ouvrir la tombe de mon père ? L'effroi que cette phrase me procurait était immense. Encore quelques jours auparavant, j'aurais pu faire un malaise en imaginant ce qui se trouvait dans cette sépulture. À présent, je tentais de me répéter que mon père n'était peut-être pas mort et que sans doute, ce n'étaient pas ses os qui avaient été enterrés. Mais si tout cela était faux ? S'il était réellement décédé et enfoui six pieds sous terre ? Allait-on vraiment le… Bon sang, je ne savais plus quoi penser.

— Je crois que tu y es allé un peu fort, lança Alec à Jake.

L'intéressé fronça les sourcils sans comprendre.

— Je dis juste que ce serait la meilleure méthode pour déterminer si oui ou non ce sont les restes de Nate Hudson qui ont été retrouvés dans cette maison.

— Ouais, fit Alec, mais il n'empêche que tu lui suggères de peut-être briser le repos de son père pour venir lui toucher les os… Et faire face au fait qu'il est bel et bien…

Mort. C'était le mot qu'il n'avait pas osé dire. Alec avait raison. Le décès de mon père était encore récent, et toutes mes pensées à ce propos étaient floues. Parfois, je me plaisais à imaginer qu'il n'était pas mort, car je n'avais pas vu son corps. D'autres fois, je me traitais de fille stupide et rêveuse en me forçant à me répéter qu'il n'était plus de ce monde, que je devais l'accepter, puis je pleurais ou bien je m'énervais contre la terre entière. Me focaliser sur autre chose avait été une méthode assez peu efficace.

La situation avait changé, et avec tout ce que nous venions d'apprendre, la perte de mon père était encore plus difficile à admettre. Car je n'avais pas pu le mettre face à ses mensonges, face à la réalité de ce que j'endurais dorénavant. Pour autant, l'espoir de le revoir vivant s'était totalement envolé en comprenant que nous avions des ennemis, avant de revenir en force après le message de Nathaniel. Mais, en y réfléchissant, je me rappelai que ce fameux message ne faisait pas mention de l'état dans lequel devait être mon père. Le mot « vivant » n'avait pas été griffonné sur le papier. Et si c'étaient ses restes que je devais retrouver ?

Mon cœur se serra à cette pensée. Puis je réalisai que, de toute manière, pour le savoir, il fallait avancer, et pour cela, le plus rapide était de suivre l'idée de Jake.

— D'accord.

Alec sembla légèrement surpris. Je sentis l'attention d'Evan sur moi, mais ne le regardai pas, je devais garder mes moyens.

— Vous êtes au courant que c'est illégal ? s'enquit Alec.

— Car entrer par effraction chez les gens grâce à des failles, ça te paraît mieux ? lui assena Evan.

Un point pour lui.

— Si ça peut nous aider à avoir des réponses, expliquai-je, je suis d'accord. De toute manière, je n'ai pas d'autres idées.

Venir ici était le début de mon plan, mais pour tout avouer, il n'y avait rien derrière. Je m'étais dit qu'une fois sur place, le reste m'apparaîtrait tout seul.

— Nous nous y prendrons de nuit, réfléchit Jake. Il y aura moins de risques de se faire attraper. Et puis, si jamais quelqu'un arrive, nous serons plusieurs pour faire diversion. Il faut impérativement atteindre le cercueil.

La nausée me saisit alors que Suzy amenait nos plats. Le burger saignant devant moi me parut tout sauf appétissant.

Evan serra doucement ma jambe. Je me tournai vers lui et vis son regard inquiet.

— Ça va.

C'était faux, et il était assez intelligent pour le comprendre. Cela dit, ce n'était ni le moment ni l'endroit pour m'appesantir sur mes sentiments.

Il eut la gentillesse de ne rien dire. J'étais touchée par l'attitude d'Evan, il me couvait et veillait sur moi. Je voyais de lui un tout autre visage que celui qu'il m'avait offert au début de notre histoire. Pour lui, notre lien avait éclairci toute la situation. J'avais l'impression qu'il se sentait à sa place à mes côtés et qu'il n'avait aucun doute quant à notre relation. Pour ma part, si je devais avouer que sa présence m'aidait, j'avais encore du mal à me laisser aller. Les choses étaient trop confuses, tellement que je ne savais plus comment les gérer.

Tout le monde se mit à manger. De mon côté, je croquai dans une frite sans réel appétit. Je me forçai, car Chris avait raison sur un point, j'avais besoin de garder des forces. Mes réflexions fusèrent vers lui. Que faisait-il ? Où était-il ? Pourquoi avions-nous eu si peu de temps pour nous retrouver ? Alors que j'avais enfin ce que j'espérais, un début de relation avec mon jumeau, il avait fallu que la vie nous sépare encore.

« Mais peut-être que tu pourras lui rendre son père », pensai-je de nouveau. Et même si je m'étais interdit d'y réfléchir, l'image de Chris et de notre père, ensemble, s'afficha dans mon esprit. Un sourire effleura mon visage.

— C'est l'idée de profaner une tombe qui te fait tant plaisir ? lâcha Alec.

Je compris à son petit air taquin qu'il essayait de détendre l'atmosphère. Je ne pouvais que lui en être reconnaissante, même si ses méthodes étaient un peu douteuses.

Jake fronça les sourcils.

— Et c'est moi qui y vais fort ?

Amusée, je les regardai gentiment se chamailler.

— Le béton va nous poser un problème, finit par déclarer Jake. Ce n'est pas évident d'accéder à un cercueil dans les cimetières français.

— Mon père a été inhumé dans un cimetière écologique se situant à Ivry-sur-Seine, dans le Val-de-Marne, révélai-je. Pas de béton, uniquement de la terre.

Jake eut un air satisfait.

— Dans ce cas, nous savons ce que l'on doit faire en attendant de nous y rendre.

Je lui lançai un regard curieux.

— Du shopping, s'exclamèrent Evan et Jake d'une même voix.

J'ignorais ce qui me choquait le plus : leur réponse, ou le fait qu'ils l'aient prononcée tous les deux en même temps.

— Il va falloir m'éclairer, avoua Alec.

Jake se racla la gorge après avoir avalé une bouchée de son burger.

— On doit se procurer des pelles pour creuser.

— D'accord, jusque-là, je vous suis. Et votre réponse de couple, c'était quoi ?

Un rire m'échappa. Les deux hommes se tendirent.

— C'est ce qu'on disait à Maddie à chaque fois qu'on devait aller faire quelque chose sans elle, fit Jake d'un ton rustre. Ça avait le don de l'agacer.

Le silence qui suivit était gênant. Bon, il fallait briser la glace. Je posai la première question qui me vint.

— Vous avez longtemps travaillé ensemble ?

— Quelques mois, déclara Evan. J'avais décidé de laisser tomber Illiana et tout ce qui se rattachait à elle. Sauf que dénicher un boulot sans réellement parler de son don ou bien avoir à l'utiliser, ce n'est pas si facile. Pendant longtemps, j'ai prétendu que j'étais empathe. Ça faisait illusion un moment, mais ça ne tenait jamais. Maddie et moi, on vivait dans le même immeuble. Elle a senti que quelque chose n'allait pas dans ma vie. Je lui ai confié que je ne trouvais pas de travail, avouer l'entière vérité sur ce que je cachais aurait été bien trop dangereux. Elle m'a dit de ne pas m'en faire et elle est partie avec un sourire. Le lendemain, elle a sonné à ma porte et m'a proposé de tenter un entretien avec Jake. J'ignorais qui il était, je me suis préparé comme d'habitude à mentir sur moi et sur mon passé. J'ai été très surpris en me rendant compte qu'il savait qui j'étais, du moins dans les grandes lignes. Mon espèce, il ne la connaissait pas.

— J'avais découvert que tu fricotais avec Illiana, confirma Jake avec une expression mauvaise.

— Et que j'avais laissé ça derrière moi, précisa Evan. Maddie et lui ne m'ont rien demandé. Un jour, je les ai entendus parler, ils ne savaient pas que j'étais là. Jake commençait à se méfier de moi, car je ne partageais rien de ma vie. Il trouvait étranges mes réponses à ses questions sur ma famille. Maddie lui a demandé de me faire confiance, mais à ce moment-là, j'ai compris que je ne pourrais pas rester longtemps sans dévoiler mon secret. Un secret que je devais garder coûte que coûte.

Jake tiqua.

— On n'aurait rien dit. Tu cherches juste des excuses à ta trahison.

Evan serra la mâchoire.

— L'entreprise n'allait pas très bien. On avait de moins en moins de contrats, Jake peinait à nous payer, je le savais. S'il n'y avait eu que moi, j'aurais laissé passer. Ne manger que des pâtes pendant un temps ne me fait pas peur, j'ai vécu pire. Mais…

Mais il avait une famille à nourrir.

— Illiana est venue me trouver la veille du jour où Oliver a fait appel à nous. Elle m'a parlé d'une prime énorme. J'ai été déchiré entre mon envie de m'éloigner de tout ça, de me débrouiller par moi-même, et la facilité. Autant d'argent grâce à un seul coup… Je ne pouvais pas faire comme si je ne savais rien. Je lui ai demandé du temps pour réfléchir, Oliver nous a contactés, on vous a rejoints dans la cour de votre lycée, et alors, tout s'est enchaîné. J'ai compris qui vous étiez et j'ai envoyé un message à Illiana pour mettre au point votre capture.

Je n'étais pas certaine qu'Evan eut jamais autant parlé.

— Tu as préféré trahir notre confiance et risquer la vie des Hudson, cracha Jake. Tout ça pour quoi ? De l'argent ?

Il ne savait pas tout. Pour lui, Evan avait été matérialiste, alors qu'en vérité, il essayait de sauver sa famille et son peuple. Clairement, je n'étais pas d'accord avec sa façon de faire, d'autant plus vu la manière dont j'avais été mise au milieu. Mais je savais tout ce que l'on était capable de faire pour aider ceux que l'on aime. Si Jake avait pu lire entre les lignes, il aurait compris que tout n'était pas si simple. Mais il était aveuglé par sa colère, et il serait impossible de lui faire entendre raison pour le moment.

Suzy récupéra nos plats et nous passâmes au dessert. Evan avait commandé une banane flambée, ce qui ne manqua pas d'amuser Alec et de me faire lever les yeux au ciel. Si je n'avais quasiment rien touché de mon assiette, j'avalai mon beignet au chocolat en une fraction de seconde. Il faut croire que le sucre guérissait tous les dégoûts du monde. Quand nous eûmes fini, nous laissâmes Jake payer, car il l'avait proposé. Sans doute était-ce pour parler une dernière fois à Suzy avant de partir. Leurs sourires prouvaient à quel point ils se plaisaient. Mais Suzy ne faisait pas partie de la communauté alternative. Est-ce qu'une relation entre eux était possible ? Je me promis de poser la question à Evan lorsque nous serions seuls.

Quand il eut fini, nous sortîmes du bâtiment avant de nous rendre tous ensemble dans un magasin d'outillage.

— Vous comptez vraiment vous balader en ville avec des pelles à la main ?

Point de vue discrétion, il y avait mieux. De plus, les cimetières étaient souvent surveillés, nous serions vus d'un très mauvais œil en arrivant ainsi équipés. Si nous nous retrouvions avec la police au train tout de suite, nous ne parviendrions à rien.

Les hommes se regardèrent sans ciller.

— Personne n'y avait pensé, pas vrai ? lançai-je en tentant de cacher mon amusement.

Il était drôle de constater que trois grands gaillards comme eux, aux facultés grandioses, n'avaient pas réfléchi à une chose aussi simple.

— Planquons-les dans un endroit tranquille, et Jake viendra les chercher une fois que nous serons au cimetière.

L'intéressé fronçait les sourcils d'un air concentré.

— Quoi ? lâchai-je.

— Je pourrais tout simplement les récupérer à ce moment-là dans le rayon et remonter le temps des caméras pour ne pas être visible dessus, avoua Jake.

D'accord, il était donc en train de dire qu'il pouvait voler n'importe quoi s'il le désirait.

— Je ne suis pas persuadée que cela soit très sympa, intervins-je.

— Rien ne m'empêche de les rendre après.

— Pleine de terre ?

Evan ne lui laissa pas l'occasion de répondre et attrapa les pelles d'une main.

— Maintenant que nous sommes ici, prenons-les.

Satisfaite, je souris.

Jake se renfrogna.

— Il ne veut pas emprunter des outils, mais il kidnappe des gens. Tu trouves ça logique ?

Je soupirai.

— Tu ne le connais pas, Jake. Ni lui ni sa vie. Penses-tu que je lui aurais pardonné si tout cela n'était pas plus compliqué que tu ne l'imagines ?

Dans son regard, je pus lire du jugement.

— Tu es sous l'emprise de votre lien, cela te rend naïve.

Cela faisait longtemps que je n'avais pas entendu une phrase aussi stupide.

— Tu te trompes, mais je ne perdrai pas mon temps à te l'expliquer. Crois ce que tu veux, je m'en fiche.

Je le laissai là et partis rejoindre Evan, tendue par la colère. La présence de Jake était pratique par bien des aspects, mais s'il ne changeait pas son comportement, cela allait être difficile de rester tous ensemble.

— Ce gars est complètement borné ! m'exclamai-je sans baisser la voix.

L'ombre d'un sourire fleurit sur le visage d'Evan.

— Nous avons tous des défauts.

— S'il ne met pas le sien en sourdine, il va finir par se prendre un coup de pelle !

Naïve. Dans sa bouche, cela équivalait à être stupide. Une insulte qui ne me plaisait guère.

Le poids du regard de mon inséparable me fit l'observer. Il me contemplait, les yeux brillants.

— Tes iris s'embrasent.

Et les siens firent de même juste après sa déclaration. Ce n'était pas à cause de la colère, mais du désir que je pouvais lire sur ses traits.

Tout à coup, ma bouche s'ouvrit et mon souffle se fit plus court. J'avais envie d'envoyer paître les pelles pour l'embrasser entre deux rayons.

Alec arriva alors et me prit par la main sans me laisser le temps de faire un geste.

— Étant donné que nous n'avons rien à faire jusqu'à ce soir, allons nous entraîner !

— Pardon ?

Encore envahie par le besoin de me rapprocher d'Evan, je ne compris pas tout de suite ce qu'il cherchait à me dire. Il fallut que Jake rentre dans mon inséparable pour que je retrouve un peu mes moyens.

— On ne peut pas les laisser tous les deux, lâchai-je en observant les deux hommes qui s'aboyaient dessus.

— Bien sûr que si. Et d'ailleurs, ça ne leur fera pas de mal. Avec un peu de chance, l'un d'eux ne survivra pas, et la suite de nos aventures sera plus calme !

Mon regard sombre le fit rire. Inquiète, je me débattis pour l'empêcher de me tirer par la main hors du magasin.

— Il est temps que tu te rendes compte que tu n'es pas qu'une phénix ! Laisse-moi te montrer ce que c'est que d'être une architecte.

Intéressée, j'arrêtai de bouger et me retournai vers les garçons qui se regardaient en chiens de faïence. Alec avait raison, Jake et Evan sauraient se débrouiller sans nous.

L'architecte me tendit la main en souriant.

— Suis-moi dans mon monde, Jude Hudson.

# 16

*Chris*

Se retrouver face à Yumiko, c'était un peu comme affronter un tigre. Quand elle se mouvait, j'imaginais facilement le félin faisant onduler ses muscles. Et son regard, bien qu'il fût sombre, me transperçait d'une telle manière que j'avais le sentiment qu'elle savait tout de moi.

Debout dans une pièce spacieuse, cerné de murs sans fenêtres, mais d'un toit ouvert sur le ciel, je tentai de contrôler mes réflexions. Elle ne pouvait pas les lire, du moins, elle n'en avait pas le pouvoir, alors pourquoi avais-je l'impression d'être à nu devant elle ?

— À quoi tu penses, mini Hudson ?

Sa voix grave trancha le silence. Mes yeux se posèrent sur ses doigts graciles qui attachaient ses cheveux en arrière. Quelques mèches s'échappèrent, trop courtes pour tenir avec les autres.

— Je me demandais à quel moment je serais capable de te foutre la raclée de ta vie.

Sans doute jamais.

Elle ricana.

— Ça dépendra des moyens que tu te donnes !

Elle fit un pas sur le tatami. Tout le sol en était recouvert. Moins dur que le béton, mon dos en était réconforté. Enfin, légèrement.

Les pieds nus, le corps détendu, la tête haute, Yumiko se planta devant moi. Elle m'avait intimé de retirer mes chaussures en arrivant et m'avait obligé à enfiler la même tenue en coton que Loris, mais en noir. Clairement, sur moi, cela ne rendait pas pareil. Il fallait dire que la circonférence de mon biceps n'égalait pas celle de ma cuisse.

La protectrice appuya ses deux mains sur mes épaules avec force.

— Tu dois apprendre à bien te positionner. À t'ancrer dans le sol. Sinon, il suffira d'un souffle pour te mettre à terre.

— Un souffle, c'est peut-être exagéré.

Je ne payais pas de mine, d'accord, mais tout de même.

Elle ne répondit rien et déplaça légèrement mes jambes avant de me faire lever le visage d'un geste rapide.

— Il faut toujours regarder la mort en face, déclara-t-elle, amusée.

Mon expression s'assombrit, son rire résonna entre les murs. Folle. Elle était folle.

Quelques secondes lui suffirent pour retrouver son sérieux.

— Tu sais mettre un coup de poing ?

Frapper quelqu'un, ça s'apprenait. Si on prenait une mauvaise position, on pouvait se blesser. Inutile de préciser que j'étais un bagarreur. Cela avait déconcerté ma mère pendant de longues années. Une réplique désagréable, je tapais dans le ventre. Un coup, même léger, je visais la tête.

— Je ne suis pas un saint, Yumiko. Je sais me défendre ou mettre une dérouillée à quelqu'un.

La perplexité que je pouvais lire sur son visage m'agaça.

— Très bien, dans ce cas, frappe-moi.

J'eus l'impression de prendre un seau d'eau froide sur la tête. Car si n'importe qui pouvait se demander si elle déconnait, moi, je savais que la protectrice ne blaguait en rien. Elle voulait que j'essaie de l'attaquer pour évaluer mon niveau.

Je ne bougeai pas.

— On est trop fleur bleue pour frapper une fille ?

Dans des circonstances différentes, oui. Mais dorénavant, homme ou femme, j'étais conscient que cela serait du pareil au même. Les uns ou les autres pouvaient être aussi dangereux pour ma survie. Non, ce qui me freinait, c'était tout autre chose. Il m'était « facile » d'admettre que j'étais nul à l'épée, après tout, ce n'était pas quelque chose d'inné. Mais concéder que j'étais un bon à rien, même avec mes poings, ça, c'était plus difficile pour mon ego.

— Si c'est pour m'ennuyer, autant que j'aille jouer aux cartes !

Elle perdait patience. Ce n'était bon pour personne, surtout pas pour ceux qui partageaient notre chambre.

J'inspirai profondément. Quand il fallait y aller…

Je voulus la prendre de vitesse, et lui coller mon poing dans le ventre avant qu'elle ne réalise ce que je faisais.

Sa paume arrêta mon coup et, sans comprendre comment, je me retrouvai à terre une seconde plus tard.

Elle ne me laissa pas le temps d'une respiration et hurla un « debout » tonitruant.

Clairement, je n'étais pas là pour enfiler des perles.

Je me relevai et l'observai avancer vers moi. Son bras bougea, je me positionnai de trois quarts et mis mon coude entre nous pour me protéger du coup qui allait venir. Une douleur sourde dans le ventre me fit me plier en deux.

— Tu ne regardes que le haut de mon corps, Hudson. Mais mes jambes peuvent faire tout autant de dégâts.

Les poings serrés, je déroulai mon dos, ne voulant pas lui laisser la satisfaction de ma souffrance. Oui, elle avait le dessus sur moi, mais je pouvais me faire laminer avec classe et honneur au lieu de couiner comme un joueur de foot.

— Juste pour savoir, tu vas profiter de cette séance pour me montrer tout ce qui ne va pas chez moi ou m'aider à rectifier le tir ?

Son sourire de chat se délectant d'une souris pour le petit-déj' réapparut au coin de sa bouche.

— Les deux. La douleur fera rentrer les informations plus vite dans ton cerveau et dans ton corps. Dire que tu dois faire gaffe en traversant la route ne sera jamais aussi efficace que de te balancer devant un bus pour que tu fasses plus attention la prochaine fois.

Je doutais qu'il puisse y avoir une prochaine fois dans ce cas-là, mais je comprenais le principe.

Note pour moi-même : ne jamais me rendre en ville avec Yumiko.

— On continue, déclara-t-elle.

J'arrêtai de compter le nombre de fois où j'atterris par terre ou violemment contre un mur. Plus la séance avançait, plus je m'apercevais que la protectrice avait été gentille avec moi au début. Car une fois qu'elle fut lancée, ses coups se firent de plus en plus rudes, et son ton plus intransigeant.

À chaque fois, je me relevai, mâchoire serrée pour ne pas lui dire d'aller se faire foutre. Nous avions besoin de Yumiko, et me la mettre à dos ne nous avancerait à rien. Pourtant, ma bouche me brûlait à force de garder pour moi les mots emplis de venin qui voyageaient dans mon esprit.

Alors qu'elle s'apprêtait à me foncer de nouveau dessus, elle s'arrêta net.

— Pardon ?

Je me retournai pour voir à qui elle parlait, mais il n'y avait personne ici à part nous. Commençait-elle à perdre la tête ?

Essoufflé, je lui lançai :

— Pardon, quoi ?

J'étais à peu près certain que ce mot ne passait pas souvent la barrière de ses lèvres.

— Tu m'as traitée de garce hystérique ?

Ce fut à mon tour de me tétaniser. Car si je n'avais rien dit, je l'avais bel et bien pensé.

— Dans mon esprit, tout à fait.

Inutile de le nier, de toute manière, elle m'avait entendu et me le ferait payer dans tous les cas.

— Eh bien, tu m'as balancé tes pensées en pleine tronche et sans délicatesse, Hudson !

— Tu m'en vois désolé, ce n'était pas voulu.

Je n'étais pas désolé. Avec tout ce qu'elle me mettait dans la tête depuis tout à l'heure, ça valait bien une petite réflexion insultante.

— C'est super, Chris !

Je… Qu'est-ce que… Hein ?

— Tu aimes qu'on te parle mal ? compris-je. En fait, je ne suis même pas étonné…

Mais ça m'évoquait des tas d'images auxquelles je ne devais pas penser maintenant.

— Tu es parvenu à me déconcentrer, car je ne m'y attendais pas, corrigea-t-elle très sérieusement. C'est un atout. Si tu parviens à mélanger tes pouvoirs et une bonne maîtrise du combat, tu pourrais ne pas être si mauvais !

Il était évident que je devais le prendre comme un compliment.

Je la regardai se déplacer jusqu'au bord du tatami et enfiler des chaussures.

— On va s'arrêter là-dessus. Allons retrouver Oliver.

J'étais en sueur et j'avais mal partout, mais je suivis le mouvement sans rien dire, car je souhaitais savoir si tout se passait bien pour mon oncle. Même s'il cachait bien son jeu, j'étais persuadé qu'il était encore affecté par tout ce qui lui était arrivé et je voulais garder un œil sur lui.

Yumiko me traîna dans les couloirs. Je tentai d'observer les lieux pour réussir à me repérer si jamais je devais me retrouver seul sans escorte, même si normalement cela ne devrait pas se produire.

Nous marchâmes jusqu'à l'aile sud. L'endroit était beaucoup moins peuplé que le reste du bâtiment, et plus sécurisé aussi. Deux personnes étaient postées de chaque côté de l'accès, vêtues de la tenue habituelle, mais possédant des regards aiguisés.

— Ils surveillent les gens qui rentrent ou ceux qui sortent ? demandai-je, quelques mètres plus loin.

Yumiko m'offrit une expression appréciatrice.

— Le fait que tu te poses la question est une réponse en soi. Garde cet état d'esprit et ne fais confiance à personne, même ici. Surtout pas ici, d'ailleurs.

Elle ouvrit une porte avant que je puisse ajouter quoi que ce soit. Maddie, Laura et mon oncle Oliver étaient installés autour d'une table, à moitié dissimulés derrière une pile de livres. Corneille, absent, devait boire dans un coin.

Je jetai un coup d'œil à la pièce et découvris une suite spacieuse et chic. Plusieurs portes étaient closes ; la dernière, ouverte, laissait apercevoir une chambre.

Sur les canapés du petit salon, six personnes étaient assises. À côté de la table, Loris observait mon oncle d'un œil attentif.

En me voyant, ce dernier haussa un sourcil.

— Tout va bien ?

— J'ai été gentille avec lui pour son premier entraînement, répondit Yumiko à ma place.

Les prochains jours allaient être difficiles.

Je me contentai d'un signe rassurant. Pas la peine que nous nous attardions là-dessus.

Loris me jaugea de la tête au pied.

— Corps-à-corps ?

Personne ne lui offrit de réponse.

— Tu as épargné son visage, poursuivit-il à l'intention de Yumiko. Ce n'est pas ainsi qu'il apprendra.

Même si je vis son corps se tendre, la protectrice ne répliqua rien. En fait, elle faisait comme s'il n'était pas là.

— Nous venons d'arriver, nous devons tous prendre nos marques, tempéra Oliver. Le fait que Chris n'ait pas encore le nez cassé n'est pas forcément une mauvaise chose.

— S'il est un élu, il devra se fortifier. Sinon, la mort l'attend au bout du chemin.

Mon oncle sourit.

— Ne nous attend-elle pas tous, mon cher Loris ?

Ce dernier ne répondit rien, nous offrant un sourire et un bref salut avant de glisser quelques ordres à ses hommes assis sur le canapé. Il sortit ensuite sans un regard de plus.

— N'aurait-il pas pu s'effacer de la surface de la Terre avant que je ne remette un pied ici ? cracha Yumiko.

Entre eux, ce n'était décidément pas l'amour fou.

Mon oncle ferma son livre et lança :

— Il est vrai que ce Loris est très…

Il chercha ses mots, mais Maddie les trouva à sa place :

— Méfiant, réfléchi et angoissé.

Si elle le disait, il n'y avait pas de doute à avoir sur le sujet.

— Comparé à d'autres qui s'ennuient juste profondément, ajouta-t-elle en direction du petit salon.

Oliver éclata de rire.

— S'ils pensaient avoir de l'action en restant avec nous, ils se mettaient le doigt dans l'œil.

Yumiko ricana.

— Vous n'êtes là que depuis quelques heures. Ne parlez pas si vite.

Cela n'avait rien de rassurant.

— Que faites-vous ? m'enquis-je en montrant les livres.

Le visage de mon oncle s'illumina. C'était dingue ce que des bouts de papier avaient comme pouvoir sur lui.

— Vaia possède une bibliothèque, et pas des moindres. Les ouvrages conservés ici sont d'une rareté incomparable. Nous en profitons donc pour effectuer des recherches sur… tout ce qui nous intéresse.

Eh oui, parler en présence d'inconnus n'était pas pratique. Me tenir informé de nos avancées allait se révéler ardu.

— Et toi, comment te sens-tu ? demandai-je à mon oncle.

Son regard se voulut rassurant.

— Je m'en sors, ne t'en fais pas.

Il m'était impossible de le croire. Oliver pouvait tout à fait me mentir, c'était une certitude à présent. Et quand il s'agissait de ne pas m'inquiéter, il pouvait clairement omettre des informations.

Mon regard glissa sur Maddie, quêtant chez elle une réponse. Ses lèvres mimèrent le mot « fatigue ». Mon oncle avait besoin de se reposer.

— La nuit va bientôt tomber, nous apprit Yumiko. Nous devrions manger quelque chose avant qu'il ne reste plus rien en cuisine, puis aller nous coucher.

Ou bien la journée était passée très vite, ou alors il y avait un décalage horaire considérable entre Los Angeles et Vaia.

— Plus vite nous prendrons le rythme, mieux ce sera pour tout le monde, ajouta-t-elle.

Mon oncle acquiesça.

— Oui, nous reposer est une bonne idée.

Maddie sourit et alors, je jetai un œil à Yumiko. L'avait-elle fait exprès ? Tenait-elle à mon oncle, finalement ?

Elle se tourna vers moi et m'assena :

— Tu dois te doucher, on peut sentir ton odeur à des kilomètres à la ronde.

Vraisemblablement, nous ne le saurions jamais.

Après avoir mangé et m'être lavé, je retrouvai Yumiko et nos trois colocataires dans la chambre.

Découvrir la protectrice assise sur le sol avec des cartes dans la main me laissa quelques secondes ébahi. Le regard froid qu'elle m'envoya me força à fermer la bouche.

— Pensais-tu que je ne savais pas jouer ?

Je levai mes mains en signe de défense.

— Bien sûr que non, je suis persuadé que tu peux tout faire.

Kat rigola. Elle ne savait pas que j'étais totalement sérieux.

Tim posa une carte, le visage rayonnant.

— Je vais vous mettre une sacrée pâtée.

Sullivan ronchonna.

Je ne comprenais pas les règles, mais je savais reconnaître l'étincelle dans le regard de Yumiko. Quand son tour arriva, elle posa ses propres cartes et ouvrit la paume de sa main.

— Par ici la monnaie.

— Vous jouez de l'argent ? les interrogeai-je, perplexe.

— Oh non, répondit Kat, juste notre dessert de demain au réfectoire.

Elle posa un ticket dans la main de Yumiko. Fortement agacés, les deux garçons l'imitèrent.

— Que vas-tu faire avec autant de sucre ? lâcha Tim. Vu ta silhouette, t'as même pas la place pour les mettre quelque part.

— J'avale des gars comme toi dès le petit déjeuner, Timmy, rétorqua Yumiko. Ne me force pas à te le prouver.

Ils se levèrent tous. Sullivan alla se coucher sans demander son reste. Les deux autres sortirent de la chambre en reparlant de la partie qu'ils venaient de jouer.

Curieux, je regardai la protectrice observer ses tickets.

— Tu vas vraiment les leur prendre ?

— Bien entendu, ils ont perdu. Je ne me serais pas assise avec eux si ce n'était pas pour admirer leurs prunelles brillantes de larmes demain quand j'avalerai leur part de gâteau au chocolat sous leur nez.

Elle me jaugea comme si ce que je disais n'avait aucun sens.

— Ce n'est pas comme ça que tu vas te faire des amis, lançai-je, amusé.

Son visage se referma.

— Nous ne sommes pas là pour copiner, Chris, mais pour t'aider à survivre.

Yumiko alla s'installer sur son lit, allongée sur le dos ; ses yeux observaient le plafond.

— Dors. Une longue journée t'attend demain.

Je soupirai et obéis, pensant au fait que j'allais devoir éloigner la protectrice le plus possible de cette chambre, pour le bien de nos colocataires.

# 17



*Jude*

Alec nous avait fait marcher un bon quart d'heure. Nous en avions profité pour discuter de tout et de rien. Il m'avait posé des questions sur ma vie d'avant. Ce que j'aimais faire, ce qui me plaisait, ce que j'imaginais pour l'avenir.

Il avait bien vite compris que je n'en savais pas plus que lui à ce sujet.

À mon tour, je lui demandai comment il avait connu Oliver. Il m'expliqua que sa famille faisait partie de l'organisation depuis sa création, que c'était une évidence à ses yeux de perpétuer les traditions. Qu'il se sentait lui-même investi par l'histoire de notre communauté et qu'il voulait lutter pour son avenir.

Nous finîmes par arriver à l'entrée d'un stade. La pelouse verte miroitait à la lueur du soleil. Alec sauta par-dessus la barrière et m'invita à en faire de même.

— Il y a une faille par ici, ou bien tu as menti et on vient regarder un match de foot ?

— Je suis presque déçu de ne pas y avoir pensé ! s'exclama-t-il en riant.

Je le suivis jusqu'au centre du stade, et là, il s'arrêta.

— En tant qu'architecte, tu dois pouvoir ressentir les failles. Au départ, c'est assez compliqué, mais avec le temps tu t'amélioreras, bien que certaines personnes soient plus sensibles que d'autres à leur pouvoir. Ton but aujourd'hui est d'essayer de trouver celle qui se cache dans le coin.

À son visage, je vis qu'il était sérieux. Seulement, à mes oreilles, tout ce qu'il disait était bien trop difficile.

— Je n'ai jamais rien senti de particulier, Alec. Si vraiment je pouvais dénicher une faille, ne penses-tu pas que je m'en serais rendu compte avant ? J'ai pu pénétrer dans celle des montagnes noires uniquement parce que je savais qu'elle était là. Je n'ai rien perçu de spécial ce jour-là.

J'avais peur qu'il mette trop d'espoir en moi. En réalité, j'avais de gros doutes sur mes capacités en tant qu'architecte. Je me demandais même si je possédais réellement cette essence. Si je commençais à accepter l'idée d'être une phénix, ce n'était pas encore le cas pour le reste.

— Pouvoir et vouloir sont deux choses différentes. Nous ratons énormément d'éléments en étant peu attentifs à ce qui nous entoure. Quand on ne cherche pas, on ne trouve pas, c'est aussi simple que ça.

Je ne voyais rien de simple dans ce qu'il racontait, mais en débattre longuement n'allait sûrement pas faire évoluer notre situation. Comme mon oncle le lui avait demandé, Alec voulait m'aider, et même si j'étais ici pour retrouver mon père, je devais faire l'effort de remédier à mes lacunes. Plus vite cela serait fait, plus vite je rejoindrais Evan.

En songeant à lui, mon cœur fit un bond. J'avais envie qu'il soit avec moi. Allait-il bien ? Jake et lui s'étaient-ils entretués ? Était-ce notre lien d'inséparables qui créait ce manque entre nous ?

— Jude !

Je sortis de mes pensées et croisai le regard réprobateur d'Alec.

— Cherche la faille !

J'acquiesçai avec une grimace d'excuse, puis portai mon attention partout où je le pouvais.

— Elles sont invisibles à l'œil nu. Ne te sers pas de tes yeux, mais de tes tripes.

— Et je suis censée faire ça comment ?

Alec enleva son haut, découvrant un torse imberbe bien dessiné, puis il se rapprocha de moi.

Bonté divine ! Cela ne se passait pas comme prévu.

— Tu me fais un strip-tease ? C'est gentil, mais vu le froid de canard qu'il fait, tu risques de perdre un membre.

À sa moue amusée, je compris qu'il était inutile de préciser lequel.

— C'est pour te cacher les yeux, petite effrontée !

Juste lui qui disait ça !

Il passa dans mon dos et entoura son haut autour de ma tête.

— N'aurait-ce pas été plus simple que je ferme les paupières ?

— Si, mais je n'ai pas totalement confiance en toi.

D'accord, sympa. Pas impossible que je me mouche dans son vêtement, histoire de lui prouver qu'il avait raison.

Une fois dans le noir complet, je croisai les bras.

— Tu sais que plein de gens essaient de me tuer ? Non, car je ne suis pas certaine qu'être privée de mes sens en ce moment soit la meilleure des idées.

Je l'entendis s'esclaffer.

— Je couvre tes arrières. Maintenant, concentre-toi et trouve la faille.

Inutile de tergiverser. Plus vite je m'y mettais, plus vite cela serait terminé. J'inspirai profondément par le nez et soufflai par la bouche. Sans bouger, je tentai d'être attentive à mon environnement comme me l'avait demandé Alec. J'entendis des voitures rouler non loin, mais aussi des bruits de travaux et un chien qui aboyait à quelques mètres de là.

Je fronçai le nez. Aucune odeur ne me sautait aux narines, du moins, rien de flagrant.

Je continuai un moment, mais rien ne se passa.

— Tu ne te concentres pas sur les bonnes perceptions, m'avertit Alec.

— Je veux bien te croire, mais je ne sais pas comment changer ça.

Il attrapa ma main. Sa fraîcheur me surprit, j'étais habituée à la chaleur d'Evan.

— Suis-moi.

Comme si j'avais le choix !

Doucement, il nous fit avancer sur le terrain. À plusieurs reprises, il s'arrêta et me demanda de me concentrer, mais à chaque fois, je fis chou blanc.

— Je pense qu'on peut affirmer que si je suis une architecte, je ne possède pas une once de talent !

Alec retira le tissu qui me cachait la vue. Je plissai les paupières avant d'apercevoir le jugement dans ses yeux.

— Ne me regarde pas comme ça, ce n'est pas ma faute si je n'arrive à rien.

— Tu ne crois pas en toi, Jude. Tu restes tellement persuadée que tu n'y parviendras pas que tu bloques tout le processus. Quel est le problème ?

— Veux-tu vraiment que je réponde à cette question ? Car la liste est longue. Des problèmes, j'en ai par-dessus la tête. J'ai l'impression de devoir gérer vingt mille choses, de devoir assurer dans des domaines qui n'existaient même pas pour moi il y a encore quelque temps. Je ne désire décevoir personne, Alec, mais avez-vous pensé au fait que je ne suis peut-être pas aussi parfaite que vous l'espérez ?

Il prit un instant pour intégrer mes paroles. Ce fut avec un visage plus doux qu'il me répondit :

— Nous n'attendons rien de plus que ta survie. Tout comme pour ton frère. Votre existence est en péril à cause de votre lignée. Ce n'est pas votre faute et vous ne pouvez rien y faire. C'est un lourd fardeau, d'autant plus quand on le découvre aussi brutalement. Si ton oncle souhaite que je t'enseigne à te servir des failles, c'est dans ton intérêt. Tu pourrais t'y cacher. Y enfermer quelqu'un, ou tout simplement te rendre d'un endroit à un autre en un temps record. Je ne dis pas qu'il n'a pas d'autres idées en tête, car Oliver a toujours plusieurs coups d'avance sur tout le monde, mais jamais il ne t'en voudra parce que tu ne parviens pas à maîtriser l'un de tes pouvoirs. Tout cela nécessite du temps. Nous ne naissons pas avec un parfait contrôle, prétendre ça serait te mentir. T'apprendre tout ce que je sais pourrait durer des années, si on prenait notre temps et qu'on faisait les choses bien, mais au vu de la situation…

— Nous n'avons pas des années, conclus-je.

Alec posa sa main sur mon épaule.

— Je ne sais pas de quoi demain sera fait. Je ne peux pas non plus garantir que l'on gagnera. Peut-être faisons-nous tout ça pour rien, car la mort nous attend dans quelques jours, ou dans quelques semaines. Mais j'ai été élevé par une famille qui ne cessait de me répéter que ne rien faire, c'était abandonner. Et je ne suis pas du genre à faire un truc pareil.

J'admirais sa force d'esprit et je la jalousais aussi un peu. Était-ce un manque de maturité de ma part qui faisait que je ne parvenais pas à penser tout à fait de la même manière ? J'aurais voulu foncer dans le tas sans réfléchir, avancer droit devant coûte que coûte, mais la peur et les doutes entravaient souvent mon chemin. Pourtant, peu de temps auparavant, je me fichais de la mort. Quand Nyx m'avait laissée dans ma prison, je l'avais presque souhaitée. Mais à ce moment-là, je me croyais peu aimée par les seules personnes avec qui je partageais ma vie. À présent, tout cela avait changé.

Je pensais alors à mon oncle, à Chris, à Evan et à l'ombre de mon père qui flottait au-dessus de mes réflexions. Je ne voulais pas les quitter. Puis, soudain, je compris que l'inverse pouvait se produire. Tous autant qu'ils étaient, ils pouvaient mourir de la main d'Adriel ou d'un autre de nos ennemis. Et si cela arrivait parce que je n'avais pas donné mon maximum, je me le reprocherais toute ma vie.

— Essayons de nouveau, décrétai-je.

Je fermai les yeux avant qu'il ne tente quoi que ce soit, mais il garda le silence et je ne l'entendis faire aucun geste. « Sens avec tes tripes », je n'étais pas persuadée de comprendre réellement ce qu'il voulait dire par là, mais je me devais d'essayer. Je laissai tomber mon ouïe, mon odorat, toutes ses perceptions qui ne m'étaient pas utiles sur le moment, puis je me concentrai sur ma poitrine, sur mon ventre, sur tous ces organes qui se serraient quand mes émotions étaient trop fortes. J'avançai. D'abord hésitante, car il était angoissant de se diriger à l'aveugle, je finis par me souvenir qu'Alec était à mes côtés et qu'il interviendrait si je fonçais droit vers le danger. Il me fallut beaucoup de temps et de changements de direction avant de sentir quelque chose. C'était comme un écho, une légère vibration, un pressentiment intense. Je m'arrêtai, intriguée par la sensation, puis repartis d'un pas décidé. L'excitation m'envahissait. N'étais-je pas sur le bon chemin ? J'avais l'impression que si. Pourtant, Alec me freina et m'intima d'ouvrir les yeux.

Perplexe, j'attendis des explications.

— Nous sortons du terrain, tu auras l'air étrange si on te voit en ville, les yeux fermés. Tu penses pouvoir continuer en regardant où tu vas ?

Oui, la sensation ne m'avait pas quittée. Je ne lui offris aucune réponse et partis en toute hâte vers la route qui remontait vers le centre-ville. Le rythme de mes pas était vif, les battements de mon cœur rapides. Je sentais en moi comme une urgence. Alec me suivait sans un mot, sans me dire si j'étais sur la bonne voie. Mais je l'étais forcément.

Le sentiment en moi s'intensifia, on y était presque, je le savais !

— Stop.

J'avais entendu ce mot, mais mon cerveau n'avait pas voulu le traiter.

— Stop ! s'écria Alec.

Cette fois, je m'arrêtai net.

— Qu'est-ce qui se passe ?

— Je ne peux pas te laisser continuer. Tu nous pousses tout droit vers une faille originelle qui mène à la communauté alternative. Si c'est une bonne chose, car cela prouve que tu l'as sentie, nous en approcher de trop près est dangereux. Si tu y plonges sans le vouloir, tu feras face à des gardes, et on ne peut deviner s'ils travaillent pour Adriel ou non.

— T'es sérieux, là ? sifflai-je. Tu me dis qu'il faut que j'y mette du mien, je comprends enfin comment ça fonctionne, et tout ça pour quoi ? Pour me demander de ne pas approcher ? Il n'aurait pas été plus facile de me faire chercher une simple faille ?

Il contracta ses muscles et évita mon regard.

— Qu'est-ce que tu caches ? lâchai-je.

Un soupir plus tard, il déclara :

— Il y avait une « simple » faille sur le stade, mais tu n'as pas senti sa présence. Quand tu as commencé à partir dans une autre direction, j'ai voulu te le dire, mais tu avais l'air si sûre de toi que je t'ai laissée avancer pour voir jusqu'où tu irais.

La déception tomba sur moi comme une chape de plomb. Moi qui pensais avoir réussi, j'avais finalement échoué.

— Ne fais pas cette tête, même si ce n'est pas le résultat escompté, tu as compris comment t'y prendre et tu as tout de même trouvé une faille. Pour un premier essai, c'est super.

Si c'était vraiment super, pourquoi me sentais-je si déçue ?

L'architecte me tira par le bras pour faire marche arrière. Tout mon corps sembla se rebeller. Il voulait avancer vers la faille originelle, passer son seuil. Je posai une main sur mon ventre.

Alec m'observa un instant, puis sourit. Je ne voyais pas ce qu'il y avait de drôle.

— Et maintenant, est-ce que tu réalises qu'il y a de l'architecte en toi ?

Je haussai les épaules, ne désirant pas lui donner la satisfaction d'avoir raison.

Il rit. Je me détendis. Peut-être que cet essai m'avait fait plus de bien que je ne le pensais.

# 18



*Chris*

J'avais mal dormi.Était-ce parce que j'étais entouré de personnes que je connaissais à peine, parce que je n'étais pas habitué à mon nouvel environnement ou à cause du tas de responsabilités qui pesaient sur mes épaules ? Je n'en savais rien. Ce dont j'étais sûr cependant, c'était que j'étais fatigué, et ce n'était sans doute pas une bonne chose.

Heureusement, Yumiko n'avait pas la main sur mon planning. La veille au soir, pendant le repas, Oliver m'avait tendu une feuille sur laquelle lui et Loris avaient noté mon emploi du temps. Moi qui me plaignais du lycée, j'avais remplacé mes cours de mathématiques et d'histoire par des leçons de combat et de magie. Ma conseillère d'orientation en aurait fait un infarctus, à n'en point douter.

Pour l'heure, j'avais entraînement avec Laura. Yumiko lui avait assené qu'elle devait m'apprendre à hurler dans la tête des gens aux bons moments. Pas certain que cela soit la priorité de la penseuse, cependant.

Nous étions assis chacun d'un côté de la table qui se trouvait dans leur suite, et nous nous regardions.

— Comment te sens-tu, Chris ?

Si je devais être honnête, je n'avais pas de réponse valable à lui offrir. Je ne parvenais plus à comprendre ce qui se passait à l'intérieur de moi. Je faisais en sorte de tout laisser de côté, car ce n'était pas le plus important.

— Ça va.

Une phrase bateau qui faisait l'affaire, mais qui était sans doute difficile à croire quand on voyait mon regard agacé se poser sur nos admirateurs.

— Vous n'avez pas autre chose à faire ? lâchai-je.

Mon oncle, Maddie, Loris, Yumiko, les gardes et même Corneille étaient là ! Ce dernier avait daigné sortir de la cuisine où il s'enfilait ses habituels verres de gnole.

— Autre chose à faire, oui, mais ailleurs, pas vraiment, me répondit Maddie. Ce n'est pas comme si le grand chef indien acceptait de nous laisser sortir.

Loris leva les sourcils.

— Je suis le grand chef indien ?

— Qui d'autre ?

Yumiko s'esclaffa.

Laura, quant à elle, soupira.

Je sentais que ce moment allait s'éterniser.

— Vous n'êtes pas forcés de rester enfermés ici, vous pouvez vous déplacer. Seulement, vous devez le faire en étant accompagnés.

Maddie croisa les bras.

— Et comment faire pour sortir quand nos « accompagnateurs » préfèrent s'amuser avec des jeux de société ?

Les joues de Loris se teintèrent de rouge. Son regard se braqua sur les jeunes qui avaient installé un véritable coin jeu au milieu de la suite. S'ils étaient censés nous impressionner et nous donner envie de nous tenir à carreau, c'était loupé !

— Dante laisse trop sa chance à la canaille… Donnez-moi une minute.

Il nous quitta un instant et j'entendis sa voix grave et autoritaire se répercuter sur les murs.

— Tu n'aurais rien dû dire, souffla Yumiko à Maddie. Ceux-là étaient faciles à semer, si besoin. Maintenant, Loris va les remplacer par des personnes plus compétentes.

Maddie sourit.

— Je sais ce que je fais. Nous n'avons pas besoin de partir en douce, protectrice, mais de gagner la confiance de ceux qui nous hébergent.

Loris revint une seconde plus tard. Les jeunes étaient en train de tout ranger en quatrième vitesse. Deux d'entre eux s'en allèrent sans même demander leur reste.

— C'est réglé. Je vous confie à des personnes plus attentives.

Yumiko avait raison. Pour autant, Maddie ne démontra aucune gêne.

— Et si je veux m'aérer ? Dois-je attendre que ces autres personnes arrivent ou votre présence à mes côtés suffit à les remplacer ?

Un éclat de surprise brilla dans les yeux de Loris. Son regard se posa sur Maddie avec intérêt.

— Eh bien, j'imagine qu'il serait peu chevaleresque de ma part de refuser.

Il lui offrit son bras qu'elle accepta avec confiance. D'un bref signe de tête, elle nous indiqua qu'elle s'en allait. Une poignée de secondes plus tard, ils étaient partis.

— Il y a que moi qui trouve la situation étrange ? demandai-je.

Yumiko haussa les épaules.

— Si ça peut éloigner Loris de moi, c'est parfait.

Soit.

Laura tapa du poing sur la table.

— Il suffit. Nous perdons du temps.

Je ne l'avais jamais vue avec un air si sérieux. Elle qui m'avait paru fragile la première fois que j'avais croisé son regard, me donnait à présent l'impression qu'elle allait hurler sur tout le monde si la situation ne s'apaisait pas.

— Veuillez nous laisser ou taisez-vous.

Son ton était calme, mais n'admettait pas de discussion.

Yumiko partit s'asseoir sur le canapé et fit surgir sa dague.

— J'ai du malt, ajouta-t-elle.

Corneille alla la rejoindre et ensemble, ils entreprirent de boire un petit coup. Cette scène me hanterait plusieurs années, je le savais.

Mon oncle de son côté était resté là, attentif et silencieux.

— Ferme tes yeux.

J'obéis à la penseuse, abaissant mes paupières pour me retrouver dans les ténèbres. Cet endroit que je repoussais un maximum pour ne pas me laisser engloutir par mes idées noires, mes questions et mes pensées emmêlées.

Je tentai de tout envoyer au loin en me répétant que je n'étais pas là pour ça. Je venais pour autre chose, j'attendais que Laura m'indique la marche à suivre. Son silence m'inquiétait. Que faisait-elle ? Était-elle dans ma tête ? Elle ne devait pas y entrer. Personne ne devait savoir ce qu'il y avait en moi. Je ne le voulais pas.

— Chris.

J'ouvris les yeux. La penseuse m'observait.

— Ton désir de garder tes réflexions secrètes est tellement fort que tu les propulses autour de toi. Tu matraques mon esprit de paroles criardes et sourdes à la fois. T'en rends-tu compte ?

Je baissai la tête. Y avait-il un domaine où je ne faisais pas n'importe quoi ?

— Non.

Laura reporta son attention sur mon oncle.

— As-tu capté quelque chose ?

Mon oncle répondit par la négative.

— Il n'assume pas qui il est, s'exclama Yumiko en se servant un nouveau verre.

La penseuse confirma d'un signe de tête.

— Corneille ? s'enquit Laura.

— Ce whisky est un délice, protectrice.

— Il vient de la cave d'un ancien dirigeant des yakuzas, lui expliqua cette dernière.

Vraisemblablement, il n'avait rien entendu.

— Donc, Yumiko et toi avez capté mes pensées, c'est ça ? tentai-je de comprendre.

— Tu les as projetées et nous les avons interceptées. Je le peux, car je suis une penseuse, mais en ce qui concerne Yumiko, je ne peux que faire des suppositions. Peut-être est-ce lié au contrat qui l'unit à votre famille ou bien au fait que tu lui as déjà assené l'une de tes pensées en salle d'entraînement. Les émotions fortes comme la colère peuvent créer des ponts d'une personne à une autre. Ces ponts prennent du temps à s'évaporer. Yumiko sera peut-être en mesure de saisir toutes tes tentatives en tant que penseur.

Super, de toutes les personnes sur cette terre, il avait fallu que je laisse l'accès à la plus tarée.

Une fois que cela fut clair, Laura m'expliqua les bases. Ouvrir son esprit ou au contraire le fermer. Projeter une pensée ou en accueillir une. La mise en pratique, cependant, fut beaucoup moins aisée. Si je parvenais sans mal à penser à un objet et à envoyer cette image dans l'esprit de n'importe qui, je peinais à réceptionner les pensées de Laura.

Au bout d'un certain temps, elle baissa les armes.

— Ton esprit est fort, Chris, et c'est une excellente chose. Plus tard, cela te permettra de résister à beaucoup d'attaques psychiques. Cependant, aujourd'hui, cela m'empêche de t'aider et de t'enseigner. La manière dont tu as barricadé ton esprit est impressionnante, et tu ne sembles pas avoir fait le cheminement nécessaire pour revenir en arrière.

— Qu'est-ce que ça signifie ? s'enquit Oliver.

Laura soupira.

— Pour devenir un bon penseur, il faut être en accord avec nous-mêmes et avec tout ce qui vit en nous. Nos émotions, les images et paroles qui vivent dans nos esprits, notre passé, notre présent et notre futur. Chris, tu vas devoir accepter de regarder au fond de toi si tu veux que je puisse t'aider. Sinon, tout cela ne rime à rien.

C'était ce qu'elle disait qui ne rimait à rien. Je me demandais presque si elle ne cherchait pas des excuses pour ne pas m'apprendre ce qu'elle savait.

— Je suis quelqu'un d'angoissé avec un cerveau en désordre, je ne peux pas changer cela !

Son visage se tendit.

— Tu n'acceptes pas la vérité.

Je me levai, faisant grincer ma chaise.

— Votre vérité n'est pas la mienne.

Il fallait que j'aille faire un tour, que je sorte de là. Ce moment passé avec Laura était un échec cuisant que je ne pourrais pas oublier d'un seul coup. La fuite était l'unique chose qui pouvait me faire du bien en cet instant.

Je sortis de la suite, non sans entendre mon oncle me rappeler. S'il voulait vraiment que je reste, il n'avait qu'à me courir derrière. Sinon, tant pis pour lui. J'avais besoin d'être seul.

Mais être seul m'était-il autorisé ? Non.

Yumiko me rejoignit alors d'un pas tranquille. Sans un mot, elle me regarda errer dans les couloirs.

J'avançai sans savoir où j'allais et sans parvenir à calmer la tempête en moi. Je sentais les vagues de ma colère, le vent de mon impatience et un froid glacial qui recouvrait le tout. Je voulais être celui dont on avait besoin, le neveu dont mon oncle pourrait être fier, le fils parfait que ma mère avait toujours désiré. Mais je n'étais pas ce gars-là et j'étais plutôt certain de ne jamais le devenir.

Mon poing trouva un mur.

Le mur gagna.

La douleur afflua, le sang coula, et je jetai des insultes à tort et à travers.

Mais j'allais mieux.

Car ma souffrance avait emporté avec elle mes pensées et mes émotions ravageuses. Il ne restait de moi qu'une main meurtrie et une sensation de vide.

Enfin, j'avais l'impression de pouvoir respirer.

La silhouette de Yumiko passa à mes côtés. Ses doigts frôlèrent mon épaule.

— Suis-moi.

Sa voix n'avait jamais été aussi douce. Durant un instant, je me demandai d'ailleurs si c'était bien la sienne.

Elle disparut dans le couloir et je lui emboîtai le pas sans poser la moindre question, sans réfléchir à rien. Essayant juste tant bien que mal de retenir les gouttes de sang qui voulaient maculer le sol.

Un étage plus bas, elle nous fit entrer dans une pièce à peine plus grande qu'un placard. Ici se trouvaient uniquement des étagères recouvertes de trucs médicaux. Des médicaments, des bandes, de la pommade... Au milieu, il n'y avait de la place que pour deux chaises qui se faisaient face.

Yumiko me montra l'une d'entre elles. Je m'affalai dessus tout en la regardant fouiller les étagères. Aujourd'hui encore, elle avait attaché ses cheveux. J'aimais le style que cela lui donnait, le fait de pouvoir observer son visage non dissimulé derrière cette crinière lisse et sombre. Yumiko avait des traits gracieux que son expression froide ne faisait que rendre plus charismatiques.

Elle finit par s'asseoir devant moi. Ses doigts manucurés récupérèrent ma main blessée. L'antiseptique qu'elle appliqua sur ma peau me fit serrer les dents. Je contemplai le liquide transparent se mêler à mon sang.

Je sentis le poids de son regard. Je levai les yeux. Sa bouche s'ouvrit, je ne pus en détacher mon attention.

— Parfois, l'ennemi est la personne que les autres attendent que l'on soit.

Avait-elle perçu mes pensées ? Savait-elle à quel point j'étais torturé ? À quel point je luttais pour paraître normal face à nos alliés ? J'aurais pu le lui demander, mais je m'enfermai dans le silence.

Avec des gestes délicats, elle s'occupa de ma main. Le sang s'était arrêté de couler, la plaie était propre. Je la vis hésiter un instant en récupérant la bande. Elle décida finalement de la reposer sur l'étagère.

— Cacher nos blessures ne les rend pas moins douloureuses.

Parlait-elle encore de ma main, ou de tout autre chose ?

— C'est l'heure de notre entraînement, lança-t-elle ensuite.

Je ne pus m'empêcher de rire. Il n'y avait qu'elle pour me soigner avant de vouloir me refaire mal.

— Au moins, tu sais où frapper pour que je hurle de douleur.

Aussi sérieuse qu'elle pouvait l'être, elle répondit :

— Tu ne te doutes même pas à quel point.

# 19

*Jude*

Evan et Jake avaient survécu. Mais vu l'état de nerfs dans lequel nous les avions retrouvés, le bleu qu'arborait la joue de mon inséparable et les vêtements froissés de Jake, tout ne s'était pas passé sans encombre. J'avais failli poser une question, mais d'un signe de tête, Alec me l'avait déconseillé.

Dès que je le vis, je ressentis le besoin de me réfugier dans les bras d'Evan. Mais celui-ci coupa court à notre étreinte et instaura une distance respectable entre nous. Soit, je n'allais pas lui montrer que cela me dérangeait.

Nous passâmes le temps qu'il nous restait jusqu'au coucher du soleil dans un silence horriblement lourd et gênant. Installée dans un parc, j'avais fini par m'endormir contre un arbre, nichée dans ma veste.

Je me réveillai avec la tête dans le coltar et quelques douleurs au dos. Rien ne valait un lit pour s'assoupir, j'étais formelle.

Bien vite, je réalisai que la nuit était tombée et qu'avec elle était arrivé le moment de profaner la tombe de mon père. La nausée me revint.

Jake portait deux pelles, Alec avait les autres. Evan, de son côté, me couvait du regard.

Je me levai, époussetai mes vêtements et me raclai la gorge.

— Allons-y.

Nous nous rapprochâmes tous. Je vis Evan et Jake se lancer des éclairs avec les yeux, et je soupirai.

— Que les choses soient claires, si vous commencez à vous prendre la tête alors qu'on creuse la terre qui recouvre potentiellement les restes de mon père, je ne vous le pardonnerai pas. Vos histoires sont à mon sens futiles, le passé est le passé, et le ressasser ne nous aidera pas à aller de l'avant. Si vous continuez ainsi, je vous demanderai de partir et je poursuivrai mon chemin uniquement avec Alec.

Si ce dernier ainsi que Jake furent surpris, Evan eut l'air seulement blessé. Tant pis. Nous pourrions en reparler plus tard s'il le désirait, pour l'instant, nous avions d'autres chats à fouetter.

Rapidement, Jake nous exporta sur le lieu où mon père avait été inhumé.

Mon paternel était un fervent défenseur de la nature. Il avait toujours dit ne pas vouloir être entouré de béton après sa mort. Il avait trouvé en ce cimetière écologique une réponse à ses aspirations. Je ne m'étais pas intéressée de trop près à tout ce qui concernait sa mise en terre. Cela était trop douloureux. Mais le jour de ses funérailles, en avisant le paysage si vert, si différent de celui des cimetières français habituels, je n'avais pu cacher mon étonnement.

L'endroit étant peu éclairé une fois la nuit tombée, Jake sortit une lampe torche de sa poche.

Qui se trimballait avec ça, sans rire ?

J'observai les alentours et mon cœur se comprima. La dernière fois que j'étais venue, j'étais accompagnée de mon oncle. Il avait serré fort ses bras autour de mon corps, m'avait murmuré des paroles réconfortantes à l'oreille, m'avait juré qu'il serait là pour moi. Une larme roula sur ma joue au souvenir de ce moment. Que faisait Chris tandis que nous pleurions celui qui était aussi son père ?

— Jude ?

La voix d'Alec me fit revenir au présent. J'essuyai mes joues et remontai le chemin, suivie par les trois hommes.

En arrivant devant la stèle de bois et en apercevant la photo encadrée qui y était accrochée, je dus prendre sur moi pour contrôler mes émotions. Cela faisait longtemps que je n'avais plus vu mon père, même en photo, car le contempler me faisait trop de peine. Chris et moi avions hérité de lui la forme de notre visage et nos cheveux bruns. Nos yeux verts devaient venir de notre mère, du moins, c'était ce que j'imaginais.

Je faisais mon maximum pour ne pas m'effondrer, il serait toujours temps de le faire si ce que nous découvrions n'était pas ce que je souhaitais. Malgré tout, je ne pus contrôler mes tremblements.

Jake, pelle à la main, s'approcha de moi.

— Tu es toujours d'accord, Jude ?

Sans mon aval, il ne tenterait rien. Il était ici pour moi, pour me soutenir dans ma quête, il ferait uniquement ce que je lui autoriserais.

Je hochai la tête. Nous devions en avoir le cœur net.

Il leva les bras haut vers le ciel, puis il planta la pelle dans le sol, officialisant ce moment, ouvrant les hostilités. Alec et Evan se mirent au boulot à leur tour. J'écoutai le bruit de leurs efforts, contemplai la terre s'amasser en tas à côté d'eux, mais ne fis aucun geste. Ce n'était pas que je ne souhaitais pas aider, c'étaient mes jambes qui ne voulaient pas bouger, elles n'en avaient pas la force.

Le temps s'étira. Mon regard s'était détaché de la photo. Si vraiment mon père était là, que penserait-il du fait que nous étions en train de détruire cet endroit où il avait souhaité reposer ?

Au fil des minutes, je parvins à reprendre contenance et allai prêter main-forte aux trois hommes. Rapidement, je me rendis compte que leurs bras musclés enlevaient bien plus de terre que les miens pour bien moins d'efforts.

Alec me sourit.

— Contente-toi de te rincer l'œil, princesse. Si tu te froisses un muscle, on n'aura plus personne pour sauver le monde.

Aucune pression, surtout.

— Quelqu'un sait à combien de mètres sont enterrés les cercueils dans les cimetières écologiques ? lâcha Evan.

— Ça se googlise ! répondit Alec.

Il sortit son téléphone et me le tendit. Moite de sueur, j'essuyai l'appareil avant d'effectuer une recherche. À quel moment ma vie avait-elle pris un tel virage que j'en étais à chercher ce genre de chose, déjà ?

— Un mètre pour l'atteindre, finis-je par dire.

Les garçons s'arrêtèrent un instant et évaluèrent leur avancée.

— Eh bien, heureusement, on a toute la nuit… fit Alec.

— Sauf si un gardien passe par ici, nous voit et appelle les flics, contredit Jake.

— Toi, le chronologiste, il faut toujours que tu casses l'ambiance !

Il n'avait pas tort, mais Jake non plus ! Plus vite ils creusaient, mieux ce serait pour tout le monde.

Ils se remirent au travail. Quand bien même l'air de la nuit était frais, Evan finit par faire tomber le haut. Quand on était un phénix, on souffrait plus rapidement de la chaleur, vraisemblablement. La lumière de la torche suffisait à éclairer ses courbes et mon regard ne fut plus attiré par quoi que ce soit d'autre.

Cet homme était une authentique distraction.

— Maintenant que t'as vu mon torse tout à l'heure, tu peux nous le dire, Jude, qui est le mieux foutu ?

La déclaration d'Alec aurait pu être amusante, sauf pour Evan, au vu des flammes qui dansaient dans ses iris.

— À vrai dire, ce besoin que vous avez de parader comme des coqs me laisse pantoise, avouai-je.

— J'ai juste chaud, grommela Evan. Lui, quelle est son excuse ?

Effectivement, des gouttes de sueur coulaient le long de son ventre.

— J'avais seulement envie de band…

Alec éclata de rire avant de finir sa phrase qui était sans doute « bander ses yeux ». Bon sang, ça manquait de filles par ici. Je n'étais pas sûre de survivre à cela longtemps.

— Fais-moi plaisir, creuse et ferme-la, ordonnai-je à Alec.

Toujours amusé par lui-même, ce qui en disait long sur son ego, il se remit tout de même au boulot. Pour ma part, je tentai de ne pas les fixer et décidai de faire le tour du propriétaire. Une expression bien étrange, vu que tout le monde était mort par ici. Je leur laissai la torche et empruntai le téléphone d'Alec pour m'éclairer.

Mes pas me menèrent à la stèle d'à côté, celle d'une certaine madame Grant. La dame était à un âge avancé quand elle avait quitté notre monde. Il n'y avait aucune photo d'elle, difficile de savoir à quoi elle ressemblait, mais mon esprit créa l'image d'une douce mamie ayant aujourd'hui trouvé la paix.

Je me baladai de stèle en stèle, observant les noms de ceux qui nous avaient quittés. Imaginant la vie qu'ils avaient pu avoir, me demandant ce qu'ils étaient devenus. La présence d'Adam au château était la preuve que quelque chose existait après la mort. Était-ce le cas pour tout le monde ? Pourquoi Adam était-il chez nous, et pas nos parents ? Y avait-il un moyen pour moi de contacter ma mère quand bien même elle était passée de l'autre côté du voile ? Ce voile, existait-il réellement ? Tellement de questions sans réponses… Aurais-je un jour des éclaircissements sur le mystère qu'était la mort ?

— Jude !

Je sursautai, posai une main sur mon cœur, puis allai rejoindre les garçons.

Une fois de retour à ma place initiale, je pus constater qu'ils avaient bien avancé. Dorénavant, seuls leurs bustes dépassaient du trou. Essoufflés et trempés de sueur, ils regardèrent vers le bas.

— On y est presque, me prévint Jake. Prépare-toi.

Avec le temps, l'impatience avait remplacé mon malaise. J'avais besoin de savoir ce qui était enterré sous la stèle portant le nom de mon père. Était-ce réellement lui ? Au fond de moi, j'avais la conviction que non. Mais la douleur serait encore plus grande si jamais je découvrais que j'avais tort.

Les minutes s'égrainèrent, puis j'entendis un « nous y sommes ». Mon cœur s'emballa.

— Jude ?

Je montai sur le monticule de terre en manquant de tomber. Evan grimpa à son tour et vint se placer à mes côtés. Alec et Jake se tenaient de part et d'autre du cercueil.

— Je n'aurais jamais cru faire ça un jour, avoua Alec.

Jake sourit.

— Moi, si. À vrai dire, c'est ma troisième fois.

En fait, ce n'était pas évident au premier regard, mais ce mec était angoissant.

Le chronologiste se baissa et attrapa le couvercle du cercueil, Alec en fit de même. Ensemble, ils comptèrent jusqu'à trois, puis ils l'ouvrirent. Tous nos regards se plantèrent à l'intérieur ; là, au beau milieu du tissu blanc, reposait un tas d'ossements. Aucune larme ne me vint, je ne ressentis pas de tristesse. Rien en moi ne voulait croire que c'était tout ce qu'il restait de mon père.

— Il faut vérifier le tibia.

J'étais bien incapable de savoir de quel os il s'agissait.

Jake attrapa les os, en tendit à Alec qui les saisit avec une expression scandalisée.

— Je n'ai pas signé pour ça.

— Il y a bien une démarcation sur l'os, déclara Jake qui regardait ce que j'imaginais être le tibia à la lueur de la torche. Mais n'étant pas médecin, je ne peux pas vraiment affirmer que c'est signe d'une ancienne fracture.

— Donc on a profané une tombe pour rien ? baragouina Alec.

Jake se baissa et ramassa quelque chose avant d'y braquer la lumière dessus. Je plissai les yeux et découvris un bracelet.

— Il était à ton père ? s'enquit Jake.

J'étais bien incapable de répondre. Je lui demandai de me le donner pour le voir de plus près. J'avais rarement vu mon père avec des bijoux et j'étais à peu près certaine que je m'en serais souvenue s'il avait porté celui-ci. J'observai les perles de bois sombre et de forme carrée. J'en contemplai les contours ainsi que les symboles qui y étaient gravés.

Mes sourcils se froncèrent.

— Qu'est-ce qui se passe ? me demanda Evan.

— J'ai déjà vu ça.

Ce cercle entourant un rectangle dans lequel se trouvaient plusieurs petites arabesques qui partaient dans tous les sens, j'étais persuadée qu'il était identique à celui que j'avais vu des années durant.

— On doit retourner chez moi, déclarai-je.

Je devais en avoir le cœur net et vérifier si ce que je pensais était vrai. Peut-être me trompais-je, mais si ce n'était pas le cas, tout cela ne pouvait pas être une coïncidence.

— Au château ? fit Alec.

— Non, chez mon père. Je dois m'assurer de quelque chose.

Jake acquiesça.

— Et qu'est-ce qu'on fait de ça ?

Il montra l'os qu'il tenait dans la main droite.

— On les prend.

Alec s'étouffa.

— Comment ça, on les prend ? On ne peut pas se promener avec les restes d'un mort !

— On ne peut pas ou tu ne veux pas ? lâcha Evan

— Mais les deux, bordel !

Ses yeux étaient si écarquillés que je craignis qu'ils ne sortent de leurs orbites.

— Ça lui fera faire une balade, fis-je, impassible.

Sa bouche s'ouvrit. Il me regarda comme si je venais de dire que Britney Spears était la nouvelle reine d'Angleterre.

— Cet homme est peut-être ton père !

Il était en train de me menacer avec un os.

Je ris.

L'effarement envahit mes trois compagnons.

Alec se tourna vers ses compères avec un air soudain inquiet.

— Elle a vrillé vilain, la gamine.

Je tentai de me calmer en cachant mon visage avec mes mains. Il avait raison, j'étais en train de réagir n'importe comment, mais je ne parvenais pas à m'en empêcher. Toute cette situation était tellement abracadabrantesque que je commençais à la voir uniquement comme une vaste blague.

Je soupirai profondément, puis lançai :

— Ça ne peut pas être mon père.

— Pourquoi ? voulut savoir Jake.

Je haussai les épaules. Je n'avais aucune garantie, mais je ne pouvais pas concevoir que c'était lui. L'idée qu'il soit vivant était désormais ancrée au plus profond de mon être, et il m'était impossible de faire machine arrière.

— Refermons et retournons à la maison, ajoutai-je.

Il était temps de passer à l'étape suivante.

Les hommes acquiescèrent. Jake et Alec me donnèrent les os que je pris avec un détachement total, puis ils remirent le couvercle en place. Soudain, Evan leur envoya de la terre dessus. Les deux autres crièrent.

— Qu'est-ce que tu fais ? m'insurgeai-je.

— Je règle tous mes problèmes d'un coup.

Il semblait fier de sa vanne, mais les hurlements de Jake et Alec paraissaient avoir ameuté quelqu'un au vu de la lumière qui s'approchait rapidement de nous.

— Nous n'aurons pas le temps de refermer, annonçai-je, ennuyée.

Jake lança quelques jurons et remonta à nos côtés avec Alec. Une seconde plus tard, nous disparûmes du cimetière, laissant derrière nous un cercueil à découvert et des questions sans réponses.

# 20



J'avais commencé à m'entraîner avec les autres élus de Vaia. Mon arrivée fut remarquée, surtout à cause de celle qui m'accompagnait partout et qui critiquait le moindre mouvement imparfait des élèves. Loris, qui était venu assister à ce cours, avait dû lui demander de rester tranquille. À partir de là, elle s'était montrée encore plus infernale. Ce moment avait été une torture. En plus de constater que j'étais une bille à côté des autres, j'étais maintenant celui qui gâchait les entraînements. Uniquement parce qu'elle était avec moi. J'avais beau l'avoir fusillée du regard, elle n'en avait rien eu à faire.

« Si on les caresse dans le sens du poil, ils n'évolueront jamais », m'avait-elle assené. Vraisemblablement, elle ne connaissait pas le juste milieu.

Les entraînements en tout genre s'enchaînaient donc et quand vint enfin celui de Corneille, qui avait accepté d'abandonner son verre d'alcool pour moi, je me sentis fébrile.

J'avais cru être un bon penseur, car j'avais pu capter les réflexions de ma sœur, mais il s'avérait que la situation n'était pas si simple. Avec Laura, cela n'avançait pas pour l'instant. J'étais trop buté pour avouer qu'elle avait sans doute raison, trop effrayé pour y faire quelque chose. Face à Corneille, c'était encore différent. Je ne savais pas en quoi consistait le fait d'être un enchanteur et je n'étais même pas certain de parvenir à quoi que ce soit.

De plus, il n'était pas… Il n'avait pas la tête d'un bon professeur, tout simplement.

Vêtu de sa tenue militaire, sa plaque pendouillant sur sa poitrine, il aurait pu imposer le respect. Mais son visage défait, ses cheveux en bataille et ses yeux brillants lui ôtaient tout charisme.

— Tu n'es pas un enchanteur, déclara-t-il.

C'était ce qu'on pouvait appeler une mauvaise entrée en matière.

— Pour l'instant, tu n'es qu'un oisillon qui ne sait pas encore voler.

J'entendis un rire. Là, dans la salle d'entraînement, était installée Yumiko, assise en tailleur sur le sol. Et si elle avait les paupières fermées, elle n'en perdait pour autant pas une miette.

Corneille ne la sermonna pas. Le fait qu'elle boive avec lui devait y être pour quelque chose, à n'en pas douter.

— D'abord, je vais te montrer ce dont je suis capable, t'expliquer la manière dont je m'y prends, et ensuite, nous verrons si tu parviens à quelque chose.

J'acquiesçai silencieusement et regardai Corneille sortir une feuille pliée en quatre de sa poche. Il l'ouvrit, souffla dessus et la brandit devant lui.

— Protectrice, viens donc essayer de me cogner.

Le rire de Yumiko résonna une nouvelle fois entre les quatre murs.

— Je ne suis pas stupide, enchanteur.

Corneille leva les yeux au ciel.

— Dommage. C'est pour toi, gamin, frappe-moi !

J'avisai la feuille, puis son corps juste derrière et je clignai rapidement des paupières.

— Je n'en ai pas vraiment envie.

Ce n'était pas mon genre de m'en prendre aux personnes faibles. L'intéressé cracha à terre.

— Bouge-toi, Hudson, on n'a pas toute la journée non plus ! Montre-nous que t'as des cojones, un peu !

Voilà qu'il se mettait à parler espagnol, on était bien !

De son côté, Yumiko baragouina une phrase en japonais. On était dans un cours de langues étrangères ou quoi ?

Désireux d'éviter cette perte de temps inutile, j'avançai d'un pas et, peu sûr de moi, je lançai un coup de poing à travers la feuille de Corneille.

Du moins, c'était le plan.

En réalité, mes doigts eurent l'impression de heurter un mur de pierre et je ramenai ma main vers moi en hurlant comme si je venais de me taper le petit orteil contre le coin d'un meuble.

Corneille ricana et, sous mes yeux ébahis, il froissa la feuille. Comment avait-il fait ça, bordel de dieu ? J'étais à peu près persuadé de m'être brisé plusieurs phalanges. En tout cas, j'avais tellement mal que je n'en aurais pas été étonné.

L'enchanteur souffla une nouvelle fois sur la boule de papier, puis me l'envoya dans le ventre avec un air mutin.

J'eus l'impression de me faire rentrer dedans par un trente-huit tonnes et finis au sol, plié en deux de douleur.

Adieu, abdomen, je t'aimais bien.

Je ne pus empêcher une myriade d'insultes de sortir de ma bouche. Certaines d'entre elles n'étaient pas gentilles pour la mère de Corneille, et je n'en étais pas fier. Celui-ci ne sembla pas m'en tenir rigueur, vu qu'il riait à gorge déployée.

D'un mauvais œil, j'avisai le papier froissé juste à côté de moi, je l'attrapai, m'imaginant porter quelque chose d'aussi lourd qu'une boule de bowling, mais non, c'était léger… comme une feuille.

— Tu t'attendais à quoi ? m'assena l'enchanteur, amusé.

Il prenait un peu trop de plaisir à me tourmenter. Je n'étais pas certain d'apprécier cela.

— Ne faites pas le malin, le prévins-je. À armes égales, rien ne dit que vous gagneriez.

Une lueur étincela dans son regard.

— C'est un défi ?

— Une constatation. Vous n'êtes plus tout jeune, après tout.

Sa bouche se tordit en un sourire fourbe.

— Je vais adorer te malmener.

— C'est ce que je dis tout le temps ! s'extasia Yumiko. C'est dingue ce que c'est réconfortant de le faire souffrir, on ne s'en lasse pas.

Qui disait que j'étais bien entouré, déjà ? Il faudrait que je touche deux mots à mon oncle pour qu'il me dise pourquoi il me laissait avec des gens comme ça.

— Approche, m'ordonna Corneille.

Je m'attendais à un pain en pleine poire ou à une nouvelle attaque, mais il se contenta de me regarder.

— Déplie la feuille.

Nichée dans mon poing, je la récupérai et la défroissai comme je le pouvais. Le rectangle de papier avait perdu de sa fraîcheur.

— Maintenant, reprit Corneille, essaie de changer sa couleur.

J'aimais l'idée, mais je ne voyais pas comment faire une chose pareille.

— Comment suis-je censé m'y prendre ?

Il posa la pulpe de son index sur un coin de la feuille.

— Quand je la touche, poursuivit-il, je peux sentir quelque chose. C'est là, à sa surface, en son cœur, partout. C'est comme une toile vierge que je peux peindre à ma guise, mais pour que la toile ressemble à ce que je souhaite, il faut la recouvrir de magie.

Tout à coup, le blanc immaculé de la feuille se teinta de bleu.

— Et les enchantements ne sont pas immuables…

Le bleu disparut pour laisser de nouveau sa place au blanc.

— Si rapidement ? lançai-je, déçu.

À quoi cela servait-il d'enchanter des objets pour un si court laps de temps ?

— Le temps que cela dure, c'est à nous de le décider, mais tout a un prix. Tous les enchantements que j'ai réalisés depuis tout à l'heure ont puisé dans mon énergie, et plus on sollicite l'objet, plus ce qu'on lui a insufflé s'essouffle vite. Lointain est le temps où nous créions des enchantements durables. Le savoir s'est perdu au fil des siècles.

— Donc cela était possible ?

Corneille acquiesça.

— Tu en as eu la preuve sous les yeux avec la lame d'Ayden. Nul autre qu'un enchanteur puissant et expérimenté n'a pu créer une telle œuvre. Il a sans doute fallu un temps incroyable pour concevoir cette arme. Son existence nous rappelle ce que nous étions capables de faire avant.

Sur ses traits, je lisais les tourments d'un passé dont je n'avais pas connaissance.

— Mais même si aujourd'hui les choses sont différentes, notre pouvoir peut nous conférer des avantages considérables. Il suffit de savoir trouver l'équilibre entre donner et recevoir.

Ses yeux se posèrent sur moi.

— Essaie, m'intima-t-il. Essaie d'imaginer un filet magique pour entourer cette feuille. Puis insuffle-lui ta demande. Murmure-lui des paroles ou souffle-lui tes pensées, partage ce que tu souhaites.

Je me détachai du regard de Corneille pour contempler la feuille blanche. Cela paraissait tellement facile quand il en parlait ou même quand il le faisait. Le serait-ce aussi pour moi ? J'approchai le papier de mes yeux, comme si le simple fait de le voir de plus près pouvait m'aider. J'observai, je touchai, je me concentrai. Je visualisai un filet bleu et lumineux qui entourait la feuille de toute part. Puis, dans ma tête, je ne laissai qu'une pensée, le vœu de voir cette feuille devenir rouge. J'envoyai le reste au loin, fis barrage à toutes mes autres pensées et ne gardai que cette envie, ce besoin. Autour de moi, plus rien n'existait, comme si dans la pièce il n'y avait que moi et l'objet. Mes lèvres se murent pour former des mots que je ne prononçais pas à voix haute. Mon souffle les projeta sur le papier.

Mon cœur fit un looping dans ma poitrine quand je vis du rouge apparaître sur la feuille. Mais ce n'était pas plus gros qu'une goutte d'encre, et cela disparut aussi vite que c'était arrivé. Soudain, je perdis l'équilibre, Corneille me rattrapa avant que je ne tombe.

— Merveilleux !

Il souriait et cela ne paraissait pas forcé. Pourtant, je ne parvenais pas à comprendre ce qu'il trouvait de grandiose à ce que je venais de faire.

— Je suis épuisé comme jamais, tout ça pour une pointe de rouge, me désolai-je. En quoi est-ce merveilleux ?

L'enchanteur m'envoya une bourrade dans l'épaule. Je gémis. Bon sang, pourquoi n'étais-je entouré que de gens violents ? J'avais l'impression de payer l'addition de toutes les bagarres que j'avais provoquées durant mon adolescence.

— Tu as réussi, Chris ! Nous sommes ensemble depuis si peu de temps que je ne te pensais pas capable de faire quoi que ce soit. Cette feuille ne s'est peut-être pas totalement colorée comme tu le voulais, mais tu es parvenu à lui insuffler ton intention. Rien que ça, ce n'est pas donné à tout le monde, pour une première fois. On va peut-être pouvoir faire quelque chose de toi, finalement !

— Car vous en doutiez ?

Il s'esclaffa.

— Toi et ta sœur êtes la clé des mondes, les héritiers des défenseurs. Cela vous rend puissants, certes, mais avoir de la puissance si on ne sait pas comment la contrôler ou s'en servir peut être encore plus dangereux que la menace qui nous guette…

— Vous allez donc continuer à m'enseigner ?

Son regard se perdit.

— C'est mon frère qui aurait dû avoir ce rôle. Il était bien meilleur que moi et votre protection était l'une de ses plus grandes préoccupations. À côté de lui, je ne suis qu'un piètre enchanteur.

J'aurais voulu lui demander ce qu'il était advenu de son frère, mais je n'étais pas certain qu'il soit sage d'aller dans cette direction. Une autre fois, peut-être.

— Il vaut mieux un piètre enchanteur que rien du tout.

Ma déclaration sembla le sortir de ses réflexions et un léger sourire barra son visage.

— Nous reprendrons demain. Tâche de te reposer. Ce que tu viens de faire équivaut sans doute à une journée de randonnée dans la chaîne de l'Himalaya.

Il devait exagérer.

Je baillai à m'en décrocher la mâchoire.

Bon, peut-être pas après tout.

Après un petit rire moqueur, il me laissa et s'approcha de Yumiko.

Celle-ci se leva.

— C'est bien la première fois que je suis content de perdre de l'argent.

Je le vis attraper un billet dans sa poche pour le donner à la protectrice. Cette dernière arbora une expression satisfaite.

— J'aime sentir le parfum de la défaite qui vous entoure.

Corneille ne se départit pas de son sourire.

— Vous, vous êtes vraiment bizarre !

Yumiko posa sa main sur son cœur.

— Vous allez me faire rougir.

Corneille rit une nouvelle fois avant de nous laisser seuls.

— Je ne pensais pas que cet homme était capable d'être joyeux, avouai-je une fois qu'il eut passé la porte.

Yumiko s'étira, puis me lança :

— Parfois, il suffit que quelqu'un nous rappelle pourquoi nous nous battons. Ou pour qui.

Je fronçai les sourcils.

— Tu en sais plus que moi sur cet enchanteur, pas vrai ?

— L'alcool délie les langues.

— Et alors, quels sont les ragots ? demandai-je en allant m'asseoir dans un coin.

Rien que le fait de m'être traîné jusque-là m'avait épuisé. Tout ça pour un point rouge. Corneille avait beau dire ce qu'il voulait, je trouvais ça quand même peu glorieux.

— Je ne dirai qu'une chose, et tu dois me promettre de ne jamais le révéler à quiconque sous peine de mort.

Son visage était sérieux, son regard sombre, et son corps tendu comme un arc.

— Promis.

Elle inspira profondément et lâcha :

— Je l'aime bien.

Désespéré, je fermai les yeux.

— Dans ce cas, pourquoi lui voler son argent ? fis-je en bâillant une nouvelle fois.

— Un pari est un pari. Il a misé sur le fait que tu échouerais aujourd'hui.

— Et pas toi ?

J'attendis une réponse, mais elle ne vint pas. Curieux, je finis par ouvrir les yeux pour découvrir que j'étais seul. Quelque chose qui n'était plus arrivé depuis bien longtemps.

Là, assis sur le sol de la salle d'entraînement, je me laissai aller à mes pensées, mais aussi à ma fatigue. Une poignée de minutes plus tard, je m'endormis.

# 21

*Jude*

Jake nous fit apparaître devant la porte de mon ancienne maison. Je jetai un œil à l'intérieur, mais ne rentrai pas, tout simplement parce que ce que je voulais voir n'était pas ici.

Je longeai l'habitation qui m'avait vue grandir à la lumière de la torche, les hommes sur mes talons. Bracelet à la main, je ne pouvais m'empêcher de faire rouler ses perles entre mes doigts. Bien vite, j'aperçus la remise au fond du jardin. Elle était petite et aurait eu besoin d'un bon rafraîchissement. À son allure, il était facile de voir qu'elle avait été construite bien des années plus tôt. Mon père me disait d'éviter d'y entrer, car il craignait que je ne me blesse avec les outils qu'il laissait à l'intérieur. Mais en approchant, je compris que cela aussi était un mensonge. Plus j'avançais, plus je la sentais. Mon regard croisa celui d'Alec.

— Tu la sens aussi ? me dit-il.

Je hochai la tête.

— Que se passe-t-il ? s'inquiéta Jake.

Nous ne lui répondîmes pas, mus par le besoin de nous rapprocher de ce qui se trouvait dans la remise.

Une fois devant, je demandai au chronologiste de braquer la lampe sur le dessus de la porte. Là était dessiné le même symbole que sur le bracelet trouvé dans le cercueil.

— Tu parles d'une coïncidence, soufflai-je.

Pourquoi ce bracelet se trouvait-il enterré avec mon père ? Et était-ce réellement mon père, de toute manière ?

Brusquement, j'ouvris le battant. Il n'était pas fermé à clé, rien ne pouvait nous empêcher d'y entrer. Je voulus faire un pas, mais d'un geste, Alec m'arrêta.

— Restons prudents.

Evan se rapprocha de moi.

— De quoi est-il question, exactement ?

Nos regards se posèrent en face de nous, où il n'y avait en vérité que du vide.

— Il y a une faille juste là.

Juste à côté de la maison dans laquelle j'avais vécu des années durant. Était-ce normal que je ne m'en sois pas rendu compte ? Et pourquoi habiter si près d'une faille alors que mon père était censé me protéger de la vérité ? Tout cela n'avait vraiment aucun sens.

— Je vais y aller seul, décréta Alec.

Il lâcha les os que nous avions emportés avec nous, puis fonça dans le tas sans même attendre une réponse, mais se retrouva aussitôt projeté en arrière.

Le regard qu'il afficha aurait pu être comique dans d'autres circonstances. C'était sans doute la première fois qu'Alec ne pouvait pas pénétrer dans une faille.

Il resta une minute les fesses au sol.

— Inédit, se contenta-t-il de dire.

Jake posa ses mains sur ses hanches.

— Il aurait été étonnant qu'une faille comme les autres se trouve dans le jardin de Jude.

— Certes, répondit l'architecte en se levant. Je crois que nous venons de découvrir à quoi sert le bracelet.

Perplexe, je le regardai une nouvelle fois.

— Il est sans doute enchanté, m'éclaira-t-il. Il doit agir comme une clé pour cette faille. Elle doit être très vieille, ce genre d'enchantement ne se fait plus depuis bien longtemps…

Intriguée, je fermai ma main sur le bracelet.

— On va voir ça tout de suite.

Alec me retint par le bras.

— Oliver n'aimerait pas que je te laisse faire ça toute seule ! m'assena l'architecte.

— Mon oncle n'est pas là et je n'ai pas de conseils à recevoir de lui vu qu'il n'est pas blanc comme neige !

Et quand bien même je tenais à la vie, il était un peu tard pour faire marche arrière.

— On n'a qu'à passer la porte ensemble, ajoutai-je.

Après tout, ils avaient insisté pour m'accompagner, le moment de prouver qu'ils iraient jusqu'au bout était arrivé.

J'attrapai la main d'Evan, puis celle d'Alec. Jake posa sa grosse paluche sur l'épaule de mon inséparable qui tressaillit.

— Au moindre danger, on revient en arrière, prévint ce dernier.

J'acquiesçai avant de regarder Alec et de lui tendre le bracelet.

— Je te laisse tout de même l'honneur de passer en premier.

Il serra fermement ma main et avança. Mon cœur rata un battement quand il disparut dans le néant, je lui emboîtai le pas et tirai les autres à ma suite avant de changer d'avis.

Je m'attendais à tout.

À tout, sauf à ça.

Mes oreilles entendirent des hurlements de fureur, de peur et de tristesse.

Mes yeux virent des centaines de paires d'ailes déployées virevolter dans le ciel rougeoyant. Une couleur si semblable au sang qui maculait la peau des êtres qui vivaient au creux de la montagne noire.

Nous étions chez les phénix, et une bataille faisait rage au beau milieu de leur village.

Je sentis le choc se répandre dans le corps d'Evan. Une partie de moi voulait contempler l'expression de son visage, mais je ne pouvais détacher mon regard de l'endroit où tout le monde s'en allait.

Qu'était-il en train d'arriver ? Pourquoi étions-nous là ? Pourquoi ce peuple jusqu'ici dissimulé se faisait-il attaquer ?

— Nous devons partir tout de suite, déclara Jake.

C'était ce dont nous avions convenu, oui. Mais ce que le chronologiste ne savait pas, c'était que la famille d'Evan était ici. Et lui comme moi, nous n'allions pas pouvoir faire demi-tour comme si nous n'avions rien vu.

— Retrouvons-les.

C'était un ordre, une évidence, une certitude.

La main d'Evan lâcha la mienne, je l'entendis déployer ses ailes et vis son corps s'élever dans les airs.

— Qu'est-ce qui se passe ? lança Alec.

Une boule de feu fonça vers nous. Je ne me décalai pas, mais la récupérai. Le phénix en plein vol qui avait donné l'assaut me fixa du regard avant de s'éloigner. Non, je n'étais pas l'ennemi. Mais en parlant d'eux, qui étaient-ils ?

Autour de nous, il n'y avait personne. Au-dessus, les phénix passaient dans un sens et dans un autre. Jusqu'à ce que je voie une tête connue.

— Aspen ! hurlai-je.

Le cousin d'Evan se tourna vers moi. J'avisai son visage recouvert de sueur et de terre, ses ailes habituellement blanches salies de sang et de poussière. Mais, surtout, son expression hagarde.

— Qu'est-ce qui se passe ?

— On est acculés. Ils sont arrivés soudainement, sans qu'on sache comment. Nos éclaireurs n'ont rien vu.

Une larme roula sur sa joue avant de tomber sur le sol.

— Ils sont nombreux. Trop nombreux… Nous ne gagnerons pas.

Un cri strident déchira l'air et Aspen ferma les paupières. Un instant, le temps sembla se suspendre.

— Qu'est-ce que c'était ? s'enquit Alec.

— L'un des nôtres nous a quittés, pleura Aspen. Cela ne s'arrête pas. Nous ne pouvons fuir, donc nous nous défendrons jusqu'à notre dernier souffle.

Ma poitrine se serra, mes yeux se remplirent de larmes. Ce n'était pas possible. Je refusais d'accepter ses paroles. S'ils mouraient, c'était la fin de leur espèce. La fin d'une partie d'Evan, et de moi. Je pensai un instant à Olivia, Nickaela, Riva et Cali. Non, ce n'était pas possible.

— Où sont Cali, Riva et tes tantes ?

— Cali est avec d'autres enfants, en sécurité. Mes tantes sont là-bas, nous apprit-il en montrant d'un signe de tête l'endroit où les combats se déchaînaient. Et Riva… Riva est introuvable pour le moment.

Je ne savais pas si cela devait m'inquiéter, la sœur d'Evan semblait se volatiliser assez souvent. J'espérais juste que là où elle était, elle était en sécurité. Sa fille cependant devait se faire un sang d'encre pour sa mère.

— On doit faire sortir tout le monde, décrétai-je. Et vite.

Il était hors de question que je reste sans rien faire. Non, il y avait une autre solution !

— Tu veux utiliser la faille pour sauver les phénix ? demanda Jake, préoccupé. Ne penses-tu pas qu'ils les suivront et que cela mettrait en danger encore plus de monde ?

Et alors ? Pouvait-il demeurer ici à regarder un peuple se faire décimer ?

— Il suffira de repartir avec le bracelet, expliqua Alec. Seule la personne qui le possède et les gens qui sont liés à elle peuvent emprunter la faille. Si tout le monde suit Jude, c'est possible.

— Soyez réaliste un instant, je ne sais pas qui a lancé cette attaque, mais ils ne laisseront pas les phénix partir aussi facilement ! s'agaça Jake.

Je m'en foutais de ce qu'il disait. S'il y avait une solution, même imparfaite, nous devions tout tenter.

— Va chercher ta famille, ordonnai-je à Aspen, récupère le plus de monde possible et ramène-les ici. J'ai un plan.

Le phénix disparut en un instant et je regrettai pendant quelques secondes de ne pas posséder d'ailes. J'aurais été plus utile. J'aurais pu faire quelque chose, au lieu de rester plantée là. Un nouveau cri résonna dans la montagne noire. Combien de morts étaient à déplorer jusqu'ici ?

Je me tournai vers Jake.

— Ne peux-tu pas remonter le temps et sauver tous ces gens ?

La mâchoire serrée, les yeux sombres, il secoua la tête.

— Si je le pouvais, je l'aurais déjà fait à de nombreuses reprises. Mais mon don n'est pas aussi puissant.

Bien que cela ne soit pas sa faute, j'étais déçue. Pourquoi posséder de la magie si l'on ne pouvait pas s'en servir pour aider les personnes que nous aimions ?

Sans même m'en rendre compte, j'avais fait un pas en avant.

Alec me retint par le bras.

— Tu ne peux pas y aller. C'est trop dangereux.

— Je ne peux pas rester là, sans rien faire.

— Tu as un plan, et tu dois te tenir près de la porte pour sauver des gens, Jude. Ce n'est pas rien.

Peut-être avait-il raison, mais cela ne m'empêchait pas de mal le vivre.

Je commençai à faire les cent pas, tout en me demandant à quel point notre présence aurait pu changer les choses pour les phénix. Je ne cessais de penser à Evan. Je lui avais dit de les retrouver, mais maintenant que je le savais là-bas, je n'avais qu'une envie, c'était qu'il revienne.

Aspen repassa dans le ciel sans s'arrêter, cette fois. Il était seul. Où étaient ses tantes et Evan ? Pourquoi ne revenaient-ils pas ?

— Je vais péter un plomb !

— Le plus difficile dans une guerre est parfois de ne rien faire, avoua Jake.

Il arborait un air impassible, mais son corps tendu prouvait qu'il ressentait bien des choses. En tant qu'ancien membre de l'armée du soleil, avait-il déjà été dans une telle situation ? Je ne connaissais pas grand-chose de la vie de Jake. J'avais placé une partie de ma confiance en lui, car c'était ce qu'avait fait mon oncle. Je me fiais à son jugement sur ce coup-là, mais je ne pouvais m'empêcher de me demander quel était le passé du chronologiste.

Le retour d'Aspen me tira de mes pensées. Plusieurs dizaines de jeunes phénix et deux femmes d'âge mûr le suivaient. Dans le lot, je reconnus Cali.

En voyant tous ces enfants qui risquaient la mort, je me tétanisai un instant avant de me reprendre.

— Alec, tu resteras avec eux de l'autre côté. Tu dois faire ton maximum pour leur sauver la vie. Tu as saisi ?

Mon regard dans le sien ne lui laissa aucun choix. Mais Alec n'avait pas besoin que je lui dise quoi faire, il avait un cœur, et à son expression, je compris qu'il ferait tout son possible.

Il se tourna vers les nouveaux arrivants, leur intima de se prendre la main, puis d'attraper la sienne. Il ne manquait plus qu'un maillon : moi.

Je m'emparai des doigts de l'architecte et serrai le bracelet dans ma main.

— J'attends les autres ici, fit Jake.

J'acquiesçai et fonçai à toute vitesse dans la faille. Nous n'avions pas de temps à perdre.

J'apparus dans la remise et tirai Alec jusqu'à l'extérieur. Nous ne pouvions pas tous nous entasser dans trois mètres carrés. Je regardai tout ce beau monde atterrir dans mon ancien jardin, le cœur battant à tout rompre. Ils étaient en sécurité, me répétai-je, ils étaient en sécurité.

Cali vint se caler contre mes jambes en sanglotant.

— Je suis toute seule. Je ne sais pas où est Maman.

Ma main alla se poser dans ses cheveux.

— Je vais y retourner et faire de mon mieux pour te ramener ta famille, d'accord ?

Je n'eus d'autre choix que de la pousser. Je jetai un dernier coup d'œil à Alec. Son expression m'intima à la prudence. Je repartis sans attendre. Je ne pouvais lui promettre d'y parvenir.

# 22



*Chris*

Je tournais en rond comme un lion en cage.

Non, je ne passais pas mon temps à ne rien faire. Avec les multiples entraînements qu'on m'imposait, j'avais l'esprit et le corps bien occupés. Pourtant, dès qu'arrivait un moment calme, mes pensées volaient vers Jude.

Comment allait-elle ? Que faisait-elle ?

Nous qui nous étions promis de rester en contact, j'avais été effaré de constater qu'il n'y avait aucun réseau sur Vaia. L'absence de nouvelles de ma jumelle me tordait l'estomac. Et même si mon oncle faisait comme si cela ne le contrariait pas, je le voyais parfois lever le nez de l'un de ces bouquins et regarder autour de lui pour vérifier qu'elle n'était pas avec nous.

— Toi aussi, tu t'inquiètes ? lui lançai-je.

Nous étions tous les deux dans l'immense bibliothèque de Vaia. Deux gardes nous avaient accompagnés. Yumiko avait eu besoin d'un moment à elle. Cela allait à l'encontre de son contrat, mais Oliver le lui avait autorisé. Il était rare qu'elle se le permette. Même quand je m'imaginais qu'elle s'isolait, je la retrouvais non loin de là où j'étais. Comme cette fois où elle m'attendait en vérité derrière la porte de la salle d'entraînement. M'étant assoupi, j'avais été incapable de savoir combien de temps elle avait patienté. Mais la protectrice n'avait rien dit. Elle ne se plaignait pas.

— Comment ne pas s'inquiéter ? Pour autant, Jude est bien accompagnée, je suis certain que tout se passe bien.

Le pensait-il réellement ou était-ce un moyen de se persuader ?

— Cela fait un bon moment que nous sommes ici, commençai-je, peut-être qu'elle se soucie aussi de ne pas avoir de nos nouvelles.

Mon oncle sourit.

— Le temps sur Vaia ne s'écoule pas comme chez nous. Si pour nous plusieurs jours ont passé, pour Jude, il ne sera question que d'une poignée d'heures.

Mes yeux s'ouvrirent comme des soucoupes.

— Pardon ?

Était-il sérieux ? Pourquoi personne n'avait-il pensé à m'en avertir ?

— Ne me regarde pas comme ça, s'amusa Oliver, tu n'avais qu'à poser la question.

Qu'est-ce que ça pouvait m'agacer ce genre de réponse à la noix !

— Je ne comprends pas comment c'est possible, lançai-je.

— Vaia est un endroit à part. Il ne fait pas partie de notre ancien monde, ni du nouveau. Il obéit à ses propres règles. J'ai du mal à tout saisir, et cette histoire d'élus est encore plus floue qu'on ne pourrait le penser. Un jour, je me pencherai sur la question, mais pour l'instant…

Il avait d'autres chats à fouetter, comme trouver la faille et les derniers faucheurs pour nous aider à contrôler les esprits qui faisaient régner le chaos dans les anciens mondes.

— J'aimerais vraiment qu'on aille voir Emmy, dis-je à mon oncle.

Il devait rencontrer la jeune fille qui m'avait récupéré dans la rue pour m'offrir un thé. Après tout, elle était entourée d'esprits.

— Je le sais, Chris. C'est la cinquième fois que tu me le dis.

— Et pourtant, nous ne l'avons toujours pas fait.

Il soupira et ferma son livre.

— C'est une chance pour toi d'être sur Vaia et d'avoir du temps pour apprendre et progresser. Le jour où on partira d'ici, rien ne garantit qu'on pourra revenir aisément ni qu'on nous laissera rester. Je ne veux pas gâcher cette chance. Je sais que tu penses qu'Emmy est une faucheuse, et vu ce que tu me racontes, elle a effectivement des facultés avec les esprits, mais j'estime que faire sa rencontre peut attendre que tu te sois renforcé.

— Et quand est-ce que je serais prêt, selon toi ? m'agaçai-je. Je suis loin d'avoir un corps d'apollon et une maîtrise parfaite. Cela pourrait prendre des mois !

Son regard doux se posa sur moi.

— Est-ce vraiment grave de perdre ce temps si cela peut finalement sauver des vies ?

Je croisai les bras. Ce n'était pas sympa de me sortir ça.

En silence, je m'assis à table non loin de lui. Peut-être qu'effectivement je manquais de patience, mais tout cela était difficile pour moi. J'avais l'impression de ne pas être assez fort, assez rapide. Et si tout échouait par ma faute ?

Perdu dans mes pensées, je posai ma main sur l'un des marque-pages de mon oncle. C'était en vérité des feuilles jaunes qu'il avait coupé dans la longueur. Je l'imaginai vert, comme mes yeux et ceux de Jude, et je soufflai légèrement dessus. La couleur se modifia. Je lâchai le marque-page et croisai le regard de mon oncle.

— Ne me contemple pas avec ces yeux émerveillés. Corneille fait ça en un rien de temps, il m'a fallu des jours.

— Bon sang, de qui as-tu hérité ce perfectionnisme ? râla Oliver. Tu es toujours en train de te sous-estimer. Tu vois le verre à moitié vide, jamais à moitié plein. Essaie de te rendre compte du changement qui s'opère en toi ces derniers mois et constate à quel point tu as évolué. Tu es intransigeant envers toi-même, Chris, et c'est épuisant à regarder.

Je me levai en faisant racler ma chaise.

— Eh bien, vu que je suis épuisant, je te laisse.

Son soupir fut sa seule réponse, et je m'en allai sans rien dire de plus.

Mes conversations avec mon oncle finissaient souvent ainsi et je détestais ça. Pourtant, quelque chose nous empêchait de nous comprendre. Je savais très bien que parfois j'exagérais, mais il était difficile de discuter avec quelqu'un qui n'entendait rien à mes émotions.

Laura aussi me prenait la tête à ce sujet. Elle ne cessait de répéter que je n'étais pas honnête envers moi-même et que cela me mettait des bâtons dans les roues. Mais comment pouvait-elle le savoir ? Moi-même, j'ignorais qui j'étais.

Je me rendis en salle d'entraînement. Yumiko était là, en train de s'exercer sur les tatamis. Je regardai son corps se mouvoir avec grâce, puis contemplai l'expression de son visage. Souvent, elle parvenait à garder un masque d'impassibilité, mais parfois, je voyais sur ses traits une palette d'émotions qui me serraient les boyaux. J'assistais à l'un de ces moments.

Elle ne se rendit pas tout de suite compte de ma présence et je fis en sorte que cela continue. Je voulais l'observer, assis dans un coin. Elle était à mes yeux une œuvre d'art façonnée par la vie. Elle pouvait être aussi belle que cruelle, et insaisissable comme le vent.

C'était avec elle que je me sentais le plus à l'aise. Si Yumiko me jugeait, cela ne me blessait pas, car elle jugeait tout le monde. Et quand elle me regardait d'un air appréciateur, je savais que je le méritais réellement. C'était ainsi que je voyais les moments où je faisais un pas en avant dans mon entraînement. Avec la protectrice, je n'avais pas besoin de me faire passer pour quelqu'un d'autre. Je me fichais de lui faire bonne impression comme elle s'en foutait éperdument elle aussi. Alors que je pensais qu'être à ses côtés serait horrible, cela devenait finalement de plus en plus facile. Je ne savais pas ce que cela disait de moi.

Un cri de rage finit par sortir du plus profond de sa poitrine. Dans un dernier geste empli de violence et d'émotion, elle s'agenouilla. La sueur coulait sur son visage et son souffle était court. De fines mèches s'échappaient de sa queue de cheval et collaient à sa peau. Elle en repoussa une en expirant avant de lancer :

— Qu'est-ce que t'as encore, Calimero ?

Cela me tira un sourire.

— J'aime te regarder te battre contre toi-même. Je me demande toujours qui va gagner.

Elle se leva avec élégance. Je me demandai comment elle faisait ça. Moi je ne ressemblais à rien quand je devais me remettre debout.

— Cela ne te ferait pas de mal d'essayer, lâcha-t-elle.

— De quoi ?

— De te battre contre toi-même.

— C'était une blague, Yumiko.

Elle se planta devant moi.

— Pas pour moi.

Je soupirai.

— Je ne peux pas réellement me battre contre moi-même. Tu le sais, n'est-ce pas ?

La protectrice me regarda de haut. J'étais mal barré.

— Lève-toi, m'ordonna-t-elle.

— Ce n'est pas l'heure de l'entraînement, lui assenai-je.

— Il est toujours l'heure de l'entraînement. Et tu es venu à moi alors que je voulais être tranquille, donc tu la fermes et tu obéis.

Son ton n'autorisait nulle réplique. J'avais passé assez de temps avec Yumiko pour savoir qu'essayer de fuir cet instant ne ferait que le rendre encore plus compliqué.

Je me levai donc comme un monsieur patate. Elle se moqua de moi, bref, tout allait bien.

D'un geste, elle m'indiqua le milieu de la salle. Sans un mot, elle frappa mon ventre pour que je me tienne droit. « Un jour, ça rentrera », répétait-elle. Ce jour n'était vraisemblablement pas arrivé.

— On dirait que t'as un balai dans le cul, Hudson. Tiens-toi droit, mais relâche-toi.

Ah, tant de mots doux…

— C'est mieux.

Elle se plaça à mes côtés, son bras frôlait presque le mien.

— Regarde en face de toi. Imagine que tu t'y trouves. Qu'est-ce que tu vois ?

— Le mur d'en face.

— Super, maintenant, dis-toi que la prochaine fois que tu me sors une réponse aussi stupide, je te fous un coup de pied dans les valseuses.

Au moins, elle mettait les choses au clair dès le départ.

— On reprend, fit-elle. D'abord, j'aurais tendance à te dire de te détendre et de faire le vide, mais j'ai bien compris que tu en étais incapable. Donc on va passer directement à l'étape deux.

— Qui n'a aucun rapport avec le mur, j'imagine.

Elle eut un rire narquois.

— C'est dingue ce que tu aimes vivre dangereusement…

La protectrice laissa un petit silence planer. Le temps que je reprenne ma concentration. Elle savait que j'en avais besoin.

— Ici, il n'y a que toi et moi, Chris. Et je ne suis rien ni personne, seulement ta protectrice. Qu'importe qui tu es, ce que tu es, ma place restera à tes côtés. Tu pourrais être aussi doux qu'un saint-bernard, aussi piquant qu'un oursin, faible comme un légume ou fort comme un bodybuilder que cela ne ferait aucune différence. Cela ne changera pas la manière dont je te vois, ou celle dont je me comporte. Ta peur d'être ridicule à mes côtés est déjà ridicule en soi, car de nouveau, je te le répète, je m'en contrefiche.

Je haussai un sourcil, où voulait-elle en venir ?

— Être soi-même est difficile. Comprendre ce qui nous enchaîne, ce qui peut nous libérer l'est tout autant. Et même une fois qu'on l'a compris, il n'est pas si aisé de changer. Aujourd'hui, je ne vais pas uniquement te demander de te battre avec ton corps, mais aussi avec ton esprit, ton passé, tout ce qui fait de toi ce que tu es. Et je me fiche de qui gagne, mais je refuserai de te laisser arrêter tant que je n'aurai pas constaté de mes propres yeux que tu as réussi.

— Réussi quoi ?

— Ferme les yeux.

J'obéis, comme d'habitude.

— Sentir les ténèbres omniprésentes dans ta tête quand tu fermes les paupières est normal. Nous avons chacun les nôtres, mais nous les gérons tous différemment. Désirer les effacer ou les remplacer par de jolis petits arcs-en-ciel est totalement débile. L'obscurité fait partie de toi, Chris. Ton passé, tes souffrances, tes blessures… Tout compte. Je veux que tu penses à tout ça. Je veux que tu ressentes chaque douleur que tu as déjà éprouvée et que tu te remémores chaque moment de ta vie où tu t'es senti au plus bas.

J'avais envie de lui demander pourquoi elle souhaitait que je souffre. Mais c'était Yumiko, elle pouvait le désirer juste parce qu'elle en avait envie.

— Je ne pense pas que cela soit une bonne idée, finis-je par dire en ouvrant les yeux.

— Seuls les lâches reculent devant la peur d'avoir mal.

Je serrai la mâchoire. Elle venait de toucher un point sensible.

— Je suis beaucoup de choses, mais lâche ne fait pas partie de mes attributions.

— Prouve-le.

Mon regard chercha le sien. Perçant et dur, il me fixait sans ciller.

— Très bien.

Si ça pouvait lui faire plaisir…

Je fermai de nouveau les paupières et écoutai sa voix. Son timbre me poussait dans les coins les plus sombres de mon âme. Je m'embourbai dans un passé douloureux, j'étais encerclé par des attentes trop grandes, écrasé par une faiblesse trop pesante. Je sentis mes épaules s'affaisser à mesure qu'elle m'intimait de continuer. Le froid avait fini par prendre possession de mon corps.

— Je veux que tu prennes celui que tu es maintenant et que tu le projettes devant toi. Laisse avec lui toutes les ténèbres qui font de toi celui que tu es. Ouvre les yeux.

Je retrouvai la lumière et soudain, je ne ressentis plus rien.

Seul un vide incommensurable régnait en moi. J'avais envie de dire que je me sentais bien, mais je n'étais pas certain que cela soit le cas.

— Concentre-toi, imagine-toi face à toi-même.

L'exercice était difficile, je finis tout de même par parvenir à imaginer une silhouette me ressemblant légèrement. Elle était entourée d'un halo aussi noir qu'une nuit sans étoiles.

— Maintenant, frappe !

La demande était tellement étrange que je ne bougeai pas.

— Hein ?

— Regarde-toi, vois toute cette noirceur et mets-lui sa raclée.

Une partie de moi voulait lâcher l'affaire, dire que je n'avais pas envie d'avoir l'air d'un idiot en frappant le vide. Mais je me rappelai les paroles de Yumiko, elle se fichait de cela, elle-même n'avait pas peur du jugement quand elle se battait contre un ennemi invisible. Et jamais je ne l'avais trouvée stupide, bien au contraire.

Je balançai un coup de pied dans la silhouette, cela ne me fit rien et à elle non plus. J'enchaînai sur un coup de poing, puis un autre, je brassai l'air comme un forcené, tentant d'atteindre quelque chose qui n'existait même pas.

— Encore.

Yumiko ne cessait de me houspiller. Je lançai des attaques violentes, ne ressentant aucune souffrance, aucune douleur, aucune répercussion dans mon corps ou dans mon cœur, et c'était pire que tout. Vide. Je me sentais vide. Je n'étais plus rien.

— Il faut que ça s'arrête, décrétai-je.

— Pourquoi ?

Parce que je n'étais pas cette personne-là. Je n'étais pas l'inconnu qui régnait en moi en ce moment.

— Ma souffrance fait partie de moi…

Elle l'avait dit, mais je n'en avais pas pris conscience.

— Es-tu prêt à l'accepter ?

J'acquiesçai.

— Ça va faire mal, prévint-elle.

Ça faisait toujours mal. Mais cette fois, j'étais prêt.

— Vas-y, dit-elle.

Je ne savais pas pour qui étaient ces paroles, mais tout à coup, j'eus l'impression de recevoir un uppercut en plein cœur. Je tombai face contre terre. Mes ténèbres étaient revenues, elles reprenaient leur place en moi, et ce n'était pas de tout repos. Je me retournai, le dos contre le sol. Le visage de Yumiko au-dessus de moi n'exprimait rien. Elle me tendit la main et je l'attrapai.

Je m'attendais à ce qu'elle me lâche, mais elle ne le fit pas tout de suite.

— Nos blessures nous rendent plus forts. Elles nous enseignent, nous rappellent le chemin que nous devons suivre. Si tu continues à les repousser, tu ne deviendras jamais celui que tu souhaites. Sur Vaia, nous ne devenons pas parfaits, Chris, uniquement la meilleure version de nous-mêmes.

Elle lâcha ma main et se tourna de l'autre côté de la pièce.

— Merci, Maddie.

Surpris, je me retournai à mon tour et avisai l'empathe, debout dans un coin. Elle acquiesça sobrement avant de partir, faisant comme si tout cela n'était jamais arrivé.

— La disparition de mes émotions, c'était elle ?

— Tu n'en aurais pas été capable par toi-même, m'apprit Yumiko, mais il était urgent que tu comprennes certaines choses. J'ai été obligée de tricher. Maddie et moi devions nous voir pour discuter, j'ai profité de sa présence pour te manipuler. Et je n'en suis pas désolée.

Je ne savais pas comment réagir. Imaginer que Maddie m'avait vu dans l'état précédent aurait dû me gêner, pourtant, ce ne fut pas le cas. Je n'arrivais pas à en vouloir à Yumiko.

Je la regardai se diriger vers la porte, sans doute allait-elle m'attendre devant, comme elle le faisait à chaque fois.

« Merci. »

Bizarrement, mes lèvres n'avaient pas voulu obéir, mais mes pensées, elles, s'étaient dirigées droit vers la protectrice. Elle s'arrêta un instant. De dos, je ne pouvais voir son expression.

« C'est mon travail de te protéger, même si c'est de toi-même. »

Ses paroles continuèrent de résonner dans mon esprit même bien après son départ.

# 23

*Jude*

Le silence de mon jardin fut remplacé de nouveau par les bruits de la bataille. De nouveaux jeunes étaient arrivés. Jake les avait déjà mis en file, main dans la main. Aspen avait disparu.

— Et les adultes ? Et Evan ?

Je comprenais son besoin d'être parmi les siens, à défendre tout ce qu'il avait toujours voulu protéger, mais je devais admettre qu'à choisir, je l'aurais préféré avec les autres, en sécurité.

Je ne perdis pas de temps et emmenai les nouveaux venus de l'autre côté de la faille avant de revenir dans les montagnes noires. Chaque personne qui passerait serait sauvée. C'était ce que je me disais, car je ne pouvais concevoir l'inverse. Aujourd'hui, les phénix ne s'éteindraient pas. Grâce à nous, ils vivraient.

Soudain, Aspen réapparut.

— Ils arrivent. Il va falloir faire vite.

Un instant plus tard, une nuée de phénix nous rejoignirent. Ils étaient nombreux, ou plutôt nombreuses, car ce n'étaient que des femmes. À peine eurent-elles mis un pied sur le sol que leurs mains se scellèrent. Je pris la paume de l'une d'entre elles, accrochai son regard azur et vis la lutte qui y régnait.

— Aujourd'hui n'est pas la fin, me dit-elle.

Non. Ça ne l'était pas.

Je me retournai, tirai sur son bras et passai dans la faille.

Une fois de l'autre côté, je vis certains enfants sauter dans les bras de leurs mères qui s'agenouillèrent, enserrant leur progéniture avec force. Je sentis le regard de Cali, je m'en allai.

Jake était seul.

— Où sont les autres ?

— Je n'en sais rien.

Le corps d'une phénix atterrit juste devant nous. Une épée était plantée dans sa poitrine. Ses yeux se teintèrent de rouge, elle poussa un cri qui me déchira le cœur, puis elle s'embrasa, et il ne resta d'elle que des cendres sur le sol.

La bouche ouverte, les mains tremblantes, je fermai les paupières.

— Nous n'allons pas pouvoir rester là, Jude. Les ennemis prennent le dessus, bientôt ils seront sur nous.

Je savais qu'il avait raison, mais je ne pouvais pas m'en aller, pas maintenant.

— Evan n'est toujours pas revenu. Ni même sa mère, sa tante ou sa sœur. Cali est la seule de sa famille de l'autre côté. Je ne peux pas…

Je n'avais pas fini ma tirade quand je les vis arriver. Aspen, Evan, Lissandro et une dizaine d'autres hommes trop jeunes pour être encore partis du nid, mais assez vieux pour s'être battus.

Le visage fermé, mon inséparable se posa devant moi.

— Allons-y.

Je devais avoir mal compris.

— Ta mère ? Et Olivia ?

— Elles nous ont ordonné de fuir. Elles protègent nos arrières.

Je voyais en lui qu'il donnait tout ce qu'il avait pour ne pas faire demi-tour. D'une main, il empêchait Lissandro d'y retourner. Tout dans l'expression de celui-ci démontrait la haine qu'il avait envers son cousin.

— Je veux me battre. Je veux rester avec elles.

— C'est non.

Les flammes recouvraient entièrement les iris d'Evan. Je n'osai pas dire un mot, mais je ne comprenais pas comment il pouvait accepter d'abandonner les femmes qu'il aimait.

— Il est temps, nous pressa Jake.

Evan attrapa ma main, les autres prirent place même si tout montrait qu'ils auraient voulu rester ici. Que partir était la pire chose qu'ils avaient jamais eu à faire.

Lissandro tenta une nouvelle fois de s'en aller.

— Cali pleure, lançai-je. Elle est seule. Elle a besoin de vous.

Il arrêta de se débattre et inspira profondément. Je voyais à ses yeux qu'il prenait sur lui pour ne pas craquer.

Jake se mit en fin de file.

Nous passâmes la faille.

Une fois de l'autre côté, Aspen et Lissandro tombèrent à terre. Écrasés par le poids des émotions. Par la décision qu'ils venaient de prendre en partant. Evan sortit de la remise. Je croisai le regard de Jake. Quelque chose n'allait pas.

— Quoi ?

Il ne répondit rien. Je l'approchai, insistante.

— Jake, dis-moi ce qui se passe.

— Juste avant de rentrer, j'ai entendu quelqu'un crier le nom de Cali. Riva !

Mon sang ne fit qu'un tour et je fonçai de nouveau dans la faille.

Les hurlements de Riva me parvinrent, et derrière eux, la voix d'un homme tentait de la couvrir. Mes sourcils se froncèrent, et je cherchai des yeux la sœur d'Evan. Je devais la sortir de là.

Au loin, un nouveau cri retentit, brisant mon cœur meurtri. Je ne pus m'empêcher de me demander si c'était Oliva ou Nickaela. Étaient-elles déjà mortes ?

— Cali !

Riva apparut derrière une maison. Ses yeux étaient embués, ses joues striées de larmes. Sa chevelure rousse vola quand elle tourna le regard vers moi. En me voyant, son expression se fit un peu plus perdue.

— Jude ?

Se demandait-elle si j'étais avec l'ennemi ? Était-ce ma faute s'ils étaient là ? Pendant des années, ils avaient vécu en paix, et seulement quelques jours après ma venue, voilà que tout était réduit à néant.

Riva courut vers moi. Derrière elle, un homme surgit. Brun, fin et de taille moyenne, je ne le reconnus pas. Je ne l'avais jamais vu auparavant. Il suivit la phénix comme son ombre.

Cette dernière attrapa mes mains.

— Où est-elle, où est ma fille, Jude ?

— Très loin d'ici. Avec ses cousins. Cali est en sécurité.

Riva s'effondra dans mes bras. Elle qui paraissait si forte, si combative, me montrait un visage fragile.

— Tout est ma faute, se mit-elle à répéter.

Je la repoussai légèrement. J'ignorais pourquoi elle disait ça, mais ce n'était pas le moment d'épiloguer. Nous devions partir.

— On doit s'en aller, Riva.

Elle secoua la tête.

— Je ne laisserai pas ma mère et ma tante. Elles sont restées, je le sais. Elles font partie du front de protection. À la vie, à la mort. Elles ne sortiront pas d'ici vivantes.

— Et tu comptes mourir avec elle ? lui assena l'inconnu.

Le regard de braise qu'elle lui adressa le fit reculer d'un pas.

— Toi, ne m'adresse plus jamais la parole, tu peux aller brûler en enfer, et ce n'est pas une expression, dans ton cas, mais une vision de ton futur, plus proche que tu ne le penses.

L'homme aurait pu être blessé, mais ce fut la culpabilité qui marqua ses traits.

— Je n'ai jamais voulu tout ça, se désola-t-il.

D'accord, je ne savais pas ce qui se passait entre eux, mais ils pourraient le régler plus tard.

— On s'en va, Riva, insistai-je, je dois te ramener à ta fille.

— Non ! Tu ne comprends pas ? Elles vont mourir, Jude !

— Peut-être qu'elles vont parvenir à s'enfuir ! lâchai-je. Nous ne devons pas perdre tout espoir.

Mais dans ses yeux, je vis que c'était déjà son cas.

— Sais-tu à quel point les phénix sont recherchés ? Les chances pour que les derniers combattants ne soient pas attrapés sont tellement minces… Ma mère suivra son mantra, « mourir de mes propres mains, plutôt que souffrir aux mains des autres ».

— Donc elle va…

Se suicider. Les mots n'avaient pas pu passer la barrière de mes lèvres. Une larme roula sur la joue de Riva. Puis je repensai à Evan. Il le savait. Il le savait, mais il était parti, car c'était ce qu'il fallait faire. C'était ce que désiraient Nickaela et Olivia. Elles ne voudraient certainement pas voir Riva ici. Je ne pouvais pas la laisser risquer sa vie en restant.

— Mais regardez qui voilà !

Mon cœur s'emballa en reconnaissant la voix qui hantait mes pires cauchemars. Illiana. Comment était-ce possible ? N'était-elle pas morte ?

Riva fit un pas en arrière, se positionnant juste devant la faille. Il suffirait d'un rien pour que l'on parte, mais la dague plaquée sur la jugulaire de Nickaela m'empêcha de faire un pas de plus. L'une de ses ailes était en piteux état, c'était le cas des phénix derrière eux, maintenus de force par les sbires de l'ombre, mais sans doute aussi par la magie. Dans cette petite foule, j'aperçus Harlon et Olivia. Le visage de cette dernière portait le deuil.

— Comme on se retrouve ! piailla mon ennemie. Si ce n'est pas là une merveilleuse surprise !

Ce n'en était pas une. Voir Illiana retenir la mère d'Evan et tous les autres phénix me glaça d'effroi. Qu'allait-elle leur faire ? Pourquoi s'en prendre à eux ?

Le regard de Nickaela était braqué sur sa fille. Elle restait fière, la tête haute.

— Ne fais pas ça, l'implora Riva. Il y a d'autres solutions. S'il te plaît.

— Il n'y en a pas, protesta la phénix. Je préfère ça à la souffrance. Tu ne te doutes pas de ce que nous avons pu vivre à une époque. Ce n'est pas pour rien que nous nous sommes cachés. Nous n'avons pas d'autres choix.

Mon cœur rata un battement. Je lisais sur le visage de Nickaela qu'elle croyait en ce qu'elle disait. Je voulais lui hurler à mon tour qu'elle devait réfléchir. Derrière elle, Olivia ne cessait de crier. Elle connaissait sa sœur et les certitudes qui étaient ancrées dans son cœur, elle savait ce qui allait se passer ensuite.

Les lèvres de la mère d'Evan esquissaient des mots inintelligibles. Les pleurs de Riva s'intensifièrent. Elle lui cria une nouvelle fois de ne rien faire. De penser à elle, à Cali.

Une larme roula sur la joue de Nickaela.

— Je vous aime plus que ma propre vie.

Un instant plus tard, elle plongea contre la dague, mettant fin à son existence. Son hurlement perça le silence, sa peau s'embrasa, faisant reculer Illiana. Riva rugit. J'entendis tous les phénix crier leur peine. Mon cœur se brisa.

Pourquoi ? Pourquoi cela avait-il dû se produire ? N'y avait-il pas d'autres solutions ?

Riva était effondrée. Je la regardai, pensai à sa fille, me remémorant ma promesse.

Je n'avais plus le temps.

Je la pris par la main, fis un pas pour m'approcher de la faille, puis fus arrêtée net par l'inconnu qui l'accompagnait.

— Je suis désolé, me dit-il alors qu'il me retenait par les épaules. Je ne peux pas te laisser partir.

Il n'était pas grand, ne paraissait pas costaud, mais pourtant, il l'était, car il me fut impossible de me libérer de sa poigne. Je fis apparaître une boule de feu dans ma main pour le faire reculer, mais j'entendis un nouveau hurlement.

Illiana s'esclaffa.

— À ta place, je ne ferais pas ça, me conseilla-t-elle.

J'éteignis mon feu, même si ma plus grande envie était de le lui envoyer en pleine tête. Je ne voulais pas blesser ceux qui étaient de mon côté.

— Amenez-moi la rousse, poursuivit Illiana, qu'on voit si son cri est aussi joli !

Je me tétanisai un instant en apercevant un homme s'approcher de Riva. Ce n'était pas possible. Je ne pouvais pas laisser faire ça.

— Je ne partirai pas. Mais elle, elle peut, murmurai-je à celui qui me retenait prisonnière.

Il avait des sentiments pour elle. Je l'avais deviné dès le départ. Le regard qu'il posait sur Riva renfermait la vérité.

Sa poigne se desserra légèrement. Je jetai un regard à Riva et lui dis « attrape ».

Elle fronça les sourcils, perdue. Je lui lançai mon bracelet tant bien que mal et courus vers elle pour la rejoindre.

Je sentis l'homme arriver juste derrière moi, je n'aurais pas le temps de passer la faille, je le savais, mais elle, si. Je balançai mon pied en avant et la poussai de toutes mes forces. L'inconnu me rattrapa. Riva disparut.

Une boule s'installa dans ma gorge.

J'étais seule. Sans aucun moyen de m'enfuir.

Je tentai de me rassurer en me rappelant que Cali et les autres allaient bien. Que je n'avais pas pu sauver la mère d'Evan, mais que j'avais pu lui ramener sa sœur.

Je me tournai vers Illiana. La tête haute, mais les membres tremblants. Je ne devais pas lui montrer ma peur, quand bien même elle la ressentait. Je devais rester courageuse.

Cette fois, sous la dague d'Illiana, je vis Harlon.

Mon cœur rata un battement. Je ne voulais pas le voir disparaître à son tour. Le phénix semblait calme. Il m'observait avec attention, comme si j'étais celle qui allait décider de la suite. Mais je n'étais ni d'un côté de la lame ni de l'autre.

— Jude, peux-tu dire à ces phénix de rester vivants ? s'enquit Illiana. À croire qu'ils ne savent pas à quel point ils valent cher !

Ils le savaient. Et c'était précisément pour cette raison qu'ils ne voulaient pas être attrapés. Ils connaissaient leur futur dans un tel cas. La souffrance.

— Ils ne se laisseront pas emmener, déclarai-je. Pourquoi ne pas les autoriser à partir ? Morts ou loin d'ici, cela ne changera rien pour toi.

Son rire moqueur me fit serrer les dents.

— Je suis une chasseuse de primes, une femme de pouvoir, quelqu'un qui aime l'argent et qui fait tout pour l'obtenir. Je ne fais pas de cadeaux,

Jude Hudson. Je n'ai pas été payée pour cela.

Mon front se fronça.

Payée ? Par qui ? Pour faire quoi ? Était-ce encore un coup d'Adriel ? Mais qu'est-ce que les phénix venaient faire dans cette histoire ? Savait-elle que leur essence coulait en moi ?

— Nous partons et tu viens avec nous, poursuivit-elle. En ce qui les concerne, ils peuvent nous suivre sans faire d'histoires ou se transformer en petits tas de cendres sans attendre, cela ne me regarde pas.

— Non, déclara Harlon.

Tous les phénix levèrent la tête avec fierté.

— Nous ne ferons ni l'un ni l'autre, enchaîna-t-il. Je sais pourquoi vous êtes là, et sans nous, vous ne trouverez pas ce que vous cherchez.

Un sourire fourbe s'épanouit sur les lèvres d'Illiana.

— Oh, ça me plaît ce que j'entends, et que me proposes-tu, vieil homme ?

— Laissez les autres partir. Je resterai pour vous aider.

— Comme si j'allais marcher ! Tu ne crains pas la mort. Aucun de vous ne la craint. Vous y êtes préparés depuis toujours. Qui me dit que tu ne te sacrifieras pas une fois qu'ils seront assez loin ?

— Absolument rien. Mais comme vous le dites, nous ne craignons pas la mort. Nous pouvons disparaître ici et maintenant. Ainsi, vous serez seule face à l'invisible. Est-ce ce que vous voulez ?

Illiana soupira.

— Chers tous, lâchez vos armes.

Tout le monde obéit. Trop surprise par le fait qu'elle venait d'accepter, je ne sentis pas l'inconnu me lâcher.

Puis, tout à coup, Illiana sortit ses ombres, tout comme d'autres hommes et femmes derrière elle.

Noires, épaisses telles du goudron en mouvement, elles attaquèrent tous les phénix présents. Ils s'effondrèrent au sol en un rien de temps, hurlant à pleins poumons. Seul Harlon fut épargné.

— Je n'ai aucune confiance en toi, vieillard, décréta Illiana. Tu m'aideras, car tu n'auras pas le choix.

Elle se retourna ensuite vers moi.

— J'espère que le spectacle t'a plu. Après tout, tout cela n'arriverait pas si tu n'existais pas. Pas vrai ?

Un sourire plus tard, elle lança :

— On s'en va. Leroy, prends soin de notre Jude, sinon, tu sais ce qui se produira.

L'homme m'attrapa par le bras.

— Je la déteste, murmura-t-il.

Sans doute pas autant que moi.

# 24



*Chris*

Je n'aurais pu dire que mon lâcher-prise avec Yumiko m'avait transformé, mais je devais avouer que de grands changements en avaient découlé. Lors des entraînements avec Laura, j'avais décidé d'étreindre mes ténèbres et de les assumer au lieu de tenter de les repousser au loin. Et le résultat était bien meilleur qu'auparavant. Je parvenais enfin à ouvrir mon esprit pour projeter des informations, mais aussi en recevoir. Et concernant la partie barricade de l'esprit, je n'avais pas vraiment besoin d'aide, car j'avais des années d'expérience, même si je ne m'en étais pas rendu compte auparavant. Du coup, en quelques jours, je réussis à maîtriser les bases de ma nature de penseur. Maintenant, nous allions aborder des choses plus complexes.

Mon oncle était content de mon évolution soudaine. Comme Laura avant lui, il m'avait demandé ce qui avait provoqué ce changement, mais je n'avais rien dit, car j'avais décrété que ce moment nous appartenait, à Yumiko et à moi. Bon, et aussi à Maddie, mais l'empathe avait gardé le silence sur ce sujet jusqu'ici.

Les entraînements avec Corneille étaient épuisants, mais mon contentement après chaque réussite était puissant. Je devais admettre qu'entre mon côté penseur et ma nature d'enchanteur, j'avais une petite préférence. Alors qu'il y avait quelque temps je ne savais même pas que j'étais doté de cette dernière faculté, j'éprouvais pour elle un attachement certain. Pourtant, je percevais encore mes limites, et cela me frustrait au plus haut point. Corneille ne cessait de me dire que les choses viendraient en temps et en heure. Mais ma patience, elle, ne s'était pas améliorée.

Souvent, le soir, alors que dans la chambre les autres dormaient, je m'essayais à l'enchantement.

Cette nuit-là, pour ne pas contrevenir à la règle, je m'étais assis dans mon lit et avais changé la teinte de mes chaussettes. Ce fut un peu agacé que je regardai mes pieds. J'avais réussi à transformer le bleu par du vert. Je savais que cela ne durerait pas longtemps, mais en plus de cela, j'en avais marre de seulement modifier les couleurs des choses. C'était devenu facile et j'avais envie de passer à une étape supérieure, mais Corneille souhaitait y aller en douceur. Il disait qu'à trop se presser, nous risquions de nous éparpiller. Peut-être avait-il raison.

Vivre sur Vaia était à présent une habitude. Et si maintenant je savais que la durée des jours ici n'était pas la même que sur Terre, je ne pouvais m'empêcher de m'inquiéter pour Jude. J'aurais voulu pouvoir lui parler, ne serait-ce qu'une minute, pour m'assurer que tout allait bien, mais cela m'était toujours impossible. J'avais bien essayé d'utiliser mon esprit, mais n'étais parvenu à rien. Selon Laura, ici, nous étions coupés de tout.

J'entendis un mouvement sur ma gauche, Sullivan s'était retourné dans son lit. Depuis notre arrivée, j'avais remarqué que nos colocataires ne dormaient pas bien. Était-ce déjà le cas auparavant ? J'étais bien incapable de le savoir, mais j'avais tendance à croire que notre présence n'arrangeait pas les choses.

La dague de Yumiko atterrit à côté de ma main, je l'avisai, plantée dans mon matelas. Elle avait surgi sans un bruit, et elle aurait pu me tuer que personne ne s'en serait rendu compte.

Le visage de la protectrice apparut à mes côtés.

— Suis-moi, m'intima-t-elle.

Je soupirai et regardai l'horloge accrochée au mur.

— Il est deux heures du mat, constatai-je à voix basse. Je n'ai pas envie d'aller me battre à la belle étoile, si c'est là ton idée.

Elle en était capable, et une autre fois, peut-être aurais-je accepté, mais je n'en avais pas le courage.

— Bouge ! insista-t-elle un ton plus haut.

Kat ouvrit les yeux et nous lança un regard noir. Yumiko pouvait réveiller tout Vaia si elle n'obtenait pas ce qu'elle voulait. Dépité, je me levai et la suivis dans le couloir.

— Je te préviens, je ne suis pas d'humeur.

Et ça n'allait pas s'arranger avec une petite balade.

Elle ne répondit rien, se contentant de traverser le bâtiment d'un pas tranquille. Il n'y avait personne d'autre que nous dans les couloirs, à croire que nous étions les seuls fous du coin.

— On va où, Yumiko ?

Si la protectrice aimait bien les effets de surprise, ce n'était clairement pas mon cas.

— Les bains.

J'eus l'impression d'avoir mal entendu. Oui, j'avais forcément mal compris, car cette réponse dans la bouche de la jeune femme n'avait aucun sens.

— Comment ça, les bains ?

— La ferme et avance.

C'était dingue à quel point elle pouvait être agréable.

Nous finîmes par sortir du bâtiment, et à cet endroit, nous croisâmes quelques gardes. Ils nous regardèrent avec insistance, mais ne firent pas mine de nous suivre.

Yumiko m'emmena de l'autre côté de l'édifice. J'adorais ce lieu, et la nuit ne lui ôtait pas de son charme. Des lueurs chaudes illuminaient le sol et, déjà, sur le chemin, j'entendis l'eau s'écoulant de la cascade. C'était un son apaisant.

Cependant, avant que nous arrivions sur mon lieu préféré, la protectrice nous fit tourner à droite. Je râlai pour la forme. Elle ne répondit pas.

Un peu plus loin, une ouverture était présente dans la roche. Je ne m'étais encore jamais rendu jusqu'ici. Yumiko entra, je la talonnai. Dès que je fus à l'intérieur, je me retrouvai entouré d'une vapeur chaude. Les parois de pierre étaient humides, et un instant plus tard, je glissai sur le sol.

— Fais attention ! s'écria Yumiko. Même si ça me ferait grandement marrer que tu te casses une jambe, ton oncle en ferait tout un cinéma !

— Peut-être aurais-tu pu me prévenir que ça glissait avant d'entrer ?

— Et puis quoi encore ? Je ne suis pas ta mère, non plus.

Cette nuit ne me paraissait déjà pas folichonne, mais là on venait de passer un nouveau cap.

Je me levai tant bien que mal, essayant par la suite de ne pas finir de nouveau les fesses contre le sol et espérant secrètement que Yumiko se casse la tronche.

— J'ai entendu tes pensées, petit malin. Mais sache que je ne tomberai pas, même si tu me pousses.

— J'aimerais bien voir ça, marmonnai-je.

Elle s'arrêta de marcher et se tourna face à moi avec un regard intéressé.

— Tiens donc, on imagine pouvoir me battre, tout à coup ?

Moi, non, mais le sol glissant, pourquoi pas.

— Ne te fatigue pas, d'autres ont essayé avant toi, et ça ne leur a pas réussi.

Son sourire me fit froid dans le dos. Elle reprit son chemin et je la suivis en me demandant encore dans quoi elle m'embarquait.

Je fus surpris de voir qu'on arrivait vraiment dans des bains.

En face de nous, de la vapeur s'élevait de la surface chaude de l'eau. Yumiko commença à se déshabiller. Je ne pus ôter mon regard de son corps. On pouvait dire ce qu'on voulait de la protectrice, elle possédait un charme qui aurait mis n'importe qui à terre. Moi le premier. Quand elle enleva son kimono pour dévoiler un maillot deux pièces rouge sang, je ne pus m'empêcher de lancer un son contemplatif.

Elle m'observa, perplexe.

Mes yeux glissèrent sur le tatouage qui recouvrait l'intégralité de son dos. Le dessin était magnifique. Un dragon était niché dans des plantes rouges aux tiges épineuses. Tout autour de lui, des arabesques descendaient jusqu'au creux de ses reins et remontaient le long de son cou.

Elle se détourna pour échapper à mon observation. Là, je pus admirer la longue cicatrice qui barrait son ventre.

Si elle ne fit rien pour la cacher, mon regard sur celle-ci sembla la désarçonner légèrement.

— Un combat intéressant, se contenta-t-elle de dire.

Sans doute avait-il été plus que ça, mais je ne me permis pas de creuser le sujet. Je la vis poser sa main sur son abdomen. Se rappelait-elle le passé ? Avait-elle honte de cette marque sur son corps ? À mes yeux, cela ne la rendait pas moins désirable, mais je ne le lui dis pas. Cela serait bien trop étrange.

— Je suis censé me foutre à poil ? m'exclamai-je plutôt.

De quoi alléger l'ambiance… Quoique, pas certain que la grimace de Yumiko me fasse tant plaisir.

— Non, merci, je tiens à mes yeux.

Elle me tendit sa main vide et un bas de maillot y apparut.

— C'est quand même vachement pratique ce pouvoir. En fait, t'es une super valise.

Dans ma tête, ça ressemblait à un compliment. Au vu de son expression, elle ne le voyait pas de la même manière.

— Traite-moi encore une fois de valise, et je te fais bouffer des parties de toi-même que tu n'as jamais atteintes seul.

Elle descendit les quelques marches qui menaient aux bassins. Son corps disparut dans l'eau fumante, et j'observai celle-ci bouger au gré de ses mouvements.

Bon sang, qu'il faisait chaud !

Je retirai mon haut, puis, alors que je m'apprêtais à ôter mon pantalon et mon caleçon, je sentis son regard sur moi. Je me tétanisai.

— Tu peux regarder ailleurs ?

— Est-ce que tu l'as fait, toi ?

D'accord, un point pour elle.

— Tu ne t'es pas mise totalement nue. Sinon, je me serais retourné.

Sans doute. Peut-être. Enfin, nous ne le saurions jamais.

Sa tête disparut sous la surface de l'eau. À toute vitesse, je retirai mes vêtements et enfilai le maillot, puis je descendis à mon tour vers les bains.

Je n'étais pas réellement complexé par mon corps. Ces derniers temps, il s'était modifié, et j'avais gagné en muscles et en courbes. Pourtant, une partie de moi avait toujours eu du mal avec le regard des autres. Là aussi, c'était sans doute une question d'acceptation de soi-même, du moins, je l'imaginais.

M'arrêtant au milieu du bassin, je cherchai Yumiko. Elle n'était pas remontée à la surface. Je doutais qu'elle soit en train de se noyer. J'en déduisis donc qu'en plus d'être une guerrière hors pair, elle était douée en apnée.

Elle finit par sortir la tête de l'eau après un temps que j'estimai beaucoup trop long. Je ne l'aurais pas avoué, mais j'avais presque failli m'inquiéter. Quelle mort stupide cela aurait été pour elle que de se noyer dans les bains de Vaia, avec moi ! Sans doute espérait-elle quelque chose de mieux, de plus épique. Je n'arrivais pas à concevoir sa fin autrement qu'après une lutte acharnée. Mais était-ce normal de penser à cela ?

— Tu fais encore cette drôle de tête, m'avoua-t-elle.

— Quelle tête ?

— Celle que tu tires quand tu te dis que tu es bizarre.

Je souris. Comment pouvait-elle me connaître aussi bien alors que j'avais l'impression de ne rien savoir d'elle ?

— Penses-tu souvent à la mort ?

Beaucoup de gens se seraient moqués de ma question ou auraient soupiré, prétextant que j'étais déprimant. Mais Yumiko sembla réfléchir sérieusement à ma demande.

— Je pense plus souvent à la vie qu'à la mort. La mort n'a rien de mystérieux. Quand on expire notre dernier souffle, on devient un fantôme et on fait chier son monde comme Adam. La vie, par contre… Personne ne sait jamais ce qui peut nous tomber sur le bout du nez.

C'était une façon originale de voir les choses.

— Nous devenons vraiment tous des fantômes ?

— En vérité, je n'en sais rien, m'expliqua-t-elle. Ce sujet reste mystérieux, et je n'ai jamais voulu faire la lumière dessus. Imagine que cela me donne envie de mourir ?

Je pensais qu'elle rigolait. Ce n'était pas le cas.

— Car la mort serait plus reposante ? demandai-je.

— Car elle aurait un sens.

Elle bougea et s'éloigna de moi, m'avertissant que ce sujet était clos. Je savais quand il ne fallait pas insister.

— Ton histoire avec Vaia, peux-tu me l'expliquer ? lançai-je à la place.

— Je te rappelle que nous sommes ici pour nous détendre, pas pour papoter à cœur ouvert. On n'est pas dans un film à l'eau de rose.

Je haussai les épaules et fis quelques brasses. Si elle n'avait pas envie d'en parler, tant pis. Nous demeurâmes plongés dans l'eau et dans le silence pendant un certain temps. Par moments, je sentais son regard sur moi, le reste du temps c'était moi qui ne pouvais m'empêcher de l'admirer. Contempler ses expressions et sa façon de bouger était une de mes meilleures occupations, ces derniers temps.

J'avais vraiment besoin de retrouver une vie normale.

— Les gens de Vaia voulaient que je reste ici. C'est un élu qui a croisé ma route et qui m'a appris l'existence de cet endroit. J'ai été accueillie à bras ouverts. On m'a beaucoup enseigné, mais on a aussi essayé de changer la personne que j'étais, et ça, je ne suis pas parvenue à l'accepter. Je suis partie un jour, sans penser revenir, et j'ai commencé à régler mes comptes, m'égarant un peu en chemin. Quand j'ai été en mauvaise posture, sur le point de perdre la vie, j'ai eu le choix de reposer un pied ici, mais je n'ai pas pu. J'aurais vécu ça comme un échec. À la place, j'ai passé ce marché avec ton oncle.

Mes sourcils se froncèrent.

— Mais tu as fini par nous mener jusqu'ici…

— Je l'ai fait pour toi, pas pour moi. Et c'est cette différence qui fait tout. Je ne suis pas revenue la queue entre les jambes, mais avec un nouvel élève qui avait entre ses mains plus de responsabilités qu'il ne pouvait en porter.

— Tu as utilisé le passé.

Elle ricana.

— Tu as pris des bras, tu peux porter des choses lourdes maintenant.

Je levai les yeux au ciel.

— Du coup, merci pour ça.

— Je te le répète, c'est mon boulot.

Pourquoi cette réponse me déplaisait-elle autant ? Était-elle obligée de toujours me la balancer dès que je la remerciais pour quelque chose. Ne serait-ce pas plus simple de sortir un « ce n'est rien » ou un « avec plaisir » ? Non, il fallait qu'elle me répète chaque fois qu'elle le faisait uniquement parce qu'elle y était contrainte.

Je me rembrunis et me laissai aller en arrière. Faisant la planche dans les bains. J'eus soudain froid au ventre, mais tant pis, avec l'eau dans mes oreilles, j'avais l'impression de pouvoir m'échapper du moment présent et de tous les tracas, qu'importe si certains d'entre eux étaient futiles.

Quand j'eus trop froid pour continuer, je me remis debout dans l'eau. Là, dehors, vêtue de nouveau de son kimono, Yumiko me regardait.

— Rentrons.

J'acquiesçai et sortis tandis qu'elle partait m'attendre dehors. Une serviette était posée à côté de mes habits. Sans doute était-ce aussi son job que je n'attrape pas mal. Je me séchai et me vêtis tout en ressassant mes pensées.

En la rejoignant dehors, je ne la vis pas tout de suite. Puis finalement, je la trouvai un peu plus loin, debout au milieu d'un parterre de fleurs, le visage levé vers le ciel, la lumière de la lune se reflétant sur ses traits, et là, je compris.

Yumiko me plaisait.

Pas juste comme une fille pouvait me taper dans l'œil dans la rue, non. J'appréciais sa façon d'être, avec tous ses côtés étranges. J'aimais la manière dont je me sentais quand j'étais avec elle. Je la trouvais belle, mais même ce mot n'était pas adapté à ce que je pensais réellement.

Je souris.

Il fallait être stupide pour s'enticher de sa protectrice. Encore plus quand on la connaissait bien. Yumiko n'en avait rien à faire de moi. Et même si cela avait été faux, je n'étais pas fait pour elle. J'étais assez intelligent pour m'en rendre compte.

Cela ne pouvait pas fonctionner. Il fallait que je m'enlève ces idées de la tête avant de souffrir pour rien.

Yumiko se tourna alors vers moi et fronça les sourcils.

— Tu te bouges ou il faut que j'appelle Maddie pour qu'elle vienne te tenir la main ? Clairement, ne compte pas sur moi.

Je ne pus retenir une moue amusée.

Ouais, je devrais y arriver sans trop de problèmes.

# 25



*Jude*

Les hurlements des phénix me hantaient encore. Pourtant, cela faisait longtemps maintenant que je m'étais éloignée d'eux.

Le dénommé Leroy, l'homme que connaissait Riva et qui risquait de finir en cendres comme elle le lui avait promis, m'avait fait marcher un moment. Puis, ensemble, nous passâmes une faille se situant à l'entrée du village des phénix. Nous étions accompagnés de cinq personnes : deux hommes à la peau sombre et aux regards perçants, le premier avec des cheveux courts, l'autre des dreadlocks qui descendaient jusqu'au bas de son dos, et avec eux, un troisième homme, petit mais costaud, et deux femmes, toutes les deux brunes, qui observaient les environs.

Nul doute qu'ils étaient là pour nous surveiller. Vraisemblablement, la confiance envers Leroy n'était pas idéale. J'avais du mal à cerner le personnage. Ses paroles et ses actes ne semblaient pas aller de pair. Qui était-il ? Quelle était sa relation avec Riva ? J'aurais voulu lui poser des questions, mais nous étions entourés de trop de personnes à la botte d'Illiana.

— Où sommes-nous ? demandai-je.

Aucune réponse.

Peu étonnant.

Je me débattis, mais Leroy serra sa poigne.

— Arrête, si tu insistes, l'un d'eux prendra ma place, et crois-moi, tu ne gagneras pas au change. De plus, Illiana a promis de tuer un phénix à chaque fois que tu essaieras de t'en aller.

Comme je préférais ne pas tenter le diable, j'arrêtai, mais je continuai à observer tout autour de moi. Je devais découvrir où j'étais pour trouver comment en partir. Il y avait sans doute un moyen de fuir. J'avais déjà faussé compagnie à Illiana, je comptais bien recommencer.

— T'es qui ? lançai-je à Leroy. Le remplaçant de Nyx ?

Ce dernier était mort, du moins, c'était ce que je croyais jusqu'ici. Je pensais aussi qu'Illiana avait passé l'arme à gauche, et pourtant, elle était toujours là.

— On peut dire ça comme ça, répondit-il.

— Mais encore ?

— Nous ne sommes pas ici pour discuter.

Il serra sa poigne un peu plus pour me faire taire. Je le regardai. Il avait tout, sauf une tête de mauvais mec. En fait, la culpabilité était tellement bien inscrite sur son visage que je me demandai s'il pourrait s'en débarrasser un jour.

Nous empruntâmes une autre faille, parcourûmes une forêt sombre et pluvieuse, puis en sortîmes pour faire face à un édifice qui semblait majestueux, même simplement éclairé par quelques lumières et le reflet de la lune. Mais je n'eus pas le temps de contempler plus longtemps le paysage, car Leroy me traîna vers une porte métallique qui menait à l'intérieur. Nous entrâmes, descendîmes des marches, arpentâmes des couloirs et longeâmes ce qui ressemblait à un laboratoire.

— Plus vite, scanda une femme à l'arrière.

Leroy pressa le pas puis attendit qu'un des hommes pose sa main sur un capteur accroché au mur. La porte en face de nous s'ouvrit, nous continuâmes notre avancée.

Je regardai les alentours tout en me demandant si je sortirais d'ici un jour. Mes pensées se dirigèrent vers Evan. Il me manquait. Je n'imaginais pas l'état dans lequel il se mettrait en apprenant ce qui m'était arrivé. Pourvu qu'il ne fasse rien de stupide. Et Chris ? Il allait péter un plomb… À croire que je ne pouvais pas rester en sécurité plus de quelques jours. J'espérai qu'au moins, de son côté, mon frère était à l'abri du danger.

Tout à coup, nous nous arrêtâmes. En face de moi, je vis une pièce minuscule, vivement éclairée, ne comprenant qu'un lit étroit et des sanitaires. Leroy me poussa à l'intérieur. J'entendis un bruit mécanique derrière moi. Je me retournai et aperçus un mur semi-opaque se dresser entre moi et mes six accompagnateurs.

Leroy bougea les lèvres, sans doute me parlait-il, mais aucun son ne me parvint. L'homme blond appuya sur un bouton, et tout à coup, la cloison devint plus dense. Je ne pouvais plus rien voir.

De rage, je créai une boule de feu et la lançai contre le mur, mais celle-ci rebondit et je l'évitai de justesse en me poussant sur la droite.

Une voix résonna soudain.

— Tu ne peux pas utiliser tes pouvoirs ici sans qu'ils se retournent contre toi. Un conseil, ne fais rien que tu pourrais regretter.

Comme tenter de vous faire frire ? Ça, j'étais à peu près certaine que je ne le regretterais pas.

Je me mis à faire les cent pas, regardant tout autour de moi, cherchant une faille dans le mur, un trou de souris, n'importe quoi qui pourrait m'aider à m'enfuir. Mais, sans surprise, je fis chou blanc.

Toujours sous le coup de l'adrénaline, mon cœur battait à mille à l'heure. Mon cerveau, quant à lui, réfléchissait à des centaines de choses en même temps, mais malgré ça, je ne trouvai aucune solution pour sortir d'ici. Dire que j'étais à nouveau entre les griffes d'Illiana…

Désespérée, je m'assis sur le sol. Je ne regrettais rien. J'étais heureuse d'avoir pu sauver Riva, de l'avoir rendue à sa fille, à son frère et ses cousins. Eux qui avaient déjà perdu Nickaela. Mon cœur se serra quand je repensai à sa disparition. Elle avait mis fin à sa vie. Ce souvenir resterait gravé en moi pour toujours. Comment allait réagir Evan ? Ne pas être à ses côtés me comprimait la poitrine. J'aurais voulu pouvoir l'épauler, le consoler dans ce moment difficile. Mais il était sans doute en train de se ronger les sangs pour moi.

Je pensais ensuite aux autres phénix détenus par l'ennemi. Allaient-ils bien ? Tenaient-ils le coup ?

Les heures qui venaient de s'écouler me ramenèrent quelques semaines en arrière, quand j'avais poignardé Nyx et condamné tous les gens se trouvant dans la faille. Du moins, c'était ce que j'avais cru. Illiana était là, saine et sauve. Que s'était-il donc passé ? Les autres personnes présentes ce jour-là avaient-elles survécu aussi ? Avaient-elles pu s'enfuir comme nous l'avions fait avec Evan ? Me dire qu'ils n'étaient pas morts ôtait un poids de ma poitrine. J'avais fait en sorte de ne pas y penser, je me répétais que je n'étais pas responsable, mais une partie de moi, pourtant, ne cessait d'affirmer que j'avais tué ces gens.

Je soupirai et fermai les yeux.

Qu'allais-je faire maintenant ? Comment allais-je me sortir de là ?

J'étais persuadée qu'Alec, Jake et Evan allaient prévenir mon frère et mon oncle. Ensemble, peut-être trouveraient-ils une solution pour m'aider.

Un instant, j'imaginai leur présence ici et je grimaçai. Et si les choses ne faisaient qu'empirer ? S'ils finissaient comme moi, enfermés ?

Le temps passa, inexorablement.

J'étais encore prisonnière de ce sentiment affreux, celui de ne pas savoir depuis quand j'étais là. On était revenu à plusieurs reprises me déposer un plateau. À chaque fois, l'eau et la nourriture apparaissaient quand je tombais de fatigue.

Je n'entendais aucun bruit, je ne voyais rien d'autre que les quatre murs qui me retenaient captive.

Mon esprit bagottait entre sombres pensées et cauchemars.

Par moments, je regardais mes mains, elles ne tremblaient pas. J'étais surprise du contrôle que j'avais sur mes émotions. Pour l'instant, enfermée seule ici, je ne risquais rien, et j'avais plus peur pour les autres que pour moi. J'étais parvenue à m'entourer de calme, à réfléchir posément. Cela n'avait en rien fait avancer la situation, mais ça me permettait de ne pas craquer.

Quand un bruit soudain vint briser le silence de ma minuscule cellule, mon cœur fit un looping.

Je n'étais pas si sereine que ça, finalement.

Le mur disparut un instant, et sans perdre de temps, j'envoyai deux boules de feu droit devant. Qu'importe qui se trouvait là, il allait avoir un coup de chaud.

J'entendis un gémissement, mais cela ne m'empêcha pas de me lever pour attaquer de nouveau. Leroy se tenait le bras alors que l'homme aux dreadlocks donnait un coup de pied dans un plateau avant de réappuyer sur le bouton en une fraction de seconde. Le mur reprit sa place. Je criai de rage.

Sur le sol, je pus voir un verre renversé dans une petite flaque d'eau. Juste à côté, un sandwich et un yaourt.

Je regardai le plateau d'un mauvais œil. En dehors du pain, jusqu'ici, je n'avais rien daigné avaler.

Allongée sur mon lit de fortune, je me repassai la scène de la livraison de mon repas. Même si j'avais été réactive, cela n'aurait jamais suffi à me faire sortir. Je n'avais pas bien observé, y avait-il quelqu'un avec Leroy et Dreads Man ? Pourrais-je venir à bout des deux hommes avec mes boules de feu ? J'en doutais. De plus, je ne savais pas quels étaient les pouvoirs de Dreads Man. S'il pouvait, comme Jake, disparaître et réapparaître, je m'épuiserais sans doute plus vite que lui. Non, je n'imaginais pas parvenir à quoi que ce soit ainsi.

Mes méninges carburaient à plein régime, mais aucune solution parfaite n'apparut dans mon esprit. J'étais plutôt en mode « foncer dans le tas et voir après », mais point de vue survie, ce n'était pas forcément folichon.

Je ne sais à quel moment je réussis à m'endormir. Mais quand un nouveau « bip » retentit dans la chambre, j'ouvris les paupières, la tête encore dans les brumes du sommeil. Clairement, ce n'était pas comme ça que j'allais sauver ma peau.

Rapidement, je me levai, les mains en avant, prête à me défendre. Cette fois, je devais analyser la situation, comprendre qui étaient mes ennemis, découvrir ce qui pouvait me permettre de m'évader.

Mais quand le mur disparut et que j'aperçus un homme que je n'avais jamais vu, je me sentis décontenancée. Tant par sa présence que par le regard qu'il posa sur moi.

Je voulus faire un pas en arrière, mais fus arrêtée par mon lit. Tout mon être tira la sonnette d'alarme. Si la présence d'Illiana me mettait dans un drôle d'état, celle de cette personne était un cran au-dessus. Dès son apparition, la pièce avait perdu plusieurs degrés, et dans ma poitrine était née une sensation lourde et pesante.

L'homme n'avait pourtant rien d'impressionnant à première vue. Il était de taille moyenne avec une morphologie dans la norme. Il était habillé de vêtements simples : un pantalon noir et un pull marron. Une barbe et une moustache sombre entouraient ses lèvres fines. Ses yeux caramel semblaient cependant me transpercer.

Soudain, je n'eus même plus la volonté d'esquisser le moindre geste.

— Jude Hudson.

Son ton grave me remua les entrailles. Une nausée me souleva l'estomac, mais je tentai de n'en rien laisser paraître. Qu'importe qui il était, je ne devais pas montrer mes faiblesses, ou du moins, le moins possible.

— Qui êtes-vous ?

J'étais fière de moi. Ma voix n'avait pas tremblé et j'avais conservé la tête haute. Mais si jamais je mourais dans cette geôle, personne ne saurait que j'avais fait preuve de courage.

— Ne t'a-t-on pas parlé de moi ?

— Comment le savoir, puisque j'ignore qui vous êtes ?

Des suppositions, j'en avais, mais bien que l'adage prétende qu'avec des si on pouvait refaire le monde, dans ma situation actuelle, ça me mettrait surtout encore plus dans le flou que je ne l'étais déjà.

— Je suis Adriel.

L'homme qui nous cherchait depuis le début. Celui qui avait enlevé mon oncle et qui l'avait fait souffrir des jours durant. Mon corps se tendit.

— On ne t'entend plus ? me demanda-t-il, amusé.

— Que voulez-vous que je vous dise ?

Je n'allais pas y mettre du mien. S'il imaginait le contraire, il était stupide. Mais, entre nous, j'étais à peu près persuadée que ce n'était pas le cas.

Adriel observa la pièce où l'on m'avait enfermée et son regard tomba sur mon plateau encore garni.

— Tu dois avoir faim. Et si nous allions manger ?

Mes yeux s'agrandirent de surprise. Bien que la proposition paraisse tout à fait charmante, cela ne me disait rien qui vaille.

— J'ai le droit de refuser ?

Un léger rire secoua sa poitrine.

— Bien entendu. Mais je pense que tu le regretteras.

S'il ne fit pas en sorte que sa phrase sonne comme une menace, le résultat fut le même.

Adriel n'attendit pas que je prononce un autre mot, il se retourna et lança :

— Suis-moi.

# 26



Tous en ligne, séparés d'un mètre cinquante, moi et quelques élèves de Vaia faisions nos étirements et enchaînions des positions de défense et d'attaque. Loris, notre professeur pour cette session, ressassait qu'à force de répéter, notre corps intégrerait ces mouvements et qu'alors, ils deviendraient un automatisme en cas de combat.

Je ne savais pas s'il avait raison. Et pour tout dire, même si j'avais cru qu'il pouvait avoir tort, cela n'aurait pas changé le résultat. J'étais ici parce qu'ils l'acceptaient, mais en échange, je devais suivre leurs règles comme n'importe quel élu. Si pour ça je devais me tenir sur un pied, un bras en avant, l'autre en arrière, eh bien, soit. Ça ne serait pas la première fois que je passerais pour un débile, de toute manière.

Dante arriva vers la fin de l'entraînement. Son expression sérieuse et ses sourcils foncés me prirent au dépourvu. Jusqu'ici, je l'avais souvent vu avec un visage détendu. Il s'approcha de Loris et lui murmura quelques mots à l'oreille. Ce dernier hocha la tête d'un air entendu.

— La séance est finie. Kat, Tim, Sullivan et Chris, restez.

Curieux, je regardai les autres. Ils s'étaient déjà regroupés pour discuter entre eux. Une nouvelle fois, j'étais mis de côté, mais je n'en tenais rigueur à personne. La présence de Yumiko qui me suivait comme mon ombre ne m'aidait pas à me faire des amis. Et en parlant de la protectrice, je la vis rejoindre Loris et Dante. Elle ne prononça aucun mot, mais écoutait tout ce qui se disait.

Une poignée de secondes plus tard, quand tous les élèves non appelés à rester furent sortis, Dante prit la parole.

— Une mission vient de tomber. En tant qu'élus de Vaia, il est de votre devoir d'y répondre. Dans une heure, vous devrez avoir rejoint la cible et la défendre. N'oubliez pas, tuer doit être la dernière solution. Vous serez cinq, Yumiko vous accompagnera. Je ne doute à aucun moment de votre réussite et je suis certain que vous reviendrez vainqueurs. Allez vous préparer.

Les autres hochèrent la tête et s'élancèrent à toute allure vers le clocher. De mon côté, je restai là, sans trop savoir quoi faire. L'excitation avait jailli en moi. Même si depuis le début on m'indiquait que je devrais me plier aux demandes de Vaia, je ne pensais pas devoir partir en mission durant mon séjour. Une grande partie de moi trouvait que c'était une perte de temps. Après tout, j'avais mes propres problèmes à régler avant d'aider à résoudre ceux d'inconnus. Mais, d'un autre côté, un peu d'action ne me ferait pas de mal. Le fait de savoir que quelqu'un comptait sur moi et que je pouvais enfin accomplir quelque chose de concret me mettait de bonne humeur.

Yumiko s'approcha.

— Il faut aller te changer, tu ne peux pas partir en mission vêtu ainsi.

Je jetai un œil à ma tenue de coton.

— Ce n'est pas fou, en effet. Tu vas te changer aussi ?

Surprise, Yumiko me regarda.

— Pourquoi diable ?

Car se battre en kimono ne devait pas être pratique non plus ?

Je ne dis mot, de toute façon, c'était une conversation perdue d'avance.

Nous nous dirigeâmes à notre tour vers le bâtiment. Alors que je pensais que nous allions nous changer dans la chambre, Yumiko partit dans une direction différente. Nous finîmes par débarquer dans une pièce où se trouvaient déjà les autres. Ici, de nombreuses armes recouvraient les murs, et des tenues sombres étaient accrochées à des cintres un peu plus loin.

Je laissai Yumiko s'emparer de la mienne et me la tendre, puis je regardai autour de moi, les autres s'habillaient à la vue de tous et semblaient n'en avoir rien à faire.

— Tu ne trouveras pas de cabine d'essayage, Hudson, me souffla la protectrice. Change-toi.

Si les autres pouvaient le faire, moi aussi. J'enlevai mon haut et mon bas, me retrouvant en caleçon, puis j'attrapai la tenue qui devait les remplacer. Elle était noire, le pantalon était épais mais léger. J'enfilai un sous-pull puis une veste sans manches, plus lourde et renforcée au niveau de la poitrine. Je laçai mes chaussures quand une paire plus petite pointa devant mes pieds.

— Tu es long.

Mes yeux remontèrent le long des jambes de Yumiko. Elle s'était changée et arborait la même tenue que moi. La voir ainsi était si inhabituel qu'il me fallut un moment pour l'intégrer.

— Vraiment, tu es plus long qu'une fille pour te préparer, insista-t-elle.

Je me levai.

Elle avait attaché ses cheveux en arrière, mais une mèche s'échappait encore et toujours. Je tentai de la replacer derrière son oreille.

— Est-ce une coupe convenable pour se battre ? m'enquis-je.

Elle ne répondit rien, se contentant de m'observer avec obstination.

— Quoi ? lâchai-je.

— À partir d'aujourd'hui, j'aimerais que tu me touches uniquement pour me frapper, même si cela ne devrait jamais arriver.

Je levai les yeux au ciel. Cette fille n'était pas possible.

— Excuse-moi, ô grande protectrice, d'avoir effleuré l'un de tes cheveux mal coiffés, tu ne m'y reprendras pas.

— Je ne suis pas mal coiffée.

Était-elle vexée ? Non, ce n'était pas son genre.

— Qu'importe.

Comment pouvait-elle me plaire ? Elle avait vraiment un sale caractère.

Je me dirigeai vers le mur et attrapai le premier sabre venu.

Elle tiqua.

— Quoi encore ?

— Laisse-moi le sabre et prends des dagues. Tu les manies mieux, et elles seront plus faciles à transporter.

Cela faisait un petit moment que j'apprenais à me servir des dagues, mais moins longtemps que le sabre, cependant. J'avais constaté que Yumiko me reprenait moins souvent et qu'elle me poussait plus loin avec ces premières. J'étais content de savoir qu'elle trouvait que je m'en sortais bien.

Mon regard glissa sur le mur, cherchant mes nouvelles amies. Mais Yumiko me força à me retourner et passa ses mains autour de ma taille.

— Qu'est-ce que tu fais ?

Elle la ramenait, mais de son côté, elle me prenait pour une poupée Barbie.

Quand elle eut fini, elle recula d'un pas. Deux dagues étaient nichées dans le fourreau qui ceinturait mes hanches. Leurs poignées d'argent étaient lisses et brillantes.

— Ce sont les miennes. Leur poids et leur taille les rendront parfaites pour tes mains.

Depuis quand savait-elle ce qui était bon pour mes mains ?

Je l'observai, ne sachant plus quoi lui dire. Un coup, je voulais l'envoyer se faire voir, celui d'après la remercier.

— C'est avec ces dagues que tu te coupes les cheveux ? fis-je alors.

Un sourire courba ses lèvres.

— Méfie-toi, que je ne tente pas de refaire ta propre coupe avec mon sabre, Hudson.

— Des menaces, toujours des menaces…

Je jouais avec le feu. Je le savais.

— Je te conseille de ne dormir que d'un œil la nuit prochaine, dit-elle très sérieusement.

— Rassure-toi, c'est ce que je fais depuis que je suis dans la même chambre que toi.

Ce n'était pas tout à fait vrai. Effectivement, je ne dormais que très peu, mais cela n'avait rien à voir avec la présence de la protectrice, bien au contraire. C'était même grâce à elle que je parvenais à grappiller quelques heures de sommeil. En la sachant à mes côtés, j'étais persuadé qu'il ne m'arriverait rien.

Bizarrement, Yumiko ne me répondit rien. À la place, elle posa son regard sur les autres. Tout le monde était prêt.

— Allons-y.

Je la suivis sans attendre. Au détour d'un couloir, je lui demandai :

— On ne devrait pas prévenir les autres ? Je ne suis pas à l'aise de ne rien dire à mon oncle.

Elle s'esclaffa.

— Il t'a menti toute ta vie et tu culpabilises de ne pas prendre le temps d'aller lui expliquer ce qu'il se passe alors qu'il savait que cela risquait de se produire ?

D'accord, elle voulait m'énerver, c'était clair.

Je serrai les mâchoires et me tus.

Nous allâmes tous à l'extérieur. Dans le parc, Loris nous attendait.

— Bien. Je vois que vous êtes tous prêts. Yumiko, tu sais comment ça marche, vous allez atterrir là d'où vous êtes arrivés. Sullivan pourra vous exporter jusqu'à cet endroit.

Il montra une photo à l'intéressé qui hocha la tête, je n'eus pas le temps de regarder.

— Une fois sur place, poursuivit-il, vous devrez faire tout ce qui est en votre pouvoir pour protéger la cible, elle sera la seule personne dans le bâtiment. Est-ce que c'est compris ?

Mon cœur tambourina dans ma poitrine. J'avais l'impression d'avoir trop peu d'informations. Qui était la cible ? Pourquoi lui voulait-on du mal ? Et surtout, pourquoi devions-nous nous en mêler, déjà ? D'accord, nous étions les élus de Vaia, mais en quoi cela nous obligeait-il à obéir ? Et qui décidait de ces missions ?

Loris tendit une bourse à Yumiko. Celle-ci créa un cercle autour de nous avec la terre qu'elle contenait, puis elle fit disparaître la bourse en un tour de main. Ensuite, elle attrapa la dague se trouvant contre ma hanche sans me quitter des yeux, et elle se trancha le bras avant de s'accroupir à mes pieds et de poignarder le sol.

Nous apparûmes à Los Angeles, dans les jardins de Méandrine.

— Faisons vite, nous pressa Yumiko, je ne crois pas que la propriétaire de cette maison serait ravie de nous voir ici.

Je ne le pensais pas non plus. Tout ça avait commencé à vriller à partir du moment où Yumiko avait été mise dans l'équation. Si maintenant on y ajoutait des élus venus d'une autre terre, cela n'allait clairement pas s'arranger.

La protectrice me rendit la dague. J'essuyai le sang coulant le long de la lame sur ma cuisse, puis rangeai l'arme dans son fourreau. Ensuite, Tim prit ma main, et j'attrapai celle de Yumiko. Un instant plus tard, nous nous exportâmes.

Nous atterrîmes dans une rue assez fréquentée. Personne ne fut choqué par notre apparition soudaine. J'en conclus donc que nous étions dans la communauté alternative. J'entendis le bruit d'un carillon, Sullivan venait de pénétrer dans un magasin. La protectrice me poussa brusquement pour que j'entre à mon tour. Je grognai.

Une fois à l'intérieur, je me figeai.

— On a un problème, décrétai-je.

Je savais où nous étions. Si je n'avais pas fait le rapprochement dans la rue, c'était parce que celle-ci était bien plus animée la dernière fois que je l'avais empruntée. Mais maintenant que j'étais dans la boutique, je n'avais plus aucun doute.

— Chris ?

Mon nom résonna dans le silence, et je regardai quelques mètres plus loin, entre un vase et une chaise à bascule. Emmy était là, au beau milieu de son magasin. Ses immenses yeux verts se posèrent sur moi. Et quand la surprise s'en alla, elle fut remplacée par une joie non dissimulée.

— Chris !

Elle me fonça dessus avant même que je ne tente de faire un geste et sauta dans mes bras. Sa chevelure rousse me cacha un instant la vision de mes acolytes. Quand elle se décala, je ne pus qu'apercevoir les expressions perplexes et un brin inquiètes des élèves de Vaia. En ce qui concernait Yumiko, c'était tout autre chose.

— Une ex-petite copine, Don Juan ?

Son ton était aussi moqueur que son sourire.

Je tapai deux fois dans le dos d'Emmy, puis reculai.

— Salut, Emmy. Comment vas-tu ?

Elle perdit son sourire et haussa les épaules.

— Un client est décédé dans mes bras, ce matin. C'est le troisième cette année.

Ah oui, j'avais oublié cette habitude qu'avaient les gens de mourir en sa présence.

— C'est… triste, avouai-je.

C'était une mauvaise presse pour sa boutique, mais il était sans doute inutile de le mentionner.

— J'avais prévu de venir te voir avec mon oncle. Je ne pensais pas te rencontrer aujourd'hui.

— Pourtant, tu es là, dit-elle, un peu perdue.

Je l'aurais été aussi, à sa place.

— Chris, je ne sais pas ce qui se passe entre vous, mais cette personne est la cible, nous devons la protéger, rester dans l'entrée n'est pas une bonne idée, indiqua Kat.

La jeune femme avait raison.

Le visage d'Emmy était devenu livide en entendant le mot « cible ». Soudain, je réalisai que quelqu'un lui voulait du mal, et cela me fit un électrochoc.

— Emmy, et si tu nous offrais une tasse de thé ?

Je n'aurais jamais cru dire ça un jour. Vraiment, jamais.

Cela ne la fit pas sourire, mais en tant qu'hôtesse exemplaire, elle acquiesça et nous invita à lui emboîter le pas.

Yumiko me regarda avec un drôle d'air tandis que nous la suivions.

— Quoi ? lâchai-je.

— C'est dingue ce que les problèmes te collent à la peau.

Ça, elle ne pouvait pas mieux dire.

## 27

*Jude*

Était-ce une bonne idée de suivre Adriel ? Sans doute pas. Mais rester en arrière alors qu'il m'intimait de l'accompagner et qu'il me laissait sortir de là n'était pas la meilleure des solutions non plus. Savoir où je me trouvais exactement et analyser mon environnement pouvaient devenir un avantage.

Je suivis donc Adriel. Et alors qu'il regardait droit devant lui, j'essayai de créer une boule de feu. Mais à peine eus-je commencé à faire naître une flammèche qu'un immense froid m'entoura, et tout s'éteignit. Je tentai plusieurs fois, mais ne parvins à rien, si ce n'était à me fatiguer et à m'agacer.

Bon sang, pourquoi les choses devaient-elles être aussi compliquées ?

Nous longeâmes un couloir, puis un autre. Personne ne nous accompagnait. Adriel se savait-il si puissant qu'il pensait pouvoir me contrôler à lui seul ? Vu mon incapacité à utiliser mes pouvoirs de phénix, il avait peut-être raison.

Nous déboulâmes dans une salle à manger assez chic. Une grande table en bois brut trônait au milieu de la pièce. Un vaisselier se trouvait au fond et des peintures abstraites décoraient les murs. Cela contrastait avec l'idée que je me faisais d'une salle de torture. Finalement, peut-être qu'Adriel n'allait pas attaquer tout de suite. Cela aurait dû être un soulagement, mais je ne parvenais pas à me détendre. Je n'oubliais pas avec qui j'étais ni ce qu'il attendait de moi.

Mon hôte, si l'on pouvait l'appeler ainsi, tira une chaise et m'invita à m'asseoir. Le simple fait de devoir passer devant lui pour qu'il se retrouve dans mon dos intensifia mes frissons. Le froid ne voulait décidément pas me quitter.

Voyant que je ne bougeais pas, Adriel sourit et alla s'installer sur la chaise d'en face.

— Vous pouvez rester debout, mais cela sera moins confortable pour discuter.

Vraisemblablement, il n'avait pas encore compris que je ne désirais tout simplement pas parler avec lui.

Quelque chose me poussa à avancer. Je me retournai brusquement, il n'y avait rien à part ce froid glacial et persistant.

— Mes spectres s'éloigneront si vous vous décidez à coopérer.

Des spectres ? C'étaient des esprits qui venaient de me faire bouger ? Étaient-ce eux qui me donnaient si froid ?

Une nouvelle fois, je fus projetée en avant.

Bien, je n'avais donc pas le choix.

J'allais m'asseoir d'un pas traînant, le visage fermé et le regard sombre.

Comment en étais-je arrivée là ? Installée à table avec notre ennemi numéro 1. Si Oliver l'apprenait… Je me souvins de l'état dans lequel nous l'avions retrouvé et sentis mon corps se réchauffer. J'avais envie de brûler Adriel.

— Ce regard de feu vous va à ravir, me complimenta mon hôte, mais si vous le permettez, on va calmer tout ça.

Une pression glaciale m'encercla. J'avais l'impression de passer dans un compacteur. Mon souffle se bloqua et, bouche ouverte, je cherchai de l'air, mais rien n'arrivait à mes poumons.

— Bien.

La pression se relâcha et j'inspirai profondément. Les mains accrochées à la table, je pris conscience que ce repas n'allait pas être de tout repos, bien au contraire.

— Maintenant que nous avons appris à nous connaître, vous savez que me menacer ne sert à rien.

Il conservait un air tranquille. Il ne me regardait même pas, mais contemplait les mets divers disposés sur la table. Il y avait de la viande, des pommes de terre, des légumes, bien plus qu'il n'en fallait pour deux.

Je m'aperçus alors qu'un autre couvert avait été dressé.

— Nous attendons quelqu'un ? demandai-je.

— Tout à fait. Je désirais d'abord m'entretenir un instant avec vous avant de le faire venir.

Qui était la pauvre victime qui allait devoir assister à ce repas de l'enfer ? Était-ce Leroy ?

— Et par « m'entretenir », vous voulez donc dire me montrer que vous pouvez me tuer à l'aide de vos spectres en un instant ?

Il sourit.

— Vous êtes impertinente.

Ma poitrine se serra en entendant ces mots qu'Evan avait si souvent répétés. Je faisais mon maximum pour ne pas penser à lui, car dès que je le faisais, une douleur affluait dans mon cœur. Était-ce cela d'être loin de son inséparable ?

— J'imagine que vous savez qui je suis. Mais peut-être qu'une présentation dans les règles pourrait être utile. Je me nomme Adriel, et je suis un faucheur, ancien défenseur de la porte des esprits.

— Porte que vous avez laissée ouverte ?

Il s'esclaffa.

— Je vois qu'on ne perd pas de temps !

— Tant qu'à me raconter les choses, donnez-moi les détails, lui assenai-je.

Je sentis le froid s'approcher de nouveau de moi. Même si Adriel gardait une expression détendue, son pouvoir, lui, me mettait au défi de continuer à faire la mariole. Être une tête brûlée ne m'aiderait pas à rester vivante bien longtemps, j'en avais bien peur.

— Effectivement, je suis celui qui a ouvert la porte et qui a fait en sorte que les esprits se déploient dans les mondes. Enfin, presque tous. Si je n'avais pas eu besoin de m'enfuir avec un chronologiste sur Terre, j'aurais pu finir correctement le travail.

J'aurais presque pu deviner une moue agacée s'afficher sur son visage.

— Le concept de portes, de barrières cloisonnant les mondes me rebute. Le fait de devoir tous vivre éloignés les uns des autres, ne pouvant nous lier avec les espèces qui ne sont pas comme nous m'a toujours attristé. Je n'en pouvais plus de supporter ces lois. J'avais envie de me balader chez les phénix, de boire un coup chez les souffleurs, de perdre du temps chez les chronologistes.

Un léger rire ponctua sa dernière phrase.

— Mais je suis un faucheur. Et nous, encore plus que les autres, nous ne pouvions vivre comme nous l'entendions. Notre rôle était de demeurer avec les spectres, de les maîtriser, de les empêcher de s'échapper. Et nous devions rester enfermés, tout comme eux. Pourquoi, Jude ? Pourquoi étais-je obligé de mener une vie pareille alors que je rêvais de liberté ?

— Vous avez donc préféré tuer des gens pour trouver votre propre bonheur ?

— Ça ne s'est pas vraiment déroulé ainsi. J'ai d'abord essayé la manière douce. J'ai tenté de faire passer un vote pour que la mission des faucheurs soit facilitée. Mais personne n'y trouvait son intérêt. Parmi les miens, j'ai eu du soutien, mais pas l'unanimité. Beaucoup sont nés avec un sens du devoir tellement grand qu'ils ne voyaient même pas l'absurde réalité.

Il soupira comme s'il se remémorait le passé.

— Aujourd'hui, la plupart de ces gens sont morts. De mon côté, cela fait bien longtemps que j'ai atteint un âge où je ne vieillis plus. Le passé et son histoire sont flous pour beaucoup de membres de la communauté alternative. Il ne leur en reste que des légendes, des mythes. Une vision qui modifie la vérité.

Il me regarda.

— Je veux remettre les choses au clair. Détruire ce qu'il reste des mondes et libérer les âmes qui y sont enfermées. Les spectres ne méritent pas une éternité de solitude. Cela fait déjà bien trop longtemps qu'ils sont emprisonnés.

Ma bouche s'ouvrit. Il y avait quelque chose que je ne comprenais pas.

— Tout a commencé par votre envie de ne plus vous occuper des esprits et voilà que maintenant, vous voulez le faire ?

Avait-il eu une révélation soudaine ces dernières années ?

— Je n'ai jamais dit que je ne souhaitais plus m'en occuper. Uniquement que le fardeau des faucheurs devait être allégé. Savez-vous à quel point il peut être épuisant d'empêcher des milliers de spectres d'ouvrir une porte ? Surtout s'ils ont décidé qu'ils le désiraient plus que tout… Les autres défenseurs n'avaient pas ce problème. Ils se battaient contre quelqu'un de temps en temps, mais c'était une poignée de personnes, au pire, et toutes tangibles. Cela ne les vidait pas de leur énergie.

D'accord, admettons que je puisse comprendre ses raisons, chose que je ne concevais pas pour le moment vu que je détestais cet homme. Cela excusait-il le fait de mettre toute une population en péril ?

— En quoi est-ce si important d'ouvrir la porte ? Si vous le faites, vous libérerez le chaos, et des gens vont mourir. L'histoire n'est-elle pas allée assez loin ? Vous vouliez pouvoir réunir les peuples, c'est fait, pourquoi persister ?

— Des groupes existent encore. L'un d'eux cherche à vous protéger, vous cachant toute votre vie, un autre fera tout pour vous tuer et éliminer la menace que vous représentez. Il me semble d'ailleurs qu'ils ont déjà tenté le coup. En ouvrant la porte, vous serez libérée.

— Cela ne répond aucunement à mes questions.

Il passa une main sur sa barbe.

— Faites-le entrer, dit-il alors.

Un violent courant d'air ouvrit la porte. Un instant plus tard, un homme fut poussé jusqu'au centre de la pièce. Comme il était recroquevillé en avant, je ne vis pas tout de suite son visage. Il fallut qu'il lève ses iris bruns vers moi pour que je le reconnaisse.

— Papa ?

Ma voix n'était qu'un murmure dans un silence de mort.

Le regard de mon père me chercha, et une profonde angoisse s'y déploya en me voyant assise ici.

Mes yeux se remplirent de larmes. Était-ce une illusion ? Adriel se fichait-il de moi ? Pouvais-je croire ce que je voyais de mes yeux ?

Sur ma chaise, j'étais tétanisée. De son côté, mon père ne fit aucun geste. On aurait pu s'attendre à un câlin, mais cela n'arriva pas.

Je contemplai mon père plus longuement. Quelque chose en lui avait changé. Son expression était sombre et tendue. Il se tenait voûté. Des pansements recouvraient les parties nues de son corps. Que lui avaient-ils fait ? Pourquoi était-il là ?

— Nate, asseyez-vous, je vous prie.

L'intéressé le jaugea sans faire un pas. Adriel soupira, et mon père valsa contre un mur. Brusquement, je me levai de ma chaise pour lui porter secours, mais les spectres invisibles m'en empêchèrent.

La rage sourde qui grandissait en moi ne put rien faire contre eux.

— Lâchez-moi tout de suite, ordonnai-je.

La pression se volatilisa, et je manquai de tomber en avant. Sans perdre de temps, je fonçai sur mon père pour lui porter secours. De plus près, je pus apercevoir sur sa peau de multiples contusions en train de s'effacer.

— Est-ce que c'est vraiment toi ? m'enquis-je avec espoir.

Poser la question était d'une stupidité sans nom. Chris m'avait parlé des morphéus, si la personne devant moi était l'un d'entre eux, il lui suffisait de me mentir.

— Quel est mon chanteur préféré ?

Celui dont j'avais écouté les musiques en boucle tellement de fois que mon père avait fini par les chanter avec moi au beau milieu de notre salon.

Ses yeux s'illuminèrent alors qu'ils se posaient sur moi.

— Bruno Mars.

Sa voix. Jamais je ne pensais pouvoir l'entendre de nouveau un jour. J'en avais oublié le timbre exact. Des larmes roulèrent sur mes joues. J'aurais pu fermer les paupières pour tenter de les retenir, mais je ne voulais pas que mon père se volatilise. Je craignais que tout cela ne soit qu'un rêve.

— Maintenant que les retrouvailles sont terminées, je vous prie de vous asseoir avant que la nourriture ne refroidisse.

J'aidai mon père à se relever. Je voyais qu'il était en difficulté. Il avait perdu des muscles, et sans doute plus que ça.

Grâce à mon soutien, il arriva jusqu'à sa chaise sans encombre, et une fois installé, il m'offrit une expression méfiante. Qu'était devenu son regard aimant ?

— J'ai failli me faire avoir, s'exclama-t-il. C'est d'une ressemblance frappante.

Il me quitta des yeux pour observer Adriel.

— Cela ne s'arrêtera donc jamais ? N'avez-vous pas d'autres occupations dans la vie que de me malmener ?

Adriel s'esclaffa.

— Alors là, c'est encore plus amusant que je ne le pensais.

Abasourdie, je contemplai mon père. Il imaginait que j'étais une usurpatrice. Il ne voulait pas croire que j'étais réellement ici.

— À quel point êtes-vous sûr de vous ? s'enquit Adriel.

Mon père attrapa sa fourchette et sans que je comprenne ce qu'il se passait, il me la planta violemment dans la main.

Alors qu'un sourire sordide épousait ses lèvres, je hurlai.

**28**



Deux fantômes étaient déjà installés à table. Connor, le fantôme qui m'avait sauvé la vie, et Hanz, le vieux ronchon.

— Le revoilà, celui-ci, et pas seul à ce que je vois !

En dehors de moi et de Yumiko, tous se tétanisèrent. À mon avis, ce n'était pas tous les jours qu'ils se retrouvaient face à des fantômes en train de déguster une boisson chaude.

— Toi, je remarque que tu ne tiens pas à la vie ! s'amusa Connor. Je ne pourrai pas te sauver face à Emmy, tu le sais, j'espère ?

Ça aurait pu être drôle s'il n'avait pas été si sérieux et si Emmy n'arborait pas soudain une expression si triste que j'en eus de la peine.

— Ne t'inquiète pas pour ma vie, ce n'est pas elle qui est en péril pour l'instant.

Du moins, pas plus que d'habitude.

Il haussa les épaules et regarda mes compagnons.

— T'es venu avec qui ?

— Yumiko, Kat, Tim et Sullivan, présentai-je à tour de rôle.

Kat et Tim se fendirent d'un bref signe de tête ; Sullivan, de son côté, semblait toujours en état de choc. N'y avait-il pas des esprits sur Vaia ?

— Nous sommes ici, car on nous a demandé de protéger quelqu'un en danger. L'adresse était celle de ce magasin.

L'attention d'Hanz et de Connor se posa sur Emmy.

— Qui voudrait s'en prendre à Emmy ? s'enquit le premier avec brusquerie.

— En dehors du fait qu'elle attire les morts, c'est une perle, ajouta Connor.

Oui, mais là était peut-être justement tout le problème.

Je me tournai vers Yumiko.

— Et si comme je le dis depuis le début, Emmy en est une.

Pas besoin de prononcer le mot « faucheuse ». Elle m'avait entendu en parler avec Oliver, et ce dernier lui avait raconté toute l'histoire dès qu'il l'avait pu. Elle était au courant de tout.

— Et ça serait exactement la raison pour laquelle on voudrait lui mettre la main dessus, confirma Yumiko.

— Pour pouvoir l'utiliser, ou bien…

— La tuer, conclut-elle.

Un bruit de vaisselle cassée, et je sursautai. Emmy venait de faire tomber la théière sur le sol. La porcelaine était brisée, et sa robe beige était trempée.

Elle se baissa pour ramasser les morceaux, ses doigts tremblaient.

Je m'approchai, mais Kat me passa devant.

— C'est bon, je m'en occupe.

Elle lui offrit un doux sourire et posa sa main sur celle d'Emmy. Cette dernière sembla se calmer un instant.

— Merci beaucoup.

La présence d'une empathe dans nos rangs était d'une grande utilité.

— Tim et moi allons faire le tour du magasin, prévint Sullivan.

Était-ce la marche à suivre ou bien son envie de s'éloigner des esprits qui lui dictait sa décision ? Je n'en savais rien, mais nous les laissâmes s'en aller sans rien dire.

— Emmy, as-tu déjà entendu parler des faucheurs ?

Si la réaction de la jeune fille ne fut pas spécialement intense, celles d'Hanz et de Connor valaient leur pesant d'or.

— Hanz ? s'enquit Connor.

Ce dernier hocha la tête.

— Il est temps.

— Temps de quoi ? pépia Emmy.

La pauvre, son après-midi venait de prendre un tournant bien particulier.

— De te dire la vérité, Emmy. Tous ici, nous sommes venus à toi et sommes restés à tes côtés pour une bonne raison, expliqua Hanz.

— Tu es spéciale, très spéciale, poursuivit Connor. Et nous devions garder un œil sur toi jusqu'à ce que ce jour arrive.

— Quel jour ? demandai-je. Celui où on découvrirait qu'elle est une faucheuse ?

— Le jour où son père apprendrait son existence, déclara Hanz.

D'accord, cette fois, j'étais perdu.

— Je croyais que son père était parti.

Qu'il l'avait lâchement abandonnée, car elle attirait la mort.

— Celui qui l'a élevée, oui, mais pas son père biologique.

Emmy regarda Hanz avec une expression sombre.

— Ne me mens pas, Hanz.

— Ce n'est que la vérité.

— Même s'il le voulait, il ne pourrait pas te cacher la vérité, lui apprit Connor. Tu viens de lui ordonner de ne pas te mentir, et il ne peut que t'obéir.

Était-ce vrai ? Emmy pouvait-elle réellement contrôler les esprits ? Dans quelle mesure ?

— Tout ça n'a pas de sens ! s'écria-t-elle.

Le déni. Je connaissais ça. Ce n'était pas facile à vaincre, mais c'était une réaction normale. Quand tout à coup des gens vous annonçaient que vous aviez faux sur tout ce que vous aviez toujours cru, on voulait d'abord leur hurler que ce n'était qu'un mensonge.

— Admettons que ce soit vrai, déclarai-je en prenant des pincettes, qui est son père ? Et comment a-t-il découvert son existence du jour au lendemain ?

— Pour le comment, je ne sais pas vraiment, me répondit Hanz. Mais c'est sans doute un esprit qui a vendu la mèche. Et pour le qui, c'est simple, c'est un faucheur.

Un faucheur ? Exactement ce dont nous avions besoin. Quelles étaient les chances pour que tout à coup nous trouvions deux membres de cette espèce quasi disparue ?

— Donc, le père biologique d'Emmy est un faucheur et il veut… lui faire du mal ?

Ça devenait glauque.

Hanz hocha la tête.

— Son père n'est pas n'importe qui. Il suit ses propres desseins. Et pour atteindre ses objectifs, il doit éliminer les obstacles sur son chemin.

J'observai Emmy. Était-il en train de dire qu'elle était un obstacle ?

— Car elle pourrait ouvrir la porte ? tentai-je.

— Parce qu'avec de l'aide, elle pourrait contrôler les esprits qui se trouvent derrière et empêcher Adriel de le faire.

Les battements de mon cœur accélérèrent.

— Adriel ?

Je ne pouvais pas le croire. Emmy était la fille de notre ennemi. Celui qui voulait nous utiliser pour ouvrir la porte. Quelles étaient les chances pour que nos chemins se croisent, la dernière fois ?

— Le destin est une garce, clama Yumiko.

Je ne l'aurais pas dit comme ça, mais je saisissais le raisonnement.

— Bon, je ne comprends rien à la moitié de ce que vous racontez, lâcha Kat, mais une chose est certaine, quelqu'un va venir s'en prendre à Emmy, et notre rôle est de la protéger.

Et cela encore plus qu'elle ne le pensait. Emmy était une des rares personnes capables de nous aider si la porte s'ouvrait. Il ne devait rien lui arriver. Ni aujourd'hui ni demain.

— Nous partons, décrétai-je.

Kat écarquilla les yeux.

— Nous ne pouvons pas la ramener sur Vaia, Chris. La terre des élus n'est pas un refuge malgré ce que vous pensez.

Bim, dans ta tête, Hudson.

— Emmy a une importance capitale, elle doit être mise en sécurité.

— C'est bien pour ça qu'on est là, me rappela la jeune femme aux cheveux violets.

— Peut-être, mais on ne fera pas le poids contre Adriel.

D'accord, je m'entraînais comme un fou depuis des semaines, mais pour autant, je restais réaliste, Adriel possédait tout un tas de gens à sa solde. Des personnes prêtes à tout pour récupérer l'argent qu'il leur avait promis pour notre capture. À nous cinq, nous n'étions pas assez nombreux.

Un fracas de tous les diables vint de l'avant de la boutique. Un cri retentit. Emmy recula de quelques pas pour se réfugier près d'un mur. Savait-elle que celui-ci ne pourrait rien pour elle ?

— C'était Tim ! lâcha Kat.

Elle se précipita vers l'entrée. Yumiko l'arrêta.

— Contrôle les émotions de nos ennemis pendant que je les mets hors d'état de nuire. Ensuite, nous récupérerons tes amis pour partir d'ici.

Kat la regarda de haut.

— Je n'ai pas besoin qu'on me rappelle ce que je dois faire. Je suis entraînée et prête pour ce qui va se passer.

La jeune femme disparut un instant plus tard, Yumiko la suivit juste après avoir fait surgir un sabre dans sa main.

Et moi ? Qu'est-ce que je devais faire ?

— Ne m'abandonne pas ! s'écria Emmy.

— Merci pour nous, fit Connor.

Je m'approchai d'Emmy.

— Je n'en avais pas l'intention. Je ne laisserai personne s'en prendre à toi.

Je me rendis compte un peu tard que cela aurait pu être une réplique de film à l'eau de rose. Les yeux d'Emmy se mirent à briller.

— Car ce n'est pas mon genre de laisser les gens mourir. Peu importe de qui il s'agit, me rattrapai-je.

Inutile qu'elle commence à se faire de faux espoirs. Emmy avait peu d'amis en dehors des esprits avec qui elle buvait le thé. Je n'étais pas contre tisser des liens avec elle, mais cela n'irait pas plus loin qu'une relation amicale.

Un nouveau hurlement résonna dans la boutique.

— Qu'est-ce qui se passe ? s'inquiéta Emmy, tremblante.

— C'était un cri de rage de ma protectrice. Rien d'important.

Elle m'observa un instant, perplexe.

— Tu ne sembles pas plus angoissé que ça.

Je souris.

— Le jour où je commencerai à me stresser pour Yumiko, alors la situation sera vraiment très grave.

À mes yeux, elle était infaillible, personne ne pouvait en venir à bout. Elle était comme une mauvaise herbe qui poussait et repoussait même après avoir été arrachée des milliers de fois.

Avec la protectrice à mes côtés, j'étais certain que tout se passerait bien. Sans elle, cependant, nous n'aurions pas eu les mêmes chances.

Soudain, Kat, Sullivan et Tim déboulèrent. Les deux premiers soutenaient ce dernier qui avait dû prendre un beau coup sur la tête vu le sang qui maculait son front.

— On se regroupe, ordonna Sullivan.

Je pris Emmy par la main et la tirai vers les autres. Yumiko arriva d'un pas pressé.

— On se taille, et vite !

Elle attrapa ma main libre, et une fraction de seconde plus tard, nous disparûmes de la boutique.

Je fronçai les sourcils en entendant le bruit des vagues. Puis je levai la tête et pris un instant pour contempler l'horizon. Une brise caressa mon visage.

— Où sommes-nous ? demanda Yumiko.

— Amérique du Sud, répondit Sullivan. J'ai choisi un endroit au hasard en attendant de nous mettre d'accord.

Nous retrouver ainsi à la vue de tout le monde n'était pas la décision que j'aurais prise. Dans mon esprit, j'aurais opté pour un lieu petit, sombre et fermé à double tour. Mais, à bien y réfléchir, cela n'avait pas plus de sens. Qu'importe l'endroit, le principal était d'y être en sécurité.

Je regardai autour de nous, la plage était déserte.

— On ne nous retrouvera pas ici, ajouta-t-il.

Ses mains frottant ses bras, Emmy chercha mon attention.

— Qu'est-ce qui se passe, Chris ? Ce qu'a dit Hanz ne peut pas être vrai, si ?

Son expression perdue m'attrista. Emmy me faisait penser à un petit chiot. Aussi fragile que foufou.

— J'ai bien peur qu'il y ait une part de vérité.

— Ils étaient nombreux, m'informa Yumiko. Les deux premiers étaient des chronologistes. L'un a pu s'exporter avant que je ne le frappe. Il a sans doute prévenu les autres qu'il y avait un comité d'accueil. Ils étaient huit quand nous avons pris la poudre d'escampette, et d'autres étaient probablement sur le point de débarquer.

— Ma boutique… se désola Emmy. J'espère qu'ils ne vont pas tout casser.

Au regard de Yumiko, les dégâts devaient déjà être assez importants. Peut-être même qu'elle y avait participé.

— Nous devons parler à mon oncle, dis-je à la protectrice. Il saura quoi faire d'Emmy.

Sans doute devrions-nous l'emmener à Méandrine. Mais une partie de moi préférait attendre. Était-ce un bon plan de regrouper les deux faucheuses au même endroit ?

J'attrapai mon téléphone dans ma poche, ici, j'aurais peut-être du réseau, je pouvais aussi envoyer un message à Jude pour la prévenir.

L'engin ne fit que vibrer sans relâche dans ma main. Sourcils froncés, je fixai l'écran.

— Qu'est-ce qui se passe ? s'enquit Yumiko.

Envahi par une soudaine angoisse, je lui répondis, la gorge nouée :

— J'ai une trentaine d'appels en absence d'Evan et plusieurs messages.

Je fis défiler ceux-là et regardai le dernier, écrit en lettres capitales :

ILLIANA DÉTIENT JUDE.

Ma main serra le téléphone avec force. Je me tournai vers Yumiko.

— Il est temps de retrouver les autres.

# 29

*Jude*

J'ignorais ce qui était le plus puissant, entre la souffrance et le choc.

Mon père retira la fourchette d'un geste brusque et je regardai les trous qui ornaient ma main, les yeux pleins de larmes. Le sang, la douleur, la tristesse, tout m'étreignait avec une force inouïe. Je m'entendis gémir, je savais que je pleurais, et même si je m'étais promis de ne pas paraître faible, je ne pouvais rien faire à ce moment-là.

J'observai ma paume avec l'impossibilité de pouvoir la bouger. La souffrance vive et lancinante ne faisait que croître. Je ne pus m'empêcher de hurler.

— Alors ça, je dois avouer que je ne m'y attendais pas, déclara Adriel. Etna !

Une femme entra aussitôt. Elle devait approcher les quarante-cinq ans. Ses cheveux étaient plus courts que ceux de mon père, et noir corbeau. Une grande intelligence se reflétait dans ses yeux bleus.

— Peux-tu faire quelque chose pour Jude ?

Etna s'avança, regarda ma main et grimaça.

Sans attendre, elle posa ses doigts sur les miens. Les secondes défilèrent et la douleur reflua. Quand elle s'éloigna de moi, ma paume était aussi lisse qu'auparavant.

Effrayée, je la portai contre mon cœur et reculai d'un pas.

Mon père s'était servi à manger. En voyant la fourchette dans sa main, je faillis vomir.

— Il l'a essuyée avant, lâcha Adriel d'un ton badin.

Tout allait de travers. Mon propre père ne me reconnaissait pas. Je savais que je ne pouvais pas lui en vouloir. Je n'imaginais pas ce qu'ils avaient pu lui faire ici, mais j'étais persuadée que ce n'était pas une promenade de santé. Pour autant, je me sentais blessée. Blessée d'être si

241

proche de lui, et pourtant de le voir agir comme si j'étais une inconnue, ou pire, une ennemie.

— Ce qu'il y a de bien avec vous, les Hudson, c'est que vous êtes effroyablement divertissants ! J'ai hâte de pouvoir faire la rencontre de Chris pour découvrir s'il me plaît lui aussi.

Mon regard le foudroya sur place, tout comme celui de mon père. Il y avait peut-être une chose sur laquelle on était d'accord, après tout.

— Que me voulez-vous ? Pourquoi avoir fait passer mon père pour mort avant de l'enlever ? Quel est le but de tout ça ? psalmodiai-je.

— Mon but, tu le connais, je ne m'en cache pas, je désire ouvrir la porte. En ce qui concerne ton père, je ne suis pas le seul responsable. C'est l'opposition qui est venue me voir pour nouer une alliance et qui a tenté de le récupérer. À ce moment-là, personne encore ne savait que Nate Hudson avait une fille. Si ces imbéciles n'avaient pas foncé dans le tas, ils l'auraient tout de suite deviné… Il était l'unique descendant penseur à notre connaissance. Nous l'avons gardé au labo pour extraire son essence. Et malgré ce que l'on pourrait imaginer, ce n'est pas chose aisée ! Il a fallu un certain temps pour y parvenir. Une fois fait, on aurait pu croire que Nate Hudson ne m'aurait plus servi à rien, mais je me suis dit qu'avoir une idée de ce qui se tramait chez les défenseurs de la clé était une aubaine. Grâce à l'aide de mon équipe, nous avons percé ses barrières mentales pour dénicher ses petits secrets. Et pour le coup, quels secrets ! Des jumeaux possédant à eux deux toutes les essences pour ouvrir la porte. C'était une nouvelle grandiose ! Ce qui aurait pu nous prendre des années sans certitude de réussite pouvait en réalité être un jeu d'enfant.

Je glissai un regard à mon père, il continuait de manger du bout des lèvres, comme si ce qu'il entendait ne l'intéressait pas du tout.

— Que lui avez-vous fait ?

Adriel se servit à son tour.

— Savoir que vous existiez était une chose, vous trouver en était une autre. J'ai mis la tête de tous les Hudson à prix, me disant que c'était la façon la plus rapide de vous récupérer. Votre oncle était un bonus. Je souhaitais l'utiliser comme moyen de pression en plus de votre père. Mais étonnamment, ce jour-là, je n'ai pas vu le bout de votre nez. Ni celui d'après… Ni même encore ceux d'après. Vous avez été dotés d'une chance inouïe !

Ou nous avions été bien entourés, au choix.

— Pour tout te dire, Jude, je commençais presque à m'inquiéter. Quand votre oncle est parvenu à partir d'ici… Entre nous, je ne sais toujours pas comment il s'y est pris, et je compte bien le revoir pour obtenir la réponse.

Je n'étais pas certaine qu'il se contente de lui poser la question.

— Donc vous allez menacer de tuer mon père pour que j'ouvre la porte, conclus-je.

Il hocha la tête tranquillement.

— L'amour est ce qui nous rend plus forts, mais c'est aussi notre plus grande faiblesse.

Mon père et lui mangeaient. Je ne savais pas comment ils faisaient. Dans une telle situation, rien ne pourrait atteindre mon estomac.

— Et qu'allez-vous faire sans mon frère ? m'enquis-je. Vous comptez vous servir de moi pour qu'il vienne ?

Il était hors de question que cela arrive. Un instant, une sombre idée germa dans mon esprit. Et si je faisais comme Nickaela ? Si je mettais fin à ma vie, Chris pourrait continuer la sienne sans avoir peur.

— Je n'aurai pas besoin de ça, je suis certain qu'il viendra de lui-même.

— Comment ça ?

Un sourire fleurit sur ses lèvres.

— Je ne vais pas te révéler tous mes secrets tout de suite, ça serait dommage.

J'avais envie de le tuer.

Les minutes s'égrainèrent. Mon cerveau tournait à mille à l'heure, sans parvenir à s'arrêter.

Je ne pus rien avaler à part une gorgée d'eau que je m'étais forcée à prendre sous l'œil désespéré de mon père.

— Je vais devoir me la coltiner longtemps ? finit-il par dire quand il eut achevé son repas.

Adriel ricana.

— Eh bien, pourquoi ne pas partager la même cellule ? Je suis certain que cela vous fera à tous les deux le plus grand bien.

Je me tétanisai. Moi qui avais rêvé de revoir mon père plus que tout au monde, voilà que j'avais peur de me retrouver seule avec lui. Et s'il essayait de me tuer ?

— Ne tente rien contre ta fille, Nate. Vous serez surveillés. Au moindre coup bas, je vous sépare.

— Dans ce cas, pourquoi nous enfermer ensemble ? assenai-je.

— Pour faire preuve de gentillesse ? Même si tout te pousse à le croire, je ne suis pas ton ennemi, Jude. Si vous faites ce que je désire, si vous ouvrez les portes, je vous laisserai tranquille, tous autant que vous êtes. Vous n'aurez plus d'importance à mes yeux.

Il se leva de sa chaise et fit un signe à Etna qui était restée dans un coin.

— Prends Bull et Sonia avec toi et place-les en cellule 3. Je veux que quelqu'un garde un œil sur eux H24.

La femme hocha la tête avant de parler dans un talkie-walkie. Une minute plus tard, l'homme aux dreadlocks et l'une des gardes brunes arrivèrent. Le premier attrapa mon père par le bras, la deuxième me défia du regard de tenter quelque chose.

— Jude, Nate, j'espère que vous prendrez le temps de réfléchir à tout ce que j'ai dit.

Le faucheur s'en alla après ces quelques mots, sans omettre de demander à ses spectres de me frôler avant de partir. J'en frissonnais encore alors qu'on remontait le couloir.

J'appréhendais de me retrouver dans la même pièce que mon père. D'accord, normalement, il n'y avait pas de couteau sous l'oreiller ni de cuillère dans la chasse d'eau, mais tout de même. Ma main n'arborait plus aucune blessure, mais je me souvenais de la douleur que j'avais ressentie. Et cela entraînait une situation que je n'avais pas vue venir.

Les messagers m'avaient demandé de retrouver mon père. Voilà que j'y étais arrivée, sans même le vouloir. Le problème, c'était que celui-ci n'était plus tout à fait lui-même. Son regard n'était pas vide ni fou, mais il était sombre et méfiant. C'était sans doute mieux que de retrouver un légume, mais je voyais mal comment je pourrais regagner sa confiance. J'allais devoir me comporter avec lui comme avec un animal sauvage. Y aller doucement, faire attention à mes paroles et à mes gestes. Je tâchais de positiver. Mon père était vivant, c'était tout ce qui comptait.

Nous arrivâmes dans notre nouvelle cellule. Je m'en voulus un instant de ne pas avoir tenté une attaque durant le trajet, mais à trois contre deux, avec un homme qui ne pensait même pas que j'étais sa fille, cela aurait sans doute été une catastrophe, de toute manière.

La pièce était à peine plus grande que celle que l'on m'avait donnée auparavant. La seule différence notable était le second lit, installé contre le mur opposé. Les toilettes étaient au milieu, là où se serait retrouvée en temps normal une commode ou une table de nuit. Clairement, ça avait beaucoup moins de classe ainsi, on n'allait pas se le cacher.

Avant d'appuyer sur le bouton qui nous séparait d'eux, Bull nous prévint :

— Je ne vous entendrai pas, mais je verrai le moindre de vos gestes. Si vous tentez quoi que ce soit, je rentre et j'en prends un pour taper sur l'autre. Compris ?

— Clair comme de l'eau de roche, fit mon père en allant s'affaler sur un lit.

L'homme n'attendit pas ma réponse et enclencha le bouton. Le mur apparut et s'illumina avant de devenir transparent. Ma boule de feu me rebondirait-elle aussi dessus ? Peut-être n'était-ce pas le bon moment pour tenter le coup. Si je blessais mon père, cela ne serait pas une excellente entrée en la matière.

Je soupirai, puis allai m'asseoir sur ma couche sans quitter mon paternel des yeux.

Il avait fermé les paupières et respirait posément. Même si tout portait à croire qu'il était calme, je savais qu'en vérité une tempête déferlait en lui. Il était juste un maître pour dissimuler ses émotions. Et la vérité aussi, maintenant que j'y pensais.

— Donc, tu m'as caché mon frère, lançai-je.

— Je n'ai pas envie de jouer à ça, morphéus. Cela va être une énorme perte de temps et une fatigue incommensurable pour toi comme pour moi. Alors, fais-nous plaisir à tous les deux et garde ta salive.

Son ton était froid, son corps s'était tendu imperceptiblement.

Devais-je le pousser à bout, ou bien au contraire attendre qu'il se calme pour qu'il soit plus ouvert d'esprit ?

Je décidai de conserver le silence. Du moins pour le moment. Je laissai le temps s'écouler. À de nombreuses reprises, je crus qu'il dormait, mais, à chaque fois, il ouvrait un œil ou bougeait pour me prouver le contraire. Il n'était pas en confiance, il s'imaginait que j'étais du mauvais côté, et à sa place, moi non plus, je n'aurais pas pu m'assoupir.

— Qu'est-ce qui pourrait te convaincre que je suis bien moi ? finis-je par demander.

— Rien.

— Super. Très pratique, m'agaçai-je.

— Si tu étais ma fille, tu serais actuellement en train de pleurer ou de hurler.

Je haussai un sourcil.

— Pardon ? Cela n'a clairement jamais été mon style. Et même si ça l'avait été, la perte de mon père, la disparition de mon oncle, découvrir que j'avais un frère, qu'on cherchait à nous tuer et tout le reste auraient sans doute provoqué un changement dans ma façon d'être, lui assenai-je.

Il ne répondit rien. OK, on allait vivre un sale moment.

— Je n'arrive pas à le croire ! m'exclamai-je en me levant. Je te pensais mort, j'apprends que tu es vivant, et voilà comment ça se passe ? On devrait être soulagés de se retrouver, mais non, j'ai affaire à un vieux ronchon !

Mon père détestait que je fasse mention de son âge. Il voulait rester jeune toute sa vie, savoir qu'il vieillissait le mettait de très mauvaise humeur.

Impassible, il me lança :

— Vous avez fouillé chacune de mes pensées, chacun de mes souvenirs. Vous pouvez utiliser n'importe lequel sur moi, cela ne m'atteindra pas. Je suis plus fort que ça, et vous le savez.

Je poussai un cri de rage avant de faire les cent pas. Bon sang, comment allais-je pouvoir lui faire comprendre que j'étais bien Jude, la seule et l'unique ?

— Et si tu te rends compte tout à coup que je suis ta fille, il se passera quoi ?

Il prit un instant pour réfléchir avant de déclarer :

— Si tu étais ma fille, cela voudrait dire que j'ai échoué. Et je ne pourrai pas l'accepter.

J'arrêtai d'avancer pour l'observer. Mon père était au bord du précipice. S'il réalisait que j'étais bel et bien ici, enfermée avec lui, il perdrait tout espoir pour moi et pour le monde. Il n'avait pas conscience que nous n'étions pas seuls. Oncle Oliver, Jake, Evan, Maddie, Alec… Ils étaient là, dehors, et j'étais persuadée qu'ils faisaient tout pour me rejoindre. Et à ce moment-là, je pourrais leur dire que j'avais réussi ma quête, que j'avais retrouvé mon père. Je ne pouvais pas rester ici, les bras croisés, attendant que tout se fasse tout seul.

— J'ai une idée, soufflai-je soudain.

— Oh, je m'en réjouis d'avance, ironisa mon père. Et quelle est-elle ?

Je me tournai pour être dos à Bull, puis lâchai :

— Tu vas devoir me tuer.

# 30

*Chris*

Intérieurement, je bouillonnais.

L'inquiétude me serrait les entrailles, et être paumé sur une île déserte n'arrangeait pas la situation.

Il nous fallait retrouver les autres. J'avais besoin d'explications, je devais découvrir où ils étaient, ce qu'il s'était passé et comment tout avait pu partir ainsi en vrille.

Les mains sur la figure, je tentai de reprendre contenance.

— Comment ça, il est temps de quitter Vaia ? lâcha Kat. Nous sommes en pleine mission !

— Cette mission rejoint l'éternel problème qu'est ma vie ! m'écriai-je. Emmy reste avec Yumiko et moi, et ensemble, nous allons retrouver nos amis. Vous pouvez rentrer sur Vaia sans nous.

— Comment comptes-tu récupérer Oliver ? s'enquit Yumiko.

Je la fusillai du regard. Je n'avais pas besoin qu'elle pointe du doigt ce qui n'allait pas dans mon plan.

— Je n'en sais rien, d'accord ? Je n'ai juste aucune envie de perdre du temps ! Je dois voir les autres, tout de suite !

J'attrapai mon téléphone et pris une photo de l'endroit.

— Si tu comptes l'envoyer à un chronologiste, tu n'arriveras à rien. Les plages, les forêts, si on ne les voit qu'en photo, elles se ressemblent toutes, m'avoua Sullivan. Cela lui prendra un temps fou pour nous retrouver.

— Alors, on bouge, décrétai-je.

Tim, qui arborait toujours sa méchante blessure sur la tête, me regarda comme si je racontais n'importe quoi.

— Notre mission, c'est Emmy, Chris. Pas toi, pas tes amis, pas tes histoires. Tu ne peux pas tout à coup décider que l'on doit arrêter de suivre le plan.

J'allais le frapper. Il n'avait sans doute pas vu assez de chandelles la fois précédente.

— OK, m'agaçai-je, quel est le plan ?

— Mettre Emmy en sécurité.

— Je compte la mettre en sécurité, rétorquai-je.

— Où ? demanda Kat.

Je n'en savais rien, bordel.

— Au château, finis-je par dire.

Je me tournai vers Yumiko.

— C'est une bonne idée, non ?

— Aucune de tes idées n'est bonne, Hudson.

Pourquoi je lui posais des questions, déjà ?

— Tu viens au château, répétai-je à Emmy. Il y a un protecteur sur place, en plus d'Adam. Tu le connais, ça te fera de la compagnie !

J'envoyai un message à Evan pour lui dire qu'on devait se retrouver quelque part et qu'il me fallait une photo. Je ne pouvais pas faire entrer Sullivan, Kat et Tim chez nous. Oliver s'en mettrait sans doute les mains sur la tête. Ça serait peut-être aussi le cas d'Emmy, mais j'avais envie de croire qu'il m'en voudrait moins étant donné que c'était une faucheuse et qu'elle jouait un rôle énorme dans le sauvetage de ce monde.

Mon téléphone vibra. Je reçus la photo de la devanture d'une papeterie et la montrai à Sullivan.

— T'es sûr de toi ?

J'acquiesçai.

— Vous me menez là-bas et je mets Emmy en lieu sûr.

— J'émets un doute sur le fait qu'être à tes côtés soit synonyme de sécurité, s'exclama Kat.

Elle n'avait pas forcément tort.

— Écoutez, je sais qu'on ne se connaît pas plus que ça. Vous avez vu de moi uniquement ma protectrice barge et mes entraînements, mais je peux vous assurer que je souhaite faire les choses bien. Emmy et moi, on se connaît déjà, appelez ça le destin ou un coup de chance, ça m'importe peu, mais ma présence avec elle aujourd'hui prouve qu'elle doit être à mes côtés.

Les yeux d'Emmy brillèrent de nouveau. Avais-je été romantique ? Ce n'était clairement pas mon but.

Tim, Kat et Sullivan se regardèrent. Ce dernier finit par hausser les épaules.

— Les messagers n'avaient qu'à être plus précis.

— Les messagers ? questionnai-je.

— D'après toi, d'où nous viennent nos missions ?

OK, il allait falloir que je trouve le gamin aux boucles blondes et que je lui dise ses quatre vérités quand j'en aurais l'occasion. J'en avais marre de ces histoires.

Nous nous rapprochâmes tous et, une fois que nous fûmes prêts, Sullivan nous exporta jusqu'à la papeterie.

La rue où elle se situait était déserte. Il n'y avait pas un passant, pas une seule boutique d'ouverte, et quasiment tous les volets étaient fermés.

C'était ce que l'on appelait chez nous un bon gros bled perdu ou encore une ville morte. Au choix.

— Où sont-ils ? râlai-je.

On ne pouvait décemment pas arriver avant eux à l'endroit qu'ils avaient eux-mêmes choisi, c'était un manque de respect total, à ce niveau-là.

Heureusement, une porte finit par s'ouvrir. Elle était basse et étroite, Evan et Jake durent se voûter pour la passer.

À peine nous eurent-ils rejoints que je leur sautai dessus.

— Qu'est-ce qui s'est passé ?

Des flammes dansaient dans les yeux du phénix. Une chaleur intense se dégageait de son corps. Je voyais à ses poings fermés qu'il tentait de garder la maîtrise de lui-même, mais au regard inquiet de Jake, il n'était pas sûr qu'il y parvienne.

— Il y a des conversations qu'on ne peut pas avoir devant des inconnus, s'emporta le phénix.

Je sentis Emmy faire un pas en arrière. Je ne savais pas ce qu'il en était des autres, mais clairement, Evan ne mettait personne en confiance.

— Depuis quand Jude…

— Trois jours, me coupa Jake.

Je fermai les yeux.

Trois putains de jours, et je n'étais au courant que maintenant. J'avais envie de me frapper. J'aurais dû m'écouter et sortir de Vaia bien avant tout cela. Rester sans nouvelles l'un de l'autre était stupide, qu'importe si le temps ne s'écoulait pas de la même manière pour elle.

— C'est sans doute le moment de nous séparer, décréta Yumiko. Ils doivent retourner sur Vaia.

Ses yeux se posèrent sur nos trois colocataires.

— Accompagne-les et ramène Oliver, lui demandai-je.

— Non.

Son refus m'irrita et mon regard noir ne pouvait le cacher.

— S'il te plaît ? pestai-je.

— La politesse n'a rien à voir là-dedans. Je ne peux pas te laisser seul ici sans protection, mon contrat me l'interdit.

— Il n'est pas sans protection, il est avec nous, corrigea Jake.

— C'est bien ce que je dis.

Ils ne répondirent rien, mais leur air agacé était visible à trois kilomètres.

— Ils rentrent et préviennent ton oncle, reprit-elle. Maddie et lui auront le temps de préparer leur départ, et sans doute bien plus encore pendant que l'on discutera de la suite. Ensuite, nous irons les chercher.

Je ne voyais pas de meilleure solution pour l'instant, de toute manière.

Je hochai la tête ; Kat, Tim et Sullivan s'éloignèrent de nous. Ce dernier extirpa une bourse de sa poche, et comme Yumiko précédemment, il créa un cercle autour de lui avant de sortir un poignard de sa poche. Il entailla la paume de sa main et la posa au sol. Un instant plus tard, nos trois colocataires disparurent.

— Bon débarras, scanda Yumiko. Trois de moins, plus que quatre.

Elle me comptait dans le lot, évidemment. Quelle adorable femme.

— Ne restons pas ici, déclara Jake.

— Le château ! m'exclamai-je. Nous serons en sécurité là-bas.

Du moins, je l'espérais.

Mon oncle n'avait pas voulu que nous y demeurions, mais ses raisons semblaient liées à la présence de personnes peu fiables dans sa maison. Tous ceux en présence y avaient déjà posé les pieds, sauf Emmy. Et même si, point de vue conviction, j'avais des réserves aussi grandes que l'océan Atlantique sur Evan, je tentais d'avoir confiance en Jude.

Nous nous rapprochâmes les uns des autres. C'était toujours étrange. Nous devions être assez proches pour nous toucher, mais pas trop pour ne pas que ça finisse en câlin collectif. Vu ceux qui m'entouraient, cette dernière idée était clairement gênante.

Nous nous exportâmes en une seconde. Je retrouvai le bureau de mon oncle, cet endroit qui avait vu passer de nombreux moments de doute et d'angoisse. Voilà qu'un nouveau venait s'y ajouter.

Ma sœur avait disparu.

J'avais beau me le répéter, une partie de moi ne semblait pas intégrer l'information. Habituellement, je me serais déjà noyé dans mes idées noires, mais là, mes pensées étaient claires et en ordre. Était-ce mon séjour sur Vaia qui m'avait changé à ce point ?

Cookie arriva dans la pièce. Le chat roux appartenant à Yumiko s'approcha d'elle pour se frotter à ses jambes. La protectrice l'envoya valser un mètre plus loin.

— Dégage, Italien de pacotille !

Evan ne se départit pas de son air sombre et enragé.

Le félin disparut pour laisser place à Lorenzo, le protecteur actuel du château.

— Bella, tu m'as manqué !

Il fit friser le bout de sa moustache et je vis des envies de meurtre se peindre sur le visage de Yumiko.

— Lorenzo, est-ce que tout se passe bien par ici ? demandai-je.

En l'absence d'Oliver, je partais du principe que j'étais le chef de ces lieux. Vraisemblablement, il était du même avis, vu qu'il me fit un rapport complet et détaillé de ce qui s'était déroulé depuis notre absence. Plusieurs personnes avaient tenté de mettre un pied sur la propriété, aucune n'y était parvenue et il était plutôt confiant sur le fait que cela continue.

— Après, je ne peux pas juger des gens que vous amenez, me rappela-t-il. La menace dans ce cas-là n'est pas à négliger.

Bien qu'il parlât sans doute d'Emmy, qu'il n'avait jamais vue jusqu'ici, je ne pus m'empêcher de jeter un coup d'œil au phénix.

— Si tu veux t'en prendre à moi, protecteur, c'est le moment ou jamais, affirma ce dernier. Je me sens d'humeur batailleuse.

— Ce n'est probablement pas une bonne idée, le calma Jake. Nous sommes venus ici pour discuter, alors, discutons.

On pouvait toujours compter sur le chronologiste pour rappeler les priorités.

Lorenzo disparut et Jake nous expliqua tout ce qu'il s'était passé. Je fus choqué d'apprendre que moins d'une semaine s'était écoulée pour eux, depuis notre dernière rencontre. De notre côté, cela faisait beaucoup plus longtemps. Quand il mentionna la tombe de mon père, mon cœur rata un battement. Qu'est-ce que c'était que cette histoire ? Que disait le message de Jude ? Si ce n'étaient pas ses os dans la tombe, où se trouvait sa dépouille ? Mon esprit ne cessait d'y revenir, tout en écoutant la suite du discours du chronologiste. Lorsqu'il arriva à l'attaque chez les phénix, je ne pus m'empêcher de poser mon regard sur Evan.

— Tes cousins, ta nièce et ta sœur vont bien ? demandai-je en priorité.

— Ils sont vivants. De là à dire qu'ils vont bien, il y a une belle différence.

Sa voix était brisée. En même temps, comment lui en vouloir ? Il venait de perdre sa mère, et j'étais bien placé pour savoir ce que ça faisait.

J'aurais bien eu envie de lui dire que j'étais désolé, mais mes mots n'auraient fait que remuer le couteau dans la plaie.

— Les phénix que nous avons pu secourir sont sans doute les seuls survivants des montagnes noires, conclut Jake.

— Quelle histoire sordide !

Je sursautai en entendant la voix d'Adam. Il était encore sorti de nulle part, manquant de me provoquer une crise cardiaque.

— Ne pourrais-tu pas t'annoncer ? râlai-je.

— J'ai pensé à lui mettre une clochette autour du cou, avoua Yumiko, mais il a refusé.

Son air scandalisé aurait été très amusant dans d'autres circonstances.

Emmy, qui se faisait des plus discrètes depuis que nous avions rejoint les autres, arbora enfin un sourire en apercevant l'esprit.

— Adam, je suis contente de te revoir !

Celui-ci plaqua un sourire forcé sur son visage.

— Oh, oui, quelle merveilleuse chose que nos retrouvailles !

Son regard se posa sur moi.

— Qu'est-ce qui nous vaut ce… plaisir ?

Vraisemblablement, sa dernière séance de thé ne lui avait pas laissé un souvenir si joyeux.

Ce fut à notre tour de raconter tout ce qui nous était arrivé, en particulier la mission qui nous avait menés à Emmy.

— Ils la cherchent, clama Evan. C'est un atout pour nous.

Jake hocha la tête.

— Comme eux, nous possédons quelque chose, ou plutôt quelqu'un, qu'ils veulent.

— Sauf qu'ils n'échangeront jamais Emmy contre Jude, affirmai-je. Déjà, car il est hors de question de mettre Emmy en danger, et ensuite, car Jude est bien trop importante à leurs yeux.

— Elle l'est, mais uniquement si tu l'accompagnes, pointa du doigt Jake.

— Raison pour laquelle ils ne lui feront rien tant qu'ils ne me détiennent pas.

Et ce fut en le disant que je réalisai que mon calme venait de là. J'étais persuadé que la vie de ma sœur n'était pas menacée entre les mains d'Illiana, car leur objectif était de nous utiliser, et non de nous supprimer.

— Nous devons trouver un moyen de la sortir de là, tout en protégeant Emmy. Il nous faut découvrir où elle est retenue prisonnière.

Tous gardèrent le silence jusqu'à ce qu'Emmy prenne la parole.

— J'ai une idée.

Elle sourit et regarda Adam avec des étoiles dans les yeux. Je sentais que la suite allait être intéressante.

# 31

Mon père s'assit et me regarda avec perplexité. Il faut dire qu'il ne s'attendait sans doute pas à ce que je sorte un truc pareil, ennemi ou pas.

— Te tuer ?

— Chut ! Sois un peu discret.

Cette fois, il m'observa comme si j'étais folle.

— Adriel doit être dans une drôle d'impasse s'il se met à embaucher des clampins comme toi.

— Adriel ne m'a pas embauchée, je suis ta fille, que ça te plaise ou non. Ce qu'on va faire, c'est que je vais te raconter toute l'histoire de A à Z. Ensuite, tu réaliseras que je dis la vérité et on pourra poursuivre mon plan.

Il croisa les bras.

— Bah tiens, j'ai hâte de voir ça !

J'ignorai son ironie et son incertitude. Nous n'avions pas de temps à perdre.

Alors que je continuais à marcher de long en large dans la cellule, je me mis à tout expliquer à mon père. Mon oncle qui était venu me chercher, mon emménagement chez lui, la rencontre avec Chris, puis l'attaque dans notre lycée et la disparition d'Oliver. J'enchaînai sur l'arrivée dans nos vies de Jake, Maddie et Evan, puis sur mon enlèvement par ce dernier, à la solde d'Illiana. Je lui avouai avoir tué Nyx avec un pic à glace avant de m'enfuir avec Evan. Rapidement, je lui racontai que j'étais liée à celui-ci en tant qu'inséparable, chose que j'avais découverte presque en même temps que mes pouvoirs de phénix.

— Cette histoire d'inséparables est digne d'un conte de fées. Penses-tu vraiment que je vais croire à ces bêtises ?

— Tu finiras par le faire.

Je poursuivis mes explications sur les retrouvailles avec mon oncle.

— Je l'aurais su, s'il était ici, protesta mon père.

— Car tu as souvent l'occasion de faire le tour du propriétaire ?

Il se renfrogna. Ouais, j'avais raison.

— Ensuite…

Je m'arrêtai. Et si les autres nous écoutaient ? Jusqu'ici, ce que j'avais révélé ne pouvait leur être d'aucune utilité. Mais parler de Méandrine et du QG à Los Angeles serait mettre la vie de nos alliés en péril.

— Ensuite ?

Mon père avait posé la question d'un air las.

Et lui ? S'il me faisait croire qu'il pensait que j'étais un morphéus, mais que c'était en réalité lui qui se jouait de moi ? Chris m'avait dit que la ressemblance était frappante. Que le mensonge se trouvait dans les détails. Le problème dans le cas présent était que j'étais bien incapable de savoir si ce qui différait chez mon père était dû à son séjour en ces lieux ou à une arnaque.

— Ensuite, j'ai atterri ici par un concours de circonstances malencontreux.

C'était grandement résumé, mais ça ferait l'affaire.

— Et c'est à quel moment que je suis censé avoir une révélation et te croire sur parole ? se moqua-t-il.

Je soupirai.

— Je n'en sais rien, moi. Il paraît que t'es un penseur et que tu peux lire dans les esprits, donc vas-y, rentre dans le mien, je t'en prie.

— Je ne peux pas à cause des murs.

— Vraiment ? Ils nous empêchent d'utiliser nos pouvoirs au-delà, mais penses-tu cela soit impossible à l'intérieur de cette pièce ?

Son front se plissa.

— Quand tu auras lu dans mon esprit, le prévins-je, quand tu auras découvert que je dis la vérité depuis le début, tu devras faire en sorte de ne pas réagir. Tu devras garder ce regard froid et impassible sur moi. Tu comprends ?

— Si je comprenais un traître mot de ce que tu dis depuis tout à l'heure, ça se saurait.

Mon expression sérieuse lui fit lever les yeux au ciel.

— Cela ne fonctionnera pas.

J'ignorais s'il parlait de son pouvoir, de mon plan ou de ma tentative de le convaincre, mais je n'en avais rien à faire.

— Est-ce que tu peux faire ça discrètement, sans que ça se voie de l'extérieur ? demandai-je.

— Bull n'a pas inventé l'eau chaude, même si je mettais mes mains sur ta tête, il ne comprendrait pas tout de suite ce que je suis en train de faire. Va t'asseoir sur ton lit, face à moi.

J'obéis à son ordre, un peu surprise qu'il accepte aussi facilement. Une légère inquiétude s'empara de moi, mais je tentai de la repousser au loin. Je devais garder espoir.

Une fois installée le dos contre le mur et les pieds reposant sur le sol, je le fixai.

— Tu es certaine que tu ne le regretteras pas ? dit-il.

— Je ne regretterai jamais rien.

Assis tout comme moi, il plongea ses yeux dans les miens. Quelque chose m'effleura l'esprit et tourna autour. C'était étrange, c'était désagréable, mais je ne fis rien d'autre qu'attendre. Je compris à quel moment il trouva ce qu'il cherchait. Je vis ses yeux s'écarquiller, sa bouche s'ouvrir légèrement, et mon crâne m'élança.

Un temps passa, infiniment long.

Je n'osais faire un geste ou prononcer le moindre mot.

Quand la pression disparut enfin, quand ses yeux se posèrent sur le sol, je recherchai sur ses traits la preuve qu'il avait enfin saisi.

Je n'eus pas le temps de l'observer plus longtemps qu'il s'allongea sur son lit de fortune et se tourna le visage face au mur.

Perdue, je ne sus que penser.

Sa respiration était rapide, bruyante. Je lui avais demandé de rester calme, de ne pas montrer qu'il avait compris, mais ma frustration était affreuse. Ne pas être certaine qu'il me croyait, ne pas sentir son regard tendre se poser sur moi…

Soudain, il fredonna.

Des paroles justes, mais une mélodie à se frapper la tête contre un mur. J'eus envie de rire. J'eus envie de pleurer. J'eus envie de lui sauter dans les bras. Mais je ne pouvais pas.

*I'd catch a grenade for you*
*Throw my hand on the blade for you,*
*I'd jump in front of a train for you.*
*You know I'd do anything for you.*

C'était notre chanson préférée. Celle qu'il fredonnait en me regardant avec tout l'amour qu'il me portait. Aujourd'hui, elle avait une saveur unique, car je savais ce qu'il avait fait et enduré pour me protéger. Pour nous protéger, Chris et moi.

Je me mis à chantonner doucement avec lui. De l'extérieur, nous ressemblions sans doute à deux personnes qui discutent, rien de bien différent de ce que nous faisions quelques minutes plus tôt. Et pourtant, tout avait changé.

Nous restâmes ainsi un moment. Le silence avait repris ses droits et baignait notre cellule. Je laissai le temps à mon père d'intégrer tout ce que j'avais dit, tout ce qu'il avait vu dans ma tête. Ça faisait beaucoup d'un coup. Sans doute trop, d'ailleurs.

Quand il finit par me refaire face, ce fut avec un visage tendu et sombre.

— Impressionnant, avouai-je.

Qui aurait cru que mon père avait un tel talent d'acteur ?

— Il me suffit de repenser au fait que tu embrasses un phénix avec lequel tu es lié.

Mes joues durent se teinter de rouge. J'espérais que Bull ne le verrait pas de là où il était.

— Ton plan ? enchaîna-t-il.

— Tu fais semblant de me tuer, Bull rentre, s'approche et on le met hors d'état de nuire.

— Tu comptes l'enflammer ?

J'imaginais mal comment. Je savais créer une boule de feu, oui, et encore, pas à chaque fois. De là à cramer un individu comme Bull…

— Un coup de poing sur le crâne, ça ne suffirait pas ?

— Il est tellement grand que mon poing atteindrait à peine le bas de son menton, Jude.

Ouais, bon, ce plan n'était pas parfait.

— D'accord, on peut trouver mieux.

Il le fallait. On ne pouvait quand même pas rester là à attendre que quelqu'un vienne nous délivrer. Et si jamais nos amis n'y parvenaient pas ?

Comme si mes prières avaient été entendues, une silhouette opaque apparut au beau milieu de la pièce.

Il observa tout autour de nous avant de poser ses mains sur ses hanches.

— Eh bien, ce n'est pas folichon, par ici. Loin d'un cinq étoiles.

Mon regard croisa celui de mon père.

— Tu le connais ?

Il me fit signe que non.

— Je suis Adam, l'esprit qui hante le château et qui te gratouille la plante des pieds dans la nuit.

Il affichait un air satisfait. Vu le nombre de fois où il m'avait empêchée de dormir, j'avais très envie de le lui faire ravaler.

— On ne peut pas lui faire confiance, déclara mon père. Adriel contrôle les spectres, il peut très bien être l'un d'entre eux.

— Oh, je vous rassure, je suis bel et bien contrôlé, mais pas par le méchant papa, c'est sa fille qui m'utilise comme sa marionnette.

Adriel avait une fille ?

— Je ne comprends pas, avouai-je, les sourcils froncés.

— Je prendrais bien un instant pour tout vous expliquer, mais j'ai une équipe de choc à la maison qui attend mon retour. Il me faudrait le plus d'infos possible avant de partir. Où êtes-vous ? Comment vous sortir de là ? Et surtout qui c'est, lui ?

Son doigt pointa mon père.

— Je suis Nate Hudson.

Adam en resta interdit.

— Bordel, votre vie est pire qu'un soap-opéra !

Je décidai de croire l'esprit. Sa description correspondait à ce que Chris m'en avait fait et il m'inspirait confiance. Surtout, il était la seule solution à nos problèmes. Je mettais mes espoirs en lui. J'ignorais si c'était bien ou totalement stupide.

Mon père et moi lui expliquâmes tout ce que nous savions.

— Pense à cet endroit, à ce que tu en as vu quand tu étais dehors, me demanda Adam. Je vais récupérer l'image et la transmettre à Jake pour qu'on vienne vous chercher.

J'acquiesçai et me remémorai l'édifice où nous étions, son allure chic et grandiose. Il faisait nuit à ce moment-là, et j'espérai que le peu de détails que j'en avais gardé suffirait.

— Dis-leur de ne prendre aucun risque, m'exclamai-je. Chris… Il ne doit pas venir.

Cela allait le contrarier, j'en étais certaine. Mais si Adriel avait vent de sa présence ici et parvenait à le récupérer, le résultat pouvait s'avérer catastrophique.

— Je ne peux rien te promettre, princesse. Je ne suis qu'un pion dans ce jeu sordide du destin…

Il m'adressa un sourire triste, puis regarda derrière le mur qui nous retenait enfermés. Bull parlait dans un talkie-walkie tout en nous observant.

— Il est temps que je m'en aille ! lâcha Adam. Tenez bon !

Ce furent les dernières paroles qu'il prononça avant de disparaître.

Mon père, qui était resté plutôt silencieux, lança :

— Si on m'avait dit hier tout ce qui allait se passer aujourd'hui, je n'en aurais pas cru un traître mot.

Un sourire fleurit sur mes lèvres.

— J'ai compris bien malgré moi que je ne devais plus rien planifier. Du jour au lendemain, tout peut changer. Pour le pire, ou le meilleur.

Et sa présence à cet instant à mes côtés faisait partie de cette deuxième catégorie. Mon père s'approcha de moi et m'enlaça.

— Et le plan ?

Il rit.

— Ton plan était nul. Il me semblait que nous en avions déjà discuté.

Oui, pour autant, je ne pensais pas qu'on laissait tout tomber.

— Je suis désolé de t'avoir planté une fourchette dans la main. Quand j'y songe… Je m'en veux énormément, j'étais persuadé que…

— C'est bon, papa, le rassurai-je. Tu croyais vraiment que je n'étais pas ta fille.

Je pouvais comprendre sa réaction. Après tout, qui savait exactement ce qu'il avait subi ici ?

— Les autres viendront nous chercher, ajouta-t-il. Je ne pouvais pas y croire, je ne pouvais pas avoir de l'espoir. Mais toi, tu en as. Et j'ai confiance en ton jugement.

Mes mains se refermèrent sur son dos, et je nichai mon nez dans la poitrine de mon père. Une larme roula sur ma joue. Cet instant dont j'avais tellement rêvé, jamais je n'aurais cru qu'il pourrait réellement se produire.

Il finit par reculer avant de poser un baiser sur mon front.

— Tout va bien se passer.

Machinalement, je hochai la tête.

Une question me brûlait les lèvres, mais je ne voulais pas briser le moment que nous étions en train de vivre.

— Je suis un penseur, Jude. Je fais mon maximum pour ne pas lire la pensée que tu me hurles à l'esprit, mais il serait plus simple pour nous deux que tu exprimes ce qui te perturbe.

— Ma mère, notre mère, corrigeai-je, est-elle réellement morte ?

Y avait-il un espoir pour que je puisse la rencontrer un jour ? Chris et moi pourrions-nous profiter de nos deux parents encore un peu ? Après tout, tout portait à croire que mon père n'était plus de ce monde, et il se trouvait actuellement devant moi.

Son air consterné me répondit avant même qu'il n'ouvre la bouche.

— Je suis désolé, Jude. Elle est bel et bien partie.

Je ne pus m'empêcher d'être triste et accablée. Je n'avais jamais eu de mère. J'avais toujours pensé qu'elle nous avait abandonnés pour le travail et j'avais décrété qu'une telle personne ne me méritait pas. Mais depuis que je connaissais la vérité, les choses avaient changé. Je n'étais pas fière de toutes ses décisions, je savais que la relation entre Chris et elle était tumultueuse, mais je regrettais de ne pas avoir pu la rencontrer. J'aurais voulu savoir à quoi elle ressemblait, entendre le son de sa voix, me faire ma propre opinion sur celle qui m'avait donné la vie. Mais c'était impossible.

La main de mon père se posa sur mon épaule.

Je levai mon visage vers lui et inspirai profondément. Il fallait que je me focalise sur les bonnes choses. Sur les retrouvailles avec mon père, sur l'espoir de sortir d'ici ensemble. Pour le reste, j'y penserais plus tard, quand je serais seule. Et je tenterais de faire le deuil d'une relation qui n'existerait jamais.

— Tout va bien se passer, me dit une nouvelle fois mon père.

Je lui souris.

Oui, j'allais tâcher de m'en persuader.

# 32



*Chris*

J'angoissais.

Sans vraiment savoir pourquoi, d'ailleurs. Après tout, Adam était un esprit, il était déjà mort. Ce n'était pas comme s'il pouvait se faire tuer une deuxième fois.

Pourtant, je ne pouvais m'empêcher de faire les cent pas en me rongeant les ongles. Mais ce qui me rassurait dans tout ça, c'était que je n'étais pas le seul. De son côté, Evan en était à son troisième livre carbonisé.

— Monsieur Hudson va être vraiment contrarié, fit de nouveau Jake à son attention.

Mais Evan n'entendait rien. Il était enfermé dans ses propres pensées et rien ne semblait pouvoir l'en libérer.

Le téléphone d'Evan sonna, il le sortit de sa poche, mais l'appareil fondit dans sa main en un rien de temps.

Jake soupira.

— Il faut que tu te calmes, Evan.

Ce dernier grogna.

— C'était Alec, rappelle-le.

Jake obéit sans faire de remarque, même si je voyais à son visage qu'il gardait pour lui quelques paroles venimeuses.

Le coup de téléphone ne dura pas longtemps. Jake fit un rapide résumé de la situation à l'architecte, et ce dernier sembla juste le rassurer sur le fait que tout allait bien de son côté.

Evan ne se détendit pas pour autant.

— Il rentre quand, Casper ? hurla-t-il finalement.

Emmy sursauta.

La pauvre n'était pas ménagée par les sautes d'humeur du phénix.

Heureusement, Adam apparut la seconde d'après.

— Alors ? lui demandai-je sans attendre.

— Elle est dans la montagne noire, sur le camp phénix. Il n'y a personne à part deux gars baraqués qui montent la garde devant elle. Ils détiennent aussi un homme, le couteau sous la gorge. Ils la font chanter. Si elle tente quoi que ce soit, il meurt.

Mon cœur se mit à battre à tout rompre.

— Qui est-ce ?

Il haussa les épaules.

— Je ne sais pas. Mais en dehors de cela, la voix est libre. Cela ne devrait pas durer, j'ai entendu leur conversation, d'autres arrivent.

— On doit s'y rendre tout de suite, décida Evan. C'est peut-être notre seule chance de la récupérer.

J'étais d'accord avec lui, l'occasion était trop belle pour ne pas s'en emparer.

— Et Oliver ? demanda Jake. N'êtes-vous pas censés aller le chercher ?

— On n'a pas le temps, décrétai-je. Tu as entendu Adam, d'autres arrivent.

— Tu ne devrais pas y aller, me conseilla Yumiko. Se rendre là-bas est un risque. S'ils mettent la main sur toi en plus de ta sœur…

— Il n'y a presque personne ! la coupai-je. Et je peux me défendre, dorénavant. Tu le sais.

Ses yeux plongèrent dans les miens. Je pus lire sur son visage qu'elle était en total désaccord avec ma décision.

— Je dois retrouver ma sœur.

Je n'allais pas changer d'avis.

— Comme vous le souhaitez, maître.

C'était bien la première fois qu'elle m'appelait comme ça. Je n'aimais pas du tout. J'avais l'impression qu'elle croyait que je ne prenais pas en compte son opinion. Ce n'était pas le cas, je savais qu'elle devait me protéger et qu'aller là-bas n'était pas sans risque, mais il était au-dessus de mes forces de rester ici à patienter. Je ne pouvais plus demeurer sans rien faire. J'avais été mis de côté trop longtemps.

La protectrice dégaina son sabre. Son regard de tueuse prit place sur ses traits. Son corps tendu comme un arc n'attendait plus qu'une chose, faire couler le sang.

— Et moi ? demanda Emmy.

Un instant, j'avais oublié sa présence.

— Tu restes ici. Tu y seras en sécurité.

J'avais promis à mes colocataires de Vaia de m'en occuper, je ne pouvais pas l'emmener avec moi. Mais la laisser seule me tracassait aussi.

— Jake, peux-tu rester avec elle ? C'est une faucheuse. Sa survie est aussi importante que la nôtre, voire plus.

Je manipulais son sens du devoir. C'était un peu de la triche, mais en même temps, je ne faisais que dire la vérité.

— Bougez-vous ! lâcha Evan.

— Je vous emmène, puis je reviens, me rassura le chronologiste. Vous n'aurez qu'à m'appeler quand vous aurez fini.

Nous nous rapprochâmes. L'excitation était à son comble. L'adrénaline coulait dans mes veines.

Je vis Emmy contempler Adam, mais celui-ci regardait ailleurs. Les yeux de la faucheuse s'écarquillèrent et sa bouche s'ouvrit, mais nous nous exportâmes avant de pouvoir entendre ce qu'elle allait dire.

En arrivant au beau milieu des montagnes noires, nous tombâmes tous à terre. Il me fallut un instant pour comprendre que nous venions d'atterrir sur un tas de bois.

Quand je levai les yeux, tout mon corps se tétanisa.

Adam nous avait menti.

Le plan que nous avions cru parfait avait été trafiqué.

Le village des phénix n'était pas quasiment vide en dehors de ma sœur. Il était en réalité bondé, et aux nombreux sourires cruels qui nous surplombaient, je saisis rapidement qu'on était dans les problèmes jusqu'au cou.

Je ne vis pas Jude, uniquement des phénix retenus de force par une armée bien trop importante. Je sentis Evan se tendre et s'embraser. Jake lui souffla des paroles que je ne compris pas. Alors que je ne m'étais pas encore relevé, mes mains se dirigèrent vers mes dagues. Il aurait été stupide de croire que cette situation n'allait pas se finir dans le sang.

— Mais qui voilà donc !

La voix d'Illiana ne m'avait pas manqué. Ses cheveux blonds contrastaient avec les ombres ténébreuses qui flottaient autour d'elle. Son expression était tranquille et satisfaite. En voyant Evan, son sourire s'élargit.

— Alors ? À quel point regrettes-tu de m'avoir trahie, maintenant ?

Elle s'approcha d'une phénix et ses ombres fondirent sur elle. Des hurlements déchirèrent l'air. Evan cria et se releva avant de s'avancer. Jake le retint de justesse.

— Tu ne feras qu'empirer la situation, souffla-t-il.

Peut-être était-ce vrai, mais à la place d'Evan, j'aurais sans doute réagi pareil. Alors même que ces gens m'étaient inconnus, je ressentais le désir d'avancer et de tout mettre à feu et à sang. Pourtant, le mieux aurait été de nous en aller, de nous exporter de nouveau au château, mais nous avions tous été trop séparés par notre chute pour partir aussi facilement.

Les cris perdurèrent encore un moment avant de s'estomper. La phénix s'était évanouie sur le sol.

— C'est décevant quand ils perdent connaissance. Je préfère les torturer jusqu'à ce qu'ils pleurent, vous vous en doutez bien !

Des rires fusèrent. Mon envie de meurtre s'intensifia.

— Tu aurais dû m'écouter, chuchota Yumiko.

— Penses-tu que ce soit le bon moment pour en parler ? m'agaçai-je à voix basse.

— Quand tu seras mort, il sera trop tard.

Elle avait toujours les bons mots, celle-là.

Mon cerveau tournait à plein régime. Je tentai de réfléchir à un plan. Qu'allait-il se passer exactement ? Si Adam nous avait menti, c'était qu'il était dans le clan ennemi ou bien qu'il y avait été forcé. Emmy était-elle dans le coup ? Était-ce à cause d'Adriel ? Je ne savais plus à qui je pouvais me fier en dehors de ceux qui étaient à mes côtés.

— Qu'est-ce que tu veux ? cracha Evan. Te venger ?

Illiana le regarda de haut, comme s'il n'était qu'une fourmi parmi les hommes.

— Mes desseins n'ont pas changé. La seule chose que je souhaite, c'est la richesse. Mais j'avoue que me venger en même temps ne me laisse pas de marbre.

— Je ne t'ai jamais rien promis.

— C'est vrai. Mais tu sais, Nyx et moi étions au courant de ce que tu étais. Nous aurions pu décider de te torturer comme je le fais avec les tiens pour nous enrichir de tes larmes, pour apprendre si d'autres phénix arpentaient notre terre. Nous ne l'avons pas fait, car nous nous sommes attachés à toi. Nous avons apprécié ta froideur et ton absence d'émotions. Tu paraissais comme nous, intéressé uniquement par ton bien-être sans te soucier de celui des autres. Et toi ? Toi, tu nous as laissés crever.

Ses ombres se multiplièrent, se mouvant autour d'elle et formant une image aussi époustouflante qu'effrayante.

— Tu t'es barré avec l'ennemie et tu nous as abandonnés. Nyx est mort, et j'aurais pu finir de la même manière si un autre architecte n'avait pas été présent dans la salle. As-tu ressenti des remords à un seul moment depuis lors ?

Son expression était sérieuse. Elle attendait une réponse et celle-ci scellerait sans doute ce qui nous arriverait ensuite.

Evan leva la tête, fier, et lança :

— Le seul remords que j'ai est de ne pas avoir planté le pic à glace dans sa poitrine moi-même.

Je fus submergé d'effroi. D'accord, l'honnêteté, c'était bien, mais n'était-ce pas le moment d'arrondir les angles ? Apparemment, Evan n'en était pas capable.

Yumiko s'approcha de moi, je perçus son corps contre le mien.

— Accepte la souffrance.

Si j'avais entendu ses mots, je ne les avais cependant pas compris. Quand les ombres d'Illiana foncèrent sur nous, je me recroquevillai sur le sol, tout comme Jake et Evan à mes côtés. Je sentis une douleur affreuse dans ma poitrine, une peine indicible me broyer le cœur et beaucoup de rancœur envers moi-même.

Illiana haussa un sourcil.

Toujours debout, Yumiko se mit en garde.

— Les ténèbres me rendront plus forte, ombre.

Les ténèbres. Les mots de la protectrice me remémorèrent ce moment passé en salle d'entraînement, sur Vaia. Cet instant où je n'avais plus rien ressenti, où Maddie avait utilisé son pouvoir pour me faire comprendre que sans souffrance, sans noirceur, je n'étais plus moi-même. Les ténèbres faisaient partie de moi.

« Accepte la souffrance ».

Je me laissai aller et arrêtai de lutter. Je détendis mon corps et mon esprit, autorisant le flot d'ombres à submerger tout mon être. Combattre ne servait à rien. C'était un mauvais moment à passer, mais j'avais confiance en Yumiko. Et j'avais eu raison, car au bout d'un moment, la souffrance n'était plus que l'écho de celle que je ressentais habituellement.

Ragaillardi, je me levai.

Au sol, Jake et Evan hurlaient toujours. Le cri déchirant de ce dernier résonnait dans les montagnes. On y entendait toute la tristesse qui l'envahissait chaque jour. Toutes les émotions qu'il laissait enfermées. Tout ce qu'il cachait sous son air impassible ou froid.

— Arrête, ordonnai-je à Illiana.

— Ça ne risque pas d'arriver, comptes-tu me forcer ?

Elle paraissait aussi amusée que concentrée. Tout cela devait lui demander beaucoup d'énergie. Et toute énergie avait ses limites. Elle ne pourrait continuer ainsi indéfiniment.

Les hurlements de mes acolytes se poursuivirent. Ma paume effleura ma dague. Alors qu'Illiana observait Evan et se délectait de son chagrin, je posai l'arme devant mes lèvres.

« Disparais ».

L'énergie que cela me demanda fut énorme. Je sentis mes jambes faiblir, mais Yumiko juste à côté de moi m'intima d'un regard de rester debout.

— Tu es persuadée que je suis bon au lancer de couteau ? m'enquis-je.

Son œil s'illumina.

— Certaine.

Sa déclaration valait toutes les preuves.

Le regard fixé sur Illiana, je serrai ma main sur le manche invisible de ma dague et d'un geste précis, l'envoyai vers sa poitrine.

# 33



*Jude*

Adriel était venu nous chercher.

Il était accompagné de ses troupes et, alors que nous traversions les couloirs, quelque chose en moi remua. Une inquiétude, un pressentiment.

Le regard plongé dans celui de mon père, je vis que lui aussi se posait des questions.

Cela faisait peu de temps qu'Adam avait disparu. Il faudrait encore un moment avant que les autres ne viennent nous chercher. Que se passerait-il si nous n'étions plus là à leur arrivée ?

— Où allons-nous ?

Je demandai dans l'espoir qu'on me réponde. Mais personne ne dit rien. Nous continuâmes à marcher dans un silence de mort. Et au vu de la présence des spectres qui me glaçait le sang, ce n'était pas qu'une expression.

Leroy nous fit traverser des failles. Dans chacune d'elle, je tentai de me concentrer sur ce que je ressentais. Plusieurs fois, je m'en voulus de ne pas avoir appris plus de choses avec Alec. Peut-être que si cela avait été le cas, je serais à présent capable de prendre le contrôle de cette faille pour nous enfermer à l'intérieur. Mais, même dans cette optique, il faudrait aussi que je parvienne à me débarrasser de Leroy et que j'accepte de rester entre les mains d'Adriel. Nul doute que, dans de telles circonstances, je passerais tout sauf un bon moment.

Je reconnus les montagnes noires.

Leur vision, qui auparavant me coupait le souffle par sa beauté, me plongea dans un état de tristesse inégalable. Combien de personnes étaient-elles mortes ici ? Combien de décès étaient à déplorer chez les phénix depuis ? Illiana les avait-elle torturés comme elle le faisait si bien ?

Mon ventre se contracta, la bile remonta dans mon œsophage. Penser à toute cette douleur me remuait les entrailles.

Nous approchâmes du village des phénix, j'avisai les maisons dévastées, carbonisées, mais aussi les tas de cendres. J'espérai de tout cœur que ce n'étaient pas les restes des habitants. Pour quelle raison les phénix avaient-ils dû payer ? Cette espèce n'avait-elle pas déjà assez souffert ?

— À ce que je vois, on ne nous a pas attendus.

La déclaration d'Adriel me laissa perplexe. Mon regard se porta un peu plus loin, et alors, je vis ce qui était en train de se dérouler.

D'un côté se trouvait Illiana accompagnée de ses sbires. Devant eux étaient maintenus les phénix. Et en face, Chris et Yumiko se tenaient encore debout, tandis qu'au sol, Jake et Evan se tordaient de douleur.

Mon sang ne fit qu'un tour.

Je m'avançai vers eux, mais je fus retenue par une poigne d'acier.

— Où penses-tu aller, comme ça ?

La dénommée Sonia paraissait perplexe. L'idée que je songe à partir la laissait interdite. N'aurait-elle pas fait la même chose à ma place ?

Sans attendre, je créai une boule de feu et la lui envoyai dessus. Elle me lâcha et fit deux pas en arrière ; pendant ce temps, j'avais gagné du terrain, mais pas assez. Les spectres d'Adriel formèrent un mur devant moi, et j'avais beau y mettre toute ma force, celui-ci était infranchissable.

— Bien essayé, me dit le faucheur une fois à mon niveau.

Je le haïssais.

Je n'étais pas certaine d'avoir autant détesté quelqu'un un jour.

Tous, lui, Illiana et les autres, je voulais les voir brûler et regarder ce spectacle tout en mangeant du pop-corn. Je n'en éprouverais même pas un petit pincement au cœur si cela devait arriver.

Toujours entourée par les spectres, je fus poussée en avant. Seulement quelques mètres nous séparaient des autres.

Là, je vis mon frère faire un geste étrange. Comme s'il lançait un objet invisible vers Illiana. Toute mon âme espéra que c'était pointu et tranchant. Malheureusement, les spectres d'Adriel agirent rapidement.

Une seconde plus tard, une dague apparut et tomba au sol.

La déception se lut sur le visage de Chris.

Je ne pus m'empêcher de l'observer un instant. Sous ses vêtements noirs, je pouvais constater qu'il avait pris en masse musculaire. Et son regard… Quelque chose était différent. Comment avait-il pu changer en si peu de temps ? Était-ce moi qui n'avais pas vu le temps passer, enfermée dans ma cellule ? Impossible.

Il prit conscience de ma présence. Il m'observa un instant, mais bien vite, son regard glissa derrière moi. Ses sourcils se froncèrent alors qu'il contemplait mon père. Allait-il comprendre ? Parviendrait-il à deviner qui se trouvait ici avec nous ?

— Illiana, puis-je savoir ce que tu es en train de faire ?

Je pus percevoir un léger agacement dans le ton d'Adriel.

— Je remets les choses à leur place, répondit-elle.

— Dans ce cas, tu peux faire quelques pas en arrière.

L'expression d'Illiana se transforma. Pour la première fois depuis que je la connaissais, je pus voir en elle de la peur. Ici, elle n'était en rien la maîtresse du jeu, juste une subordonnée bien payée.

Tout en gardant la tête haute, elle lâcha ses ombres et les rappela à elle avant de reculer.

Ce fut le cœur serré que je regardai Evan se lever. Son corps s'enflamma et je le sentis prêt à attaquer. Mais en me voyant, il se figea.

Quelque chose remua dans ma poitrine. Un sentiment qui existait uniquement quand il était dans l'équation.

— Nous voilà enfin tous réunis ! clama Adriel, souriant. Je ne pensais pas que les choses se passeraient exactement ainsi, mais au vu du résultat, je suis plutôt satisfait.

De mon côté, c'était tout le contraire. Comment Chris et les autres avaient-ils pu foncer ainsi, tête baissée ?

Je ne comprenais pas comment la situation avait pu s'envenimer en si peu de temps. Elle n'était déjà pas bien glorieuse, mais alors là, on avait touché le fond.

— Maintenant que nous sommes tous ici, nous allons pouvoir ouvrir la porte, déclara le faucheur.

— Ça ne risque pas d'arriver, s'exclama Chris.

— Eh bien, je ne serais pas aussi sûr de toi à ta place, mon garçon.

Mon jumeau serra les mâchoires. La protectrice, devant lui, ne bougea pas d'un pouce.

— Je ne vois aucune porte, remarqua Jake.

— Car vous regardez avec vos yeux, expliqua Adriel. Les portes se trouvent en utilisant tout autre chose.

Il fit signe à Leroy d'avancer. Evan lui lança une boule de feu en pleine tête. Celle-ci s'éteignit avant d'atteindre son but. Leroy frotta ses bras juste après. Les spectres d'Adriel venaient de lui sauver la vie.

— Allons-y !

Le faucheur nous invita à le suivre. Bien évidemment, personne n'amorça un geste. Mais cela n'était pas un problème pour lui ; en une fraction de seconde, je fus projetée à ses côtés.

Il passa un bras autour de mes épaules. J'eus envie de hurler.

— Ton frère viendra-t-il de lui-même ou dois-je le menacer de tuer votre père pour le décider ?

Il avait parlé assez fort pour que tout le monde l'entende.

Le regard de mon jumeau se posa alors sur mon père. Il le fixait avec intensité. Il tentait de chercher une faille, quelque chose qui le pousserait à croire que tout ça était faux. En dernier recours, il se tourna vers moi.

— Dis-lui, Jude, me pressa Adriel. Dis-lui que votre père n'est pas mort. Du moins, pas encore.

Je serrai les poings. Je sentis ma température monter en même temps que ma rage, et les spectres d'Adriel vinrent me presser tellement fort que j'en eus le souffle coupé.

— Pourquoi s'entêter à utiliser ton pouvoir alors que tu sais que je ne te laisserai pas faire ? me demanda-t-il. As-tu si peu de contrôle sur toi-même ?

Comment remuer le couteau dans la plaie en quelques paroles.

— Chris, je te recommande de venir avec nous. Si tu ne le fais pas, je tuerai ton père et tous tes amis avant de te forcer à nous rejoindre. Et pour finir, quand la porte sera ouverte, je tuerai ta sœur devant tes yeux, puis mettrai fin à tes jours. Penses-tu que le jeu en vaille la chandelle ?

Il était trop fort. Il aurait le dessus dans tous les cas. Nous étions faits comme des rats, Adriel aurait ce qu'il voulait. La seule chose que nous pouvions faire était de protéger du mieux possible ceux qui nous entouraient.

Je réunis le peu de calme que je possédais encore et envoyai une pensée à mon frère.

« Obéis ».

J'espérai qu'il ferait ce que je lui demandais et ne mettrait pas en péril la vie de notre père. Qu'il puisse garder la possibilité de le connaître même si ce n'était que quelques heures, car Adriel allait probablement provoquer la fin du monde. De toute manière, la fin était là et nous ne pourrions pas l'empêcher, même si nous le décidions.

Chris hésita.

Je sentis qu'il était partagé. Je vis à son visage que prendre cette décision lui était difficile. Se rendre n'était pas son style. Laisser sa famille souffrir non plus.

Il fit un pas vers nous, les spectres me relâchèrent.

— À la bonne heure ! s'enthousiasma Adriel.

J'étais soulagée. Et en même temps, ce soulagement n'avait aucun sens quand on savait ce qui allait se produire. Nos parents nous avaient cachés pendant des années pour éviter que cela n'arrive. Pourquoi avait-il fallu que leur sacrifice soit réduit à néant ?

Adriel me poussa du plat de la main, Chris nous suivit. Un instant, Adriel s'arrêta pour regarder tous ceux qui se trouvaient au milieu du village phénix.

— J'invite tout le monde à venir. Ce jour est à marquer d'une pierre blanche. Plus il y aura de témoins, mieux ce sera.

Yumiko n'attendit pas avant de s'approcher de nous. Elle fut cependant rejointe par nos ennemis. Si je ne doutais pas qu'elle pouvait en mettre une bonne partie au tapis en un rien de temps, le nombre n'était pas en notre faveur. La protectrice ne fit rien, mais ne quittait pas mon frère des yeux. Tous les deux semblaient se parler à travers leurs regards, et j'étais frustrée de ne pas comprendre ce qu'ils échangeaient. Avaient-ils un plan pour nous sortir de là ?

Jake et Evan nous rejoignirent à leur tour, tout comme Illiana et plusieurs des siens. Harlon et Olivia furent tirés par le cou. Leurs ailes avaient été attachées en arrière par d'épaisses cordes. L'expression triste d'Olivia me tordait les boyaux. Elle avait perdu sa sœur, beaucoup des siens, et maintenant elle voyait la fin se diriger droit vers les survivants.

Leroy était en tête de notre convoi. Nous avançâmes derrière lui comme des condamnés se rendant à la chaise électrique.

Au fil des minutes, je sentis quelque chose. Cette sensation qu'Alec m'avait fait découvrir revenait, mais plus forte, plus puissante. Cette présence résonnait en moi, et plus j'approchais, plus elle semblait sur le point de m'engloutir.

Leroy disparut alors que dans mon esprit la pensée de ne pas parvenir à marcher plus longtemps venait de pointer le bout de son nez. Une force froide et invisible me poussa à faire le mètre qui restait. Les spectres me jetèrent dans la faille.

# 34



*Chris*

Plusieurs fois, je m'étais demandé à quoi ressemblait le lieu où se situait la porte menant aux autres mondes. À aucun moment, je n'avais pensé qu'elle pourrait se trouver dans une faille.

Combien de temps aurions-nous mis pour la dénicher par nos propres moyens ? Comment Adriel en avait-il eu vent ? Nul doute que cela avait un rapport avec cet homme qui nous guidait tous.

Le site était un mélange de lumière et d'obscurité. De nature et de technologie. À certains endroits, j'aperçus une jungle luxuriante, mais la pénombre m'empêcha d'en observer la beauté. À d'autres, j'avisai des murs étranges, rouges et bleus, qui scintillaient d'une lueur énigmatique. Puis, au milieu de tout cela, se dressait une porte. Elle était ronde et devait avoisiner les trois mètres de diamètre. Finement ouvragée, grise et brillante, elle était ornée d'arabesques, de lettres et de symboles inconnus. Je l'entendais murmurer.

Oui, la porte parlait.

Et elle nous appelait. Elle réclamait la liberté. Elle souhaitait qu'on ouvre les frontières, qu'on brise les obstacles, qu'on touche de nos mains sa surface.

Derrière elle, il n'y avait rien. Elle devait donner sur autre chose, sur autre part.

— Enfin…

L'émotion d'Adriel était palpable. Il se trouvait devant son but. Et nous, nous serions les outils utilisés de force pour qu'il y accède.

Mes yeux se posèrent sur Jude. Elle était accablée. Elle n'avait aucun espoir de sortir de cette situation. Et si je devais me montrer honnête, j'avais du mal à voir comment tout cela pouvait tourner en notre faveur.

Mon regard glissa jusqu'à celui qui prétendait être mon père. Nous nous ressemblions tellement qu'il aurait été stupide de ne pas le croire. Pourtant, mon système de défense donnait à mon esprit du grain à moudre. Depuis quelques mois, je ne cessais d'être surpris. Tant que je n'aurais pas de réelles preuves, je ne me laisserais pas aller à croire quoi que ce soit.

Je me tournai ensuite vers ma protectrice. Si elle observait les lieux, ses mains bougeaient discrètement. Je vis dans sa paume quelque chose briller, puis une goutte de sang tomber au sol.

Ses yeux trouvèrent les miens.

Ses lèvres s'ouvrirent, mais elle ne dit rien.

En un instant, elle s'effondra à terre puis disparut, abandonnant derrière elle une bourse vide à ses pieds.

Yumiko était retournée sur Vaia.

Elle m'avait laissé, même si son contrat l'obligeait à rester à mes côtés. Je ne pensais pas cela possible.

Il me fallut quelques secondes pour l'intégrer. Par chance, à part moi, personne ne sembla remarquer sa disparition.

— Avancez !

Une force invisible me poussa en avant, m'arrachant de mes réflexions emmêlées.

Bien vite, je me retrouvai devant la porte, Jude à mes côtés. L'un à côté de l'autre, nos regards s'accrochèrent. Qu'allait-on faire ?

— Les essences des quatre derniers défenseurs coulent en vous, s'exclama Adriel. Il est temps de vous en servir. Posez vos mains sur la porte et ordonnez-lui de s'ouvrir.

Pour plonger le monde dans le chaos… J'en étais incapable.

— Non.

Ma réponse sonna comme un glas. Le silence recouvrit l'assemblée. Ma propre sœur me regardait avec de l'angoisse dans les yeux. Serait-elle d'accord avec ma décision ? Allait-elle m'en vouloir ?

Adriel se tendit.

— Ton obstination ne fera que reculer l'inéluctable. La seule différence va se jouer dans la manière de faire. Ou vous obéissez, ou bien je vous y oblige.

Je sentis une force me prendre au cou. Mon souffle se coupa alors que la poigne se serrait. Je ne fermai pas les yeux. J'observai mon ennemi en lui faisant comprendre que j'acceptais de mourir. Si sacrifier ma vie pouvait sauver les autres, je le ferais. Peut-être était-ce ce que l'on aurait dû faire depuis le début d'ailleurs. Nous n'en serions pas là.

Quand la présence disparut, je me retrouvai agenouillé au sol. Mon attention avait tellement été accaparée par Adriel que je n'avais pas compris ce qu'il se passait autour de nous. Jake, Evan et… mon père étaient à leur tour dans une position délicate. Je voyais à leurs yeux exorbités la souffrance qui les tenaillait.

— Si ta douleur ne t'atteint pas, que penses-tu de la leur ?

Ma poitrine se serra.

— On ne peut pas le laisser faire ça, me souffla Jude, il tuera tous ceux qu'on aime, Chris.

Mais la vie de ceux qui nous étaient chers était-elle plus importante que celle de toute une population ? Comment pouvais-je décider de qui allait vivre ou mourir ?

— Si on ouvre cette porte, on est tous morts, déclarai-je.

Ma voix était plus dure que je ne l'aurais voulu. Je me barricadai derrière un mur de froideur, tentant d'anesthésier mes émotions qui me hurlaient de faire quelque chose.

Jude se mit à pleurer.

Ses larmes me heurtèrent, et je sentis les miennes se frayer un chemin jusqu'au bord de mes paupières, mais je fis mon maximum pour ne pas les laisser couler. J'assumerais ma décision. Je le ferais pour nous deux. Je lui ôtais ce choix, elle n'aurait aucune mort sur la conscience, je serais celui qui avait accepté ce fléau.

— Eh bien… Passons à la vitesse supérieure, décréta le faucheur.

D'abord, Evan tomba à terre. Son visage reprit quelques couleurs, preuve que les spectres avaient relâché leur emprise sur lui. Ses yeux se posèrent sur ma sœur. Je voyais en lui un maelström d'émotions, le déchirement, la rage, l'acceptation.

Il sut avant moi ce qui allait se produire. Et grâce à cela, il eut l'occasion de prononcer ces derniers mots :

— Tu ne seras jamais seule.

Le hurlement de ma sœur rejoignit celui du phénix. La femme à ses côtés le regardait se tordre de douleur. Tout de suite, je compris que c'était une empathe. Elle se servait des émotions pour pousser le phénix à se faire du mal.

Tout le monde autour d'eux avait reculé. Jake tenta de bouger, mais les spectres le retenaient toujours. Des phénix qui m'étaient inconnus crièrent à leur tour. Une femme se débattait comme si sa vie en dépendait pour essayer de rejoindre Evan. Qui était-elle ? Mon cœur se serra.

— Il est encore temps de changer d'avis, nous dit tranquillement Adriel.

Jude fonça sur moi. Elle m'implora. Entre ses sanglots, j'entendis ses supplications, sa douleur et le déchirement de son cœur à l'intérieur de sa poitrine. Le mien se brisa de la même manière. Bientôt, il n'en resta plus rien.

Je secouai la tête. On ne pouvait pas. On n'avait pas le droit.

Elle hurla, me frappa, promit à Adriel de faire son maximum pour ouvrir la porte, même sans moi. Mais sa proposition ne valait rien. Nous devions être deux, et je refusais toujours de faire quoi que ce soit.

Evan s'embrasa. Ses cris persistèrent, de plus en plus aigus, ses yeux étaient devenus totalement rouges, ses ailes jusque-là maintenues par quelqu'un se déployèrent, mais il tomba au sol avant de pouvoir s'envoler. Chacune de ses plumes prit feu.

— Je t'en supplie, pleura Jude. Ne me fais pas ça, Chris, s'il te plaît !

Je serrai mes poings. Je serrai mes mâchoires. Mais je ne fermai pas les paupières. Je devais regarder jusqu'au bout le résultat de mes actes. J'allais devoir vivre toute ma vie avec le souvenir de la mort d'Evan, ainsi que de celles qui allaient suivre, je le craignais.

L'instant d'après, Evan ne fut plus que flammes. Je vis sa peau noircir et craqueler, bientôt tout serait fini.

Jude fit mine d'avancer, je la retins par le bras.

Le regard qu'elle m'offrit fut le plus douloureux.

— Je te déteste.

Et je vivrais avec ça aussi, puisqu'il le fallait.

Le dernier cri signa la fin. Il était clair, puissant, il me prit aux tripes et résonna dans chaque partie de mon corps et de mon cœur. Devant mes yeux, la silhouette d'Evan se délita, il ne resta de lui que des cendres crépitantes sur le sol de la faille.

Ma jumelle tomba à terre.

Ses gémissements me brisèrent le cœur, me donnèrent envie de la réconforter, mais je savais que je n'en avais pas le droit. Pour elle, tout cela était ma faute. Elle ne voyait que ce que nous avions perdu, et non ce que nous avions sauvé.

— Bien, commenta Adriel. Feras-tu pareil avec ton père ?

Ce dernier ne me quittait pas des yeux. Dans ceux-là, je pouvais lire beaucoup de choses, mais surtout de la fierté. Alors qu'il savait que la mort l'attendait, un sourire s'afficha sur son visage. Il m'était destiné. C'était le premier et ultime sourire que j'aurais de lui.

Cette fois, je ne pus rejoindre Jude. Elle courut et se réfugia dans ses bras. Adriel laissa faire, sans doute pour que tout cela me touche. Et c'était le cas, à n'en point douter.

Les mains de notre père se posèrent dans le dos de ma jumelle. Il lui murmura des mots à l'oreille. Je doutais qu'elle les entende à travers ses pleurs. Jamais jusqu'ici je ne l'avais vue dans un tel état. Et tout était ma faute.

— Sois forte. Restez soudés.

Ce furent les deux derniers conseils qu'il lui donna. Au vu de la situation, j'avais bien peur que le deuxième soit difficile à suivre.

Jude fut renvoyée à mes côtés, les spectres la firent s'écraser à un mètre de moi. Elle demeura au sol, incapable de se remettre debout.

Cette fois, pas besoin d'empathe. Illiana elle-même s'approcha de notre père. Dans sa main se trouvait un poignard affûté, elle le posa devant son cou. Je retins mon souffle.

— Vas-tu laisser passer cette chance de connaître ton père ? me demanda Adriel.

Oui.

J'en souffrirais. J'en pleurerais pendant des années. Je vivrais avec ce moment pour toujours, me torturant chaque minute de ma vie. Mais je le ferais.

Illiana appuya sur la lame, mon père ferma les yeux, des gouttes de sang coulèrent, Adriel soupira.

— Stop.

La déception était lisible sur chacun des traits de l'ombre. Elle se tourna vers le faucheur pour vérifier qu'elle avait bien entendu.

— Je ne peux pas me permettre de le perdre. Il est lui aussi un descendant des défenseurs. Si ces deux-là meurent dans les prochaines minutes, il me sera utile.

Il avait juste tenté de me pousser à bout. Il devait être tellement déçu de constater que cela n'avait pas fonctionné.

— Chris, j'aurais préféré que tu le fasses de toi-même, mais si vraiment tu t'entêtes, je vais m'y prendre différemment. Adam ?

L'esprit du château apparut à nos côtés. Il ne lui fallut qu'une seconde pour analyser la situation. Bien qu'il fût déjà mort, je le vis devenir blanc comme un cadavre.

— Adam, j'ai besoin de toi.

Il se redressa et se tourna devant le faucheur.

— En tant qu'esprit penseur et souffleur, tu es ma plus belle prise jusqu'à aujourd'hui.

Souffleur ? Adam possédait deux essences ? Pourquoi n'en avait-il rien dit ?

— Rentre dans l'esprit de Chris et oblige-le à ouvrir la porte, poursuivit-il.

L'angoisse m'étreignit. Pouvait-il y parvenir ? J'avais travaillé sur mes barrières mentales, mais je savais qu'elles n'étaient pas insurmontables.

L'esprit m'offrit un regard désolé.

— Si tu luttes, cela fera mal, me prévint-il.

Alors, j'allais souffrir le martyre.

La douleur pulsa violemment derrière mes yeux. Je fermai mes paupières pour me concentrer, je ne devais pas le laisser passer. J'étais le seul gardien de mon esprit et de mes pensées, il n'avait pas le droit de franchir le seuil.

Pourtant, il le fit.

Il arriva d'abord de force, comme un bélier dans une porte. Il détruisit toutes mes premières défenses, que j'avais mis si longtemps à ériger. Puis il se faufila furtivement, si discrètement que je ne parvenais plus à savoir où il était. Il pouvait frapper de n'importe où. Je restai sur mes gardes.

Tu ne gagneras pas cette fois, Chris.

Sa pensée dans ma tête se répercuta en écho. Elle était partout, et je m'entendis gémir sous cette intrusion. J'essayai tout ce que m'avait appris Laura. Je me réfugiai dans un petit coin sombre, tentant de disparaître.

*Tu n'es pas encore assez fort.*

Il n'arriverait pas à me faire flancher avec ses remarques limitantes. Je n'étais plus comme ça. J'avais confiance en moi.

*La confiance n'est pas suffisante face à la connaissance.*

La peur m'étreignit. Il avait accroché mes pensées, et je ne m'en étais même pas rendu compte.

*J'ai eu plus de temps que toi pour apprendre à me servir de mon don. Toute une vie, mais aussi une bonne partie de ma mort. Ce qui va se passer ensuite n'est pas ce que je souhaite, mais c'est inéluctable. Face au faucheur, je perds mon libre arbitre. Je suis désolé, Chris.*

Ses excuses précédèrent une nouvelle attaque frontale. Je sentis mon esprit trembler, mes barrières s'effondrer, mon âme mise à nu.

*Ouvre la porte.*

Tel un pantin, je pivotai. Je voyais ce qui se déroulait autour de moi comme à travers des jumelles. Ma vision était étriquée, floue. Je n'avais aucun contrôle sur ce que je faisais.

Je posai la main sur la surface glaciale de la porte.

J'entendis quelqu'un pleurer, puis hurler.

Je reconnus la voix de ma sœur. J'eus envie de me tourner, mais mon corps ne m'obéit pas. Je restai là, stoïque, face à cette porte que je haïssais plus que tout.

Une main tremblante se posa à côté de la mienne.

Ma bouche s'ouvrit, et je prononçai les mots en même temps que ma sœur :

— Ouvre-toi.

Quelque chose se déclencha.

Les arabesques pivotèrent sur elles-mêmes, les lettres gravées sur l'acier se murent, un bruit sourd résonna dans la faille. La température chuta de plusieurs degrés.

Puis le pire arriva.

La porte s'ouvrit.

# MES AUTRES ROMANS :

## SAGA :
***Hirendia*** (terminée) :
Tome 1 : *La légende d'Erakiem*
Tome 2 : *Passé enfoui*
Tome 3 : *Illusion*
Tome 4 : *Équilibre éternel*

## ONE SHOT :
*Magie, mensonge et macchabée*
*Incarniste*

Le troisième tome de la trilogie le destin des Hudson sortira cat automne ! Le temps de faire une petite pause cet été avec un roman dans l'univers de magie, mensonge et macchabée ! Pour ne rien louper de mes sorties à venir, tu peux t'inscrire sur ma page auteur amazon mais aussi sur ma newsletter en passant par mon site mjkautrice.fr. Tu peux aussi me suivre sur Facebook ou Instagram, ou me contacter par mail sur mjk.autrice@gmail.com.

Si tu as le temps, n'hésite pas à laisser un commentaire sur Amazon pour donner ton avis sur ce roman, j'ai hâte de connaître ton ressenti !

Depuis quelques temps maintenant j'ai rejoint « the phoenix society », un collectif constitué d'auteurs indépendants qui ont décidé de promouvoir leur travail par un système solidaire.

Je suis très heureuse de faire partie de ce groupe car je suis entourée d'autrices supers !

Aujourd'hui, je profite de cette page pour vous partager un roman de Cléo Blackwood « The Forbidden Hunt, tome 1 : la flic et le dieu cornu ».

En voici le résumé :

J'avais un objectif. Un seul.

Oublier cette nuit de Samain où ma famille a tenté de me sacrifier à un pseudo dieu païen.

J'ai tout fait pour l'atteindre, j'ai cherché l'action et le contrôle en m'enrôlant dans l'armée, l'excellence et l'adrénaline en intégrant la Delta Force… Même la mine sur laquelle j'ai marché ne m'a pas fait dévier de mon but. Devenue lieutenante de police à Denver, j'ai un job prenant comme je les aime, une vie rythmée par le travail.

Et puis, il a fallu que je croise de nouveau ce regard vert.

Que j'apprenne que le dieu invoqué ce soir-là n'avait rien d'un imposteur, qu'il est immortel, hautement dangereux, et compte bien s'impliquer dans ma première enquête en solo.

Lui et moi, on a rien en commun, sauf un cadavre.

# Remerciement

Je commence ces remerciements avec mes super bêta-lectrices de choc Nadine, Charlie, Isabelle, Camille et Laurine. Merci d'avoir pris le temps de lire ce roman et de m'avoir donné votre avis sur la suite des aventures des Hudson !

Merci à ma famille de m'encourager même dans les moments compliqués. Écrire un livre tout en étant une maman n'est pas toujours si facile.

À tous mes lecteurs, merci beaucoup pour votre soutien. Je reçois de plus en plus de messages, et vos gentils mots me touchent et m'aident à donner le meilleur de moi-même.

On se retrouve cet été pour une nouvelle aventure, et cet automne pour le dernier tome des Hudson !